문화재 기행

한국의 멋과 미를 찾아서

II

조 영 자 지음

국학자료원

문화재 기행

한국의 멋과 미를 찾아서

II

조영자 지음

머리말

유라시아 대륙의 동쪽 끝에 위치하고 있는 우리나라는 고조선(檀君朝鮮)이란 국호로 개국한지 5천년이 흘렀다. '조선(朝鮮)'이란 '아침 해가 선명하다'란 뜻으로 동방 즉 시작과 희망을 함의(含意)한다. 인도의 시성 타고르(R. Tagore)는 우리국민의 기상을 '동방의 등불'에 비유하였고, 시인 최남선은 한반도가 마치 맹호가 발을 들고, 동아시아 대륙을 향해 나는 듯 뛰는 듯, 생기 있게 할퀴며, 달려드는 모양을 보여준다고 했다. 비록 한반도의 지형을 표현한 말이지만, 세계 속에서 도약하고 발전하는 우리민족의 기상과 진취성, 그리고 역동성과도 맥을 같이한다고 생각한다.

삼국시대 고구려의 수도 길림성 집안(集安)의 고구려왕릉 고분벽화에서 고구려인의 웅장하고 막힘이 없는 대륙적 기상과 진취적 역동성을 읽을 수 있다. 한강유역의 하남 위례성(慰禮城)에 도읍을 정했던 백제는 공주와 부여로 천도하면서 중국의 남조(南朝)문화를 받아들여 섬세하고 화려한 문화를 탄생시켰다. 한반도의 동남쪽에 위치했던 신라는 서라벌(徐羅伐 · 경주)에서 고구려와 백제문화를 받아들여 소박하면서도 생동감 있는 조화의 미를 창출했다. 삼국시대에 유교, 불교, 도교가 전래되어 한반도의 예술문화 전반에 영향을 미쳤다. 이러한 한반도의 선진문물은 일본의 고대문화 발전에 크게 기여하였다.

　우리나라는 국토의 70%이상이 산악지대이다. 한반도의 산악들은 우람하고 날카로운 골격을 드러내기도 하고, 어머니의 젖무덤 같이 부드럽고 아늑한 곡선을 그리기도 한다. 민족의 영산인 백두산을 중심으로 시원한 두 물줄기는 압록강과 두만강으로 흐르고, 백두산에서 시작한 백두대간(白頭大幹)은 금강산, 설악산, 태백산, 속리산, 그리고 지리산으로 이어진다.

　남한은 동고서저(東高西低)의 지형으로 동해안에는 수많은 고산준령을 품은 태백산맥이 한반도의 등줄기를 이루었고, 서남쪽으로는 소백산맥이 이어지면서 발원한 한강, 금강, 영산강, 섬진강, 낙동강 등이 평야를 적신다. 수많은 산과 계곡을 휘감고 흐르는 청류에는 산영과 구름이 내려와 논다.

　서남해안에는 천연기념물로 지정된 보배로운 섬들이 많다. 유인도와 무인도를 합치면 섬이 3350여개나 된다. 한반도 서남단에 얼마나 비경의 섬이 많았으면 기원전 3세기에 진시황제가 불로장생의 약초를 구해오라고 한라산 일원에 군단을 파송했을까? 일직이 선조들이 한반도를 '삼천리금수강산'이라 노래해왔다. 또한 영주십경(瀛州十景)으로 예찬해온 제주도 한라산일원은 유네스코 세계자연유산 3관왕의 인증을 받았다.

　한반도는 지정학적으로 위로는 세계에서 국토가 3번째로 큰 중국과 첫 번째의 대국인 러시아와 국경을 접하고, 동쪽으로는 해양국가인 일본열도가 자리하고 있다. 돌아보면 우리나라는 냉전시대에는 자본주의와 공산주의의 대립의 장이었고, 오늘날은 세계적으로 정치적 · 경제적 세력을 확장해 가는 중국과 그동안 태평양 지역을 관장해오던 미국 간의 이익이 상충(相衝)되는 지역이다.

근래 중국 사회과학원이 추진하고 있는 동북공정(東北工程)과 일본의 반성 없는 과거사 인식과 제국주의적 침략근성이 되살아나고 있는 현 시점에서 우리국민은 '역사를 잊은 민족에게 미래는 없다'고 한 단재 신채호선생의 말을 되새겨 볼 필요가 있다. 우리국민의 저력은 어려운 고비마다 세계 최강국들 사이에서 광대가 외줄타기를 하듯, 복잡 미묘하게 얽힌 국제정세 속에서 지혜롭게 헤쳐 왔다. 그러나 세계2차 대전의 종결과 더불어 우리민족의 의지와는 무관하게 국토가 분단된 나라, 동족 간에 이념을 달리하는 국가체제가 들어선지 70년, 아직도 세계에서 가장 중무장한 지역에서 남 · 북 간에 긴장은 계속되고 있다.

일제강압시절과 '6 · 25 동란(한국전쟁)' 등 지난 1세기 동안 폐허 속에 방치되었던 문화재를 1960년대부터 호국문화유적의 복원과 정화, 유물전시관, 전통문화와 관련된 문화시설 확충, 그리고 선현유적지에 대한 대대적인 보수 · 정화사업이 지속되어 왔다. 옛날에 답사했던 곳이라도 다시 가족들과 함께 찾아가볼 만한 교육적 · 역사적 유적지가 아름답게 단장되었다. 한강의 기적을 시작으로, 21세기에 선진국으로 발돋움한 대한민국의 문화경관도 경이롭기 그지없다.

이번에 엮은 필자의 국내 여행기는 문화재를 답사하고 연구한 전문서적이 아니다. 노경에 벗들과 계절 따라 국내 유적지와 명승지를 여행하며 그 곳에 얽힌 역사와 옛 문객들이 읊었던 시문(詩文)을 산책하는 기분으로 가볍게 조명해 보았다.

제1권에는 강원도와 서울을 포함한 경기도, 그리고 경상남북도와 동남해안을 포함시켰다. 강원도에는 금강산과 설악산, 강릉 등을 배경으로 한 「관동팔경(關東八景)」의 절경이 있으며, 명산마다 유서 깊은 고찰(古刹)이 자리하고 있다. 경기·서울지역은 한양도성을 중심으로 구축된 산성과 조선의 고궁들, 행주산성대첩, 한양과 개경의 관문인 동시에 외침(外侵)과 서양문물의 도래지였던 강화도가 포함되었다. 경상도에는 삼국을 통일했던 신라 천년의 도읍지 경주, 한국정신문화의 수도 안동, 임진왜란 때 진주성대첩과 한산대첩을 거둔 유적지, 그리고 한려해상국립공원 등이 포함되었다.

제2권에서는 삼국시대에 백제의 영토였던 충청도와 전라도, 그리고 서남해안의 다도해지역과 옛 탐라왕국(耽羅王國)이었던 제주도를 묶었다. 충청남도 공주와 부여는 백제의 문화예술의 본향이다. 특히 2010년에는 부여에 백제문화테마파크가 탄생했다. 충청도에는 독립기념관 등 임진왜란에 얽힌 유적지가 많다. 전라도에는 한국 가사문학의 요람이었고, 원림과 정자문화(亭子文化)가 만개했던 담양, 남도화풍(南道畵風)의 시원인 진도, 이순신 장군의 명량대첩 유적지, 천연기념물인 홍도와 흑산도, 보석 같은 섬들이 펼쳐져 있는 서남해안, 그리고 유네스코 세계자연유산인 삼다도(三多島)가 포함되어 있다.

톱니바퀴처럼 맞물려 돌아가는 일정에서 하루를 벗어나기만 해도 이미 마음은 생활의 권태감에서 세척된다. 밤낮없이 지줄 그리며 흘러

가는 강은 무엇을 노래하고, 우람한 골격바위를 드러내고 하늘을 우러러 주야로 기도하는 산봉은 창조주께 무엇을 고하며, 야생화가 한들거리는 들녘은 그 고장의 전설을 어떻게 전해 주는지 귀 기울려 볼 일이다. 때로는 방랑하는 마음으로 계절이 손짓하는 곳에서 외로움에 젖어보는 것 도 건강요법의 하나이다. 실로 자연은 우리를 보듬고 키워주는 어머니다.

국내여행기를 엮으면서 가슴한 구석에 쌓이는 슬픔은 부인할 수 없다. 240여 년간 고구려후기의 수도였던 평양과 남포, 그리고 5백여 년간 고려의 수도였던 개성은 북한에 있다. 한반도에 태어난 한 사람으로서 80을 바라보는 나이지만, 북한의 역사유적지와 경승지를 보지 못했다. 명승지 답사는 고사하고 이산가족 상봉의 길조차도 막혀있는 우리의 현실, 한반도의 반쪽짜리 국내여행기를 엮으며 우리의 후손들은 삼천리금수강산을 자유로이 오갈 날이 하루속히 오기를 기원해 본다.

광복 및 남북분단 70주년인 2015년 광복절을 맞아 강원도 철원 백마고지 역에서 경원선 복원을 위한 기공식이 있었고, 「통일 나눔 펀드」 기부에 동참하는 물결이 전국에서 활발히 일어나고 있다. 우리겨레의 가슴에 통일희망의 등불을 밝히는 기초 작업이 진행되고 있다. 가슴에 손을 모은다.

이 두 권의 국내여행기가 나오기까지 많은 분들로부터 사진자료를 도움 받았다. 성원에 깊은 감사를 드린다. 그동안 국내의 명승지·유적지를 다녀온 후 써둔 감상문을 이번에 책으로 묶었다. 책에 나오는 사진은 시청·군청의 문화예술·관광 공보처 등에 사진자료를 부탁드렸는데,

여러 곳에서 관심을 보이며 과분할 정도로 도움을 주셨다. 각 사진 아래에 제공출처를 일일이 명기하다보니 복잡하고 미관상으로 깨끗하지 못하여 책의 후기(後記)에 명기하였음을 해량(海量)하여주시기 바란다.

출판이 어려운 때 국내여행기 두 권을 기꺼이 칼라로 생재해주신 국학자료원의 정찬용 원장님과 정진이 대표님께 가슴 깊이 고마움을 표한다. 여행기가 두 권이나 되고, 사진첨부가 많아서 편집상 번거로움이 많았을 것으로 사료되며, 수고해주신 김진솔 편집인에게 감사를 드린다.

2016년 초봄
여의도 청심재(淸心齋)에서
조영자

목차

제1장 충청도 백제역사와 문화의 향기

제2장 전라도(全羅道)·다도해(多島海) 해상국립공원

제3장 삼다도(三多島) · 세계 자연유산

제1장

충청도 백제역사와 문화의 향기

한반도의 중앙에 위치하고 있는 충청도는 옛 백제(百濟, BC16~AD660)의 영역이었다. 백제는 중국의 동진東晉과 일본倭과 가까이 지내면서 고구려의 남진세력과 신라의 침략에 대항하였다. 그러나 고구려의 침략으로 백제 문주왕(475)때 도읍을 위례성에서 충청남도 공주(옛 웅진)로 옮겼고, 60여년 후 백제 성왕 때(538) 다시 부여(옛 사비)로 천도했다. 충청도는 북쪽으로는 아산만을 경계로 경기지방과 접하고, 서북부에는 태안반도, 동북쪽으로는 관동지방, 그리고 동쪽으로는 소백산맥을 중심으로 영남지방과 경계를 이루는 분지형태이다. 충청도에는 남한강과 금강의 2대 강이 흐르는 호서평야가 있다.

충청도는 충절과 기개氣槪의 고장으로 알려져 있다. 충청도에서 배출된 인물들 중에는 우직하고, 충성스러우며, 대쪽 같은 충절을 지닌 인물들이 많다. 충청도 사람들은 부드럽고 친근하며 여유 있어 보인다. 충청도 양반兩班이란 말이 있듯이, 말과 행동이 좀 느리고, 강직한 인忍의 정신으로 문화적 전통을 중시여기는 기질이 있다. 조선시대 양대 산맥을 이룬 퇴계 이황의 영남학파와 이이 율곡의 기호학파로 나뉘었다. 충청도는 이이 율곡의 성리학설을 계승한 기호유교문화의 중심지이다. 또한 충청도는 연예인들을 많이 배출한, 예혼藝魂의 기가 넘치는 고장이기도 하다.

1) 천안天安 독립기념관

천안 독립기념관을 짓게 된 직접적인 계기는 1982년 7월에 일본 문부성이 초중고역사교과서에 일본의 조선침략을 조선 진출로 왜곡한 사실에 대한 우리국민의 분노로 시작되었다. 일본의 역사교과서에는 신사참배강요를 '신사참배 장려'로, 3·1 독립만세운동을 '3·1폭동'으로 역사를 왜곡했다. 이 사건에 대한 우리국민의 분노와 적개심은 독립기념관을 세워 우리의 역사를 바로 세우자는 뜻을 모았다. 「독립기념관」 건립을 위한 거국적 운동을 전개하여 국민성금 490억 원을 모았고, 정부에서는 대지 120만 8천여 평을 마련했으며, 1987년 8월 15일에 한국역사박물관인 「독립기념관」을 개관하였다.

2014년 10월 23일, 필자는 천안역에서 시내버스 400번을 타고, '능수버들 홍타령'으로 유명한 천안 삼거리를 지났다. '천안삼거리'는 예부터 영호남의 관문으로, 삼남三南의 교통요지였다. 이 일원에는 가로수가 능수버들이다. 대부분의 나무가 태양을 향해 가지를 뻗는 향일성인데, 하필 능소버들은 그 긴 가지를 아래로만 늘어뜨리며 자라는 것일까? 그래서 중국의 석학 임어당林語堂은 나무 중에서 기이한 것은 능수버들이요, 동물 중에 기이한 것은 옆으로 걷는 게라고 한 말이 떠올라 속으로 웃었다. 시내버스 400번으로 독립기념관 내 주차장에서 하차했다. 지난 이틀 동안 가을비가 추적이더니 오늘은 섭씨 18도 가량의 쾌청한 가을 날씨이다.

독립기념관의 태극마당의 깃발들

겨레의 큰마당에는 화강석을 깔았는데, 우리민족의 비상을 상징하고, 영원불멸의 민족기상을 상징하는 겨레의 탑 높이는 51m나 된다.

두 손을 합장하는 듯한 형상인데, 탑의 내·외부 하단에는 무궁화와 태극, 그리고 청룡·백호·주작·현무의 4신도를 상징하는 조각으로 장식되어 있다. 그 양옆으로 조성된 태극기 한마당에는 수백 개의 국기가 게양대에서 펄럭이는데 정말 장쾌하다.

천안 독립기념관「태극기 한마당」

위풍당당한 '겨레의 집'은 맞배지붕으로 길이 126m, 폭 68m, 높이 45m의 거대한 기와집이다. '겨레의 집'을 바라보고 가노라니, 오른쪽 계곡에 '뭉치면 살고, 흩어지면 죽는다'란 대한민국의 초대 대통령 이승만 박사의 유언이 돌에 새겨져 있었다. 이 말은 서울「이화장」이승만 대통령 동상 아래에서 보았다. 경내에는 길 따라 애국선열들의 명언과 어록, 유언 등이 돌에 새겨져 있다.

'겨레의 집' 홀 중앙에 겨레의 함성이 들리는 듯, 독립을 외치는 거대한 조형물 '불굴의 한국인 상'이 세워져 있고, 오른 쪽 벽에는 대형 무궁화 장식이, 왼 쪽 벽에는 대형 태극가가 어우러져 강한 애국심을 불러일으킨다. 불굴의 한국인상은 화강암을 쌓아 독립투쟁군상을 입체적으로 새긴 환조丸彫이다. 겨레의집에는 7개의 전시실이 있다. 독립기념관 경

내에는 통일염원의 동산, 옛날 조선총독부 건물 철거 때 떼어낸 부재 전
시, 애국선열들의 추모의 자리, 광개토대왕비의 복제품, 병자호란 때의 삼
학사비三學士碑 복제품,「북관대첩비(北關大捷碑)」복제품이 세워져 있다.

북관대첩비(北關大捷碑, 국보 제193호)

북관대첩비는 제1전시관과 제2전시관 중간에 세워져 있다. 조선중
기의 의병장이었던 정문부鄭文孚는 1591년에 함경북도의 북평사北評事
가 되었다. 1592년 임진왜란 때 한양을 함락하고, 파죽지세로 북진한
왜倭군장 가토 기요마사加藤淸正는 2만2천여 명의 군대로 함경도를 점
령했다. 이때 함경도에서 반란이 일어났으며, 북쪽에선 여진족이 남침
하였다. 정문부는 1592년 10월에 의병을 조직하여, 반란군 대장 3명을
제거하고, 함경도의 반란군을 평정했다. 일본의 가토 기요마사 군대를
여러 번에 걸쳐 격파했고, 함경도를 탈환했다.

북관대첩비가 불쏘시개가 되어 비운의 역사를 뒤집는다. 임진왜란 때
우리는 너무나 많은 것을 잃었다. 인명손상과 전야황폐, 고궁들을 비롯
한 각종 건축물 소실, 귀중한 사서와 역대실록, 각종 서적과 미술 조각품
등 전국의 문화재 불법반출은 얼마나 많았든가.

북관대첩비는 조선 숙종(肅宗, 1709) 때 북평사 최창대와 함경도 주민
에 의해 함경북도 길주군에 세운 전공기념비이다. 북관대첩비의 공식명
칭은 '조선국함경도임명대첩비朝鮮國咸鏡道臨溟大捷碑'이다. 높이 187cm, 너
비 66cm이다. 비신에는 한문으로 1500여자를 새겼다. 1905년 러·일
전쟁(1904~1905) 때 함경도로 진주한 일본군이 북관대첩비를 약탈하
여 일본으로 가져가, 도쿄의 야스쿠니 신사 정원에 방치되었다가 2005
년 10월에 한국으로 반환되었다. 한국정부는 2006년 2월에 북한으로

이송했다. 북관대첩비의 복제품이 이곳 독립기념관에 세워져 있다. 독립기념관내 백련연못 주위에는 자연석과 숲으로 조성되어 있어서 관람객들의 휴식처가 되고 있다. 독립기념관에 오니 새삼 일본국민의 잔인성이 뇌리를 스친다.

북관대첩비

2006년 2월에 필자는 남편의 직장동료들과 함께 일본의 가고시마 치란의 무사마을을 여행한 적이 있다. 2차 세계대전 말기, 태평양전쟁에서 일본의 10대 소년들의 자폭특공대 가미카제(神風 · Kamikaze) 대원들의 사진, 휘호와 맹세, 어록이나 일기, 출격직전 비행기를 향해 손을 흔드는 여학생들의 전송모습, 특공대원들이 썼던 모자, 안경, 허술하게 만든 일회용 소형 비행기 등이 전시된 곳을 관람한 것이 떠오른다. 그리고 국제정치학을 전공한 그이가 식탁에서 가끔 열을 올리며 일본의 아베총리에 대해 불쾌한 감을 토로할 때 들은 '일본의 평화헌법' 내용들이 오늘따라 귀를 울린다. (1946. 11. 3 일본국 헌법으로 공포)

일본국민은 정의와 질서를 기조로 하는 국제질서를 희구하고, 국권의 발동으로서의 전쟁과 무력에 의한 위협 또는 무력의 행사는 국제분쟁을 해결하는 수단으로서는 영구히 포기한다.(제9조 제1항) 전항의 목적을 달성하기 위해 육 · 해 · 공군 기타의 전력은 보유하지 않고, 국가의 교전권은 인정하지 아니한다. (제9조 제2항)

태평양 전쟁과 일본의 패망

또 대화 끝에 남편은 "태평양 전쟁 때 일본이 큰 실수를 했다"고 했다. 일본의 하와이 진주만珍珠灣 공격은 잠자든 사자(미국)를 깨운 격이었다. 그 당시 미국의 여론은 2차 세계대전의 참전을 반대하는 고립주의적 성향이 강했다. 그러나 1941년 12월 7일, 일본의 하와이 진주만 기습공격으로 미국의 국민여론이 참전 쪽으로 들끓어 오르자 루스벨트 대통령은 일본 · 독일 · 이탈리아를 상대로 선전포고를 했다.

미국이 일본(히로시마와 나가사키)에 원자폭탄을 투하(1945. 8. 6, 1945. 8. 9) 할 수 있게 원인제공을 한 것이 일본자신이었다. 1945년 8월 8일, 소련은 일본에 선전포고를 했고, 이틀 후 한반도에 진주했다. 일본은 무조건 항복했다. 그이는 대학에서 강의하는 식으로 가끔 열을 올릴 때가 있다. 오늘 함께 「독립기념관」에 왔더라면 아마 우리들의 대화는 만리장성을 또 넘었을 것이다. 천안 독립기념관에 오니 일본의 지난날의 우리국민에게 저질은 죄 몫이 가슴저변에서 아우성을 치며 일제히 치솟는 것 같았다.

유관순柳寬順 열사 유적지

유관순(1902~1920)열사의 유적지(사적 제230호)는 충남 천안시 동남구 병천면 탑원리에 위치하고 있다. 1970년 대 중반에 역사유적 정화사업 때 유관순 기념비, 3 · 1운동 봉화지에 봉화대와 봉화탑, 매봉산 기슭에 초혼 묘(招魂墓, 가묘), 열사의 생가 옆에 매봉교회, 그리고 유관순 열사 동상을 세웠다. 1980년대 중반에는 유관순 사우祠宇를 추모각으로 확장 개축하였다. 유관순열사 탄신100주년을 기해 유관순열사 기념관(2003. 4. 1 개관)을 세우고, 기념관 앞 정원에 유관순 탄생 200주년을 기념하기 위해 타임캡슐Time Capsule을 만들었다.

유관순열사 기념관에는 열사의 출생에서부터 옥중생활과 순국할 때까지를 전시물과 함께 영상으로 볼 수 있게 설치되어있다. 유관순 열사는 3남2녀 중 둘째 딸로 충남 천안에서 태어났으며, 1916년에 미국 기독교감리교 여선교사 앨리스 샤프Elice Shape의 추천으로 이화학당 초등부에 편입했다. 1919년 3·1 운동이 일어날 당시에는 진학하여 이화학당 고등부 교비생이었다.

1919년, 서울에서 독립운동이 일어나고, 일제가 휴교령을 내렸을 때, 유관순은 고향으로 내려와 병천 교회와 학교, 그리고 인근지방을 돌아다니며 서울에서 일어나고 있는 정황을 알렸다. 병천(아우네)장날, 만세시위운동을 펼칠 것을 마을 주민들과 마을유지들에게 알리고, 독립만세운동을 위한 결사대를 조직하였다. 거사 전날 밤에는 산마루와 고개 마루에 봉홧불을 올리고, 야간시간을 이용하여 예배당에서 태극기를 만들었다.

아우네 장날, 유관순은 시위대 선봉에서 독립만세를 불렀다. 시장에서 가까운 거리에 있는 병천 일제 헌병주재소에 만세소리가 들리자 일본헌병대가 출동했다. 해산을 지시했으나 시위대가 불응하자 발포를 시작했다. 시위에는 청년학생들과 교회교사와 일반 유지들 그리고 시민모두가 동참했다. 일본헌병은 독립선언문을 발표한 투사를 쏘아죽이고, 그 가족들을 창과 칼로 무참하게 살해했으며, 권총을 난사했다. 일본현병들이 군중을 향해 쏜 총에 시위현장에서 유관순의 부모는 살해되었다.

시위 주동자로 체포된 유관순은 공주감옥소로 이감되었고, 1919년 1심에서 징역 5년을 선고 받았고, 불복 항소하여 징역3년을 선고받았다. 서대문 형무소로 이감, 복역 중 옥안에서 독립만세를 부르는 등 항쟁을 계속하였고, 그때마다 끌려 나가 모진 고문을 당했다. 1920년 9월 28일 19세로 서대문 형무소에서 순국했다. 유관순 기념관 내에는 아우내 장날의 모습을 재현해 놓았다. 기념관을 돌아보는 사이에 독립만세 소리가 기념관 내에 계속 울려 퍼졌다. 동요 「유관순 노래」 1절이다. "삼월하늘 가만히 우러러보며 유관순 누나를 생각합니다. 옥 속에 갇혔어도 만세부르다 푸른 하늘 그리며 숨이 졌대요."

유관순 열사의 추모각

유관순 열사의 추모각이 아찔할 정도로 높은 산등성이 위에 세워져 있었다. 기념관을 바라보고 마당 저편에 태극기를 손에 들고 독립만세를 외치는 조각상을 찾아갔다. 오른 쪽 산등성이를 다시 올려다보니, 필자는 아무래도 추모각에 오를 자신이 없었다. 챙겨간 진통제 한 알을 물로 삼켰다. 잠시 앉았다가 여기까지 와서 추모각에 들리지 않고 돌아설 수는 없다고 생각되었다. 그때 유관순 열사의 외침이 들려오는 듯 했다.

> 내 손톱이 빠져나가고 내 귀와 코가 잘리고, 내 손과 다리가 부러져도 그 고통은 이길 수 있아오나 나라를 잃어버린 그 고통만은 견딜 수가 없습니다. 나라에 받칠 목숨이 오직 하나밖에 없는 것만이 이 소녀의 유일한 슬픔입니다.

필자는 가파른 계단을 짚고 올랐다. 더디어 추모각 영정 앞에 절을 하고나니 그제야 가슴이 가벼웠다. 단재 신채호선생은 "국민의 애국심을 불러일으키려 하려면 먼저 완전한 역사를 배워줄 지어다"라고 했다. 유관순열사가 미국 기독교 감리교 여교사의 도움으로 이화학당에 입학했다는 이유로, "유관순 열사를 교과서에서 뺀 것, 그게 역사왜곡"이라고 지적했다. 아래 내용은 『조선일보』 2014년 8월 28일자에 실린, 일제日帝 '유관순 관련'경성재판소 복심(2심) 판결 요약문이다.

유관순 열사 추모각

피고 유관순의 '압수 영 제1호의 구 한국국기는 자기가 만들었다'는 진술, 피고 유관순은 만세를 부르고 있을 때 헌병이 쫓아와 군중을 향해 발포하고, 총검을 휘둘러 즉사19명, 중상자 30명을 내었고, (생략) '제 나라를 되찾으려고 정당한 일을 했는데 어째서 군기(軍器)를 사용하여 내 민족을 죽이느냐고 대어들었다. 피고 유관순, 유중무, 조인원을 각각 징역 3년에 처하고, 압수 물건 중 구 한국국기 한 자루는 피고 유관순 소유의 제1범죄 공용물 이므로 몰수한다.

(『조선일보』 2014. 8. 28)

1919년 음력 '3 · 1독립만세운동'이 일어났던 천안 아우네 장터에서 수천 명 군중 앞에서 독립만세를 외쳤던 유관순 열사는 3 · 1운동의 주인공의 한 사람이요, 상징적인 대표인물이다. 그런데 한국에서 가르치는 고교 국사교과서 8종 중 4종(고교 채택률 59%) 절반이 유관순 열사에 대한 행적을 누락하여, 학생들의 절반이상이 유관순열사에 대하여 모른다는 사실을 유관순열사기념 사업회는 지적하였다.

다음은 2014년 8월 22일자『조선일보』박정훈 칼럼 '이승만을 난도질하고 유관순까지 죽인 좌파左派 역사학자들'이란 부제아래 실린 내용이다.

3·1운동 당시 유관순은 미국선교사가 세운 이화학당 고등부 1년생이었다. 감리교회공주교구의 미국인 여자선교사 추천으로 학비면제를 받아가며 학교에 다녔다. 유관순이 투옥되었을 때 옥바라지를 한 것도, 고문 끝에 옥중 사망하자 시신을 수습한 것도 이화학당의 미국인 교사들이었다. …그래서 반미(反美)성향의 저자들이 유관순을 의도적으로 배제했을 것이란 게 곽정현 회장의 분석이다. …기묘한 것은 북한도 유관순을 가르치지 않는다는 점이다.

유관순 유적지를 둘러보고 천안역으로 나올 때 401번 시내버스를 타고 병천並川 시장을 경유하였는데, 이곳에는 유명한 병천 순대 음식점들이 즐비 했다. 천안은 '호두과자'로 유명하다. 천안역 앞에는 천안 호두과자 본점이 있고, 천안 역내에도 호두과자점이 있다. 필자도 호두과자 한 박스를 구입한 후 상경하는 무궁화 호에 피곤한 노구를 실었다. 차창으로 스쳐지나가는 도시외곽 풍경! 산업화와 민주화를 이룩한 나라에서 후손들의 삶이 윤택해졌다. 오늘날 우리 후손들은 빼앗긴 국권회복을 위해 목숨을 바쳤던 선조들의 희생을 너무나 까맣게 잊고 살아가는 것은 아닐까? 가을 들녘이 석양에 곱게 물들고 있었다.

2) 석장리石莊里 구석기 유적지

오늘 충청남도 공주·부여 여행을 함께 떠나는 그룹은 남편의 Y대 동기동창 부부20여 명이다. 2013년 9월 30일, 아침 8시에 서울 서초 구

민회관 앞에서 대절한 버스에 올랐다. 그저께부터 내리는 가을비가 오늘 월요일까지 전국적으로 이어진다고 예보되었다. 버스가 서울을 벗어나자 회장단에서 준비한 단 호박찰떡과 물병을 돌렸다. 차창 밖으로 스쳐가는 풍경에는 익은 벼의 물결 외에는 아직 나무들이 단풍옷을 입지 않았다. 2013년의 여름은 유난히 덥고 길어서 단풍이 아직은 먼 곳에서 머물고 있는 듯했다.

공주 석장리 가는 길에 세종世宗 특별자치 시 정부세종청사를 차를 타고 둘러보았다. 국가균형발전을 위한 세종시 건설계획의 문제점은 심각하게 표출되고 있다. 세종시 신행정수도 건설은 2002년 노무현 대통령 후보자가 충청권에 내건 공약이었다. 참여정부는 2003년 4월에 신행정수도건설추진기획단을 발족하였다. 그리고 2012년 7월에 세종시가 출범하였으며, 중앙행정기관의 1단계이전으로 공무원 5500여 명이 대이동했다. 국회분원과 열악한 근무환경, 기반시설과 문화시설 부족, 무엇보다도 아침저녁 출퇴근 시간이면 국가공무원이 교통대란으로 앓고 있는 실정이다. 뿐만 아니라 서울에서의 각종회의와 행사로 세종청사를 수시로 비워야하는 비효율적인 형상이 벌어지고 있다. 세종시 공무원들은 스스로 유배되었거나 변방으로 밀려났다며, 어려움을 하소연하는 소리를 자주 듣는다. 우리일행은 차를 타고 단지를 둘러보고, 새로 만든 진입로와 지하도로를 지나 석장리로 향했다.

차가 잠깐 정차하는 동안 '진도 울금鬱金농장'을 경영하는 중년남자분이 우리 차에 올라 울금 강황(薑黃, turmeric)을 홍보했다. 인도음식 카레가루(curry powder)의 원조인 울금은 약용, 식용, 염색용으로 사용된다고 했다. 생강처럼 생긴 뿌리에서 노란즙(커큐민 성분)이 나오는데 암, 알츠하이머병, 치매, 당뇨, 고혈압, 고질적인 관절염과 만성소화불량 등에 효능이 있는 약재라고 했다. 진도로 여행오라고 선전한 아저씨

는 울금으로 물들인 노란수근과 울금즙 한 봉지를 시음하라고 나눠주
고 차에서 내렸다.

공주 금강錦江변에 위치한 석장리박물관

오전 10시30분경에 충남 공주 금강錦江변에 위치한 석장리박물관(사적
제334호, 2006년 개관)에 도착했다. 석장리박물관 앞에는 금강이 흐르고,
강변에는 나지막한 산들이 펼쳐져 있으며 울창한 숲을 이루어 아늑하다.
1964년에 외국인학자 알버트 모어Albert Mhor가 홍수로 인해 무너진 금강
변의 지층에서 석기를 발견하면서 알려졌다. 이곳 선사先史시대 유물들은
1964년부터 1992년 까지 13차에 걸쳐 연세대 파른 손보기孫寶基 교수팀
이 주축이 되어 발굴했다. 석장리 뜰에는 구석기시대 사람들의 움막집 모
형이 있는데 사냥과 수렵, 어로활동을 하며 살았다는 것을 짐작케 한다.

충남 공주 석장리 선사유적지

전시실에는 선사시대(약 3만 년 전~1만 년 전)의 유물을 소장하고
있는데, 이는 우리나라에서 최초로 선사유적지에서 출토된 것이다. 긁
개, 찌르개, 자르개, 주먹도끼, 주먹대패, 그리고 돌을 깨서 만든 타제석

기打製石器 등 3천여 점이 출토되었다. 그리고 집터, 불 땐 자리, 불에 탄 곡식낱알과 주거지가 발견되었다. 인류의 진화과정과 단계적으로 도구를 어떻게 만들었는지를 볼 수 있었다.

우리일행은 손보기교수 기념관을 먼저 관람하였다. 우리일행의 남자 회원은 모두 연세대 정치외교학과 졸업생들이다. 그이는 손보기교수가 연세대 박물관장으로 있을 때 보직교수로써 함께 일한적도 있다. 그이는 손교수의 돌멩이 수집에 대한 집착과 열정에 대하여 이야기 해주었다. 전시관 내에는 손교수와 제자 팀들이 함께 발굴하는 장면과 '1989년에 석공상을 수상한 장면' 사진도 있어서 눈길을 끌었다.

석장리박물관에는 「일본 구석기의 시작－이와주쿠」란 제목 하에 일본의 구석기시대유물 29점이 동시에 전시(2013. 7. 15~2014. 2. 2)되고 있었다. 이 구석기 시대 유물들은 1949년 일본 구마현 이와주쿠에서 처음 발견된 것으로써 일본열도에도 구석기시대에 사람이 살고 있었다는 자료이다. 일본에서는 구석기시대 유물을 국보급문화재로 다루는데, 이곳에 전시된 유물은 일본 메이지대학(明治大學, 도쿄)박물관의 소장품들이다. 우리일행은 석장리 박물관을 관람한 후 공주시 공산성으로 향했다.

3) 공주시(웅진, 곰나루) 공산성 公山城

공주시의 옛 이름은 웅진熊津, 우리말로는 곰나루(고마나루)였다. 우리일행은 공주 공산성으로 향했다. 공산성의 둘레는 2.6km, 답사하는데 약 1시간 쯤 걸린다고 한다. 이곳 출신인 우리그룹의 회장은 가이드 역할을 하며 자상하게 오늘의 답사일정을 설명하였다. 1971년에 충남 공주시 송산리에서 백제25대 무령왕(武寧王 462~523)능과 그의 왕비의 능에서 금제 관장식과 금 장신구를 비롯하여 2900여점의 유물이 출토되었으며, 대부분은 공주국립박물관에 보관되어 있다고 했다.

백제의 전성기는 13대 근초고왕(近肖古王, 재위 346~375)때다. 이때 백제의 영토는 지금의 경기, 충청, 전라도, 강원도, 황해도 일원이었다. 백제는 하남위례성(서울 송파구 일원)에서 고구려의 3만대군의 침공으로 475년 백제 문주왕 때 공주로 천도했다.

공산성 금서루錦西樓

공산성(사적 제12호) 서문인 금서루(1993년에 복원)로 오르는 길 오른쪽 길가에는 화강암과 오석烏石에 목사, 관찰사, 우의정, 암행어사 등의 업적을 새긴 불망비不忘碑가 여러 개 세워져 있어서 이색적이었다. 서울에서 공주로 떠나오기 이삼일 전 저녁뉴스에 공산성의 석축이 올여름 잦은 비로 축대가 약해져 낙석落石이 있었다는 보도가 있었는데, 미상불 금서루에 오르니 금서루 내에는 들어가지 말라는 경고문이 붙어있었다. 금서루에서는 매주 토요일과 일요일에 왕성을 호위하던 수문병의 교대식이 열린다고 한다.

공산성은 북쪽으로 금강이 흐르는 해발 110m의 능선에 축조된 토성이었다.『동아일보(2014. 4. 2)』에 공주 공산성 성벽의 일부가 무너졌는데, 흙을 시루떡 모양으로 다져 쌓은 토성이었다고 했다. 공산성은 백제 성왕(538)때 개축했고, 조선시대(선조와 인조)에 대부분 석축으로 중건했다. 조선시대에는 성내에 군량軍糧과 군기軍器를 저장하여 전략적인 요충지로 활용했다.

공산성 금서루

공산성에는 각 방향에 성문(금서루, 진남루, 공북루)이 있고, 금강을 바라보며 전망대 역할을 한 만하루挽河樓와 연지蓮池, 임류각臨流閣, 광복루光復樓, 정유재란 이듬해에 선조가 명나라 3장수의 사은 송덕비를 세우게 한 명국삼장비明國三將碑, 조선 세조 때 세워졌으며 임진왜란 때 승병의 합숙훈련소로 사용되었다는 영은사靈隱寺가 남아있다. 높은 곳에 위치한 쌍수정雙樹亭과 사적비, 그리고 이 언덕아래에 넓은 공터가 있는데, 궁궐이 있었던 곳으로 추정한다고 한다.

무령왕릉지문武零王陵址門 인근의 곰나루 쌈밥

공산성 금서루 아래 길가에는 공주알밤 축제가 열렸는데 지방 특산물과 생밤, 깐 밤, 구운밤, 찐 밤 등을 판매하고 있었다. 백제 제59회 문화제가 열리고 있었다. 산성 가까운 야외 공연장에는 동네 어른들이 천막 아래 의자에 앉아서 공연시간을 기다리고 있는데 고성능 마이크로 백제의 옛 노래가 갈바람에 흘러가고 있었다.

공산성을 둘러본 후, 산성 바로 아래에 있는 곰나루 쌈밥 집에서 우리는 점심을 먹었다. 굴비구이와 불고기, 나물 반찬들이 푸짐하게 나왔다. 부여지방은 예부터 곡식생산량이 풍부하였고, 사람들도 순박하고 인심도 후했다고 한다. 밤술이라는 막걸리는 순한 맛으로 모두 즐기는 것 같았다.

공주에서 부여로 떠날 때 이번 여행을 주선한 회장은 운동선수 박세리와 박찬호의 고향이 공주라며, 기념 체육관이 있는 곳을 가리켰다. 금강을 따라 달리며 차창을 통해 보는 금강변에는 코스모스와 각종꽃밭들로 언덕을 도배했다고 하면 과장일까, 환상적으로 아름다웠다.

4) 부여扶餘 사비성泗沘城

우리일행은 공주를 떠나 백제의 마지막 수도 충청남도 부여의 부소산성(사적 제5호)으로 이동했다. 부소산성은 백제의 마지막 왕성으로 백제시대에는 사비성(泗沘城, 106m)으로 불렸다. 일행은 부소산성을 걸어서 고란사까지 가는 팀과 배를 타고 고란사까지 바로 가는 팀으로 갈라졌다. 산성의 코스는 2.2km, 40~50분소요 된다고 했다. 산성 둘레길은 사각형 돌을 깐, 넓고 아름다운 길이었다. 울창한 숲으로 푸른 그늘을 드리우고 있어서 공기도 싱그럽고, 가끔 성벽 아래로 굽어보이는 경치가 멋있었다.

부소산문을 지나 오른쪽 비탈길을 오르면 백제말기, 의자왕義慈王 때의 3충신(성충 · 흥수 · 계백)을 기리는 삼충사三忠祠 의열문義烈門이 있다. 의자왕의 실정에 직간直諫하다가 유배되었다가 옥사하게 되는 성충成忠, 유배지에서 의자왕에게 충심으로 간한 흥수興首, 그리고 계백階伯장군과 황산벌 전투를 떠올리게 된다.

사비성 사비루

　계백장군은 황산벌(논산)에서 5천명의 병력으로 신라의 김유신이 지
휘하는 5만 군대와 대적하여 4차례 전투 끝에 전사했다. 이때 신라는
당나라 소정방이 이끄는 13만 병력과 라羅 · 당唐연합전선을 형성했다.
계백장군은 전장에 나가기 전에 자신의 검으로 사랑하는 아내와 딸의
목을 베었다. 적의 노비가 되어 처참하게 생을 사는 것보다 차라리 자
기의 손으로 목숨을 정리하는 것이 났다는 판단에서였다. 그런 후 계백
장군은 신라군을 3번이나 격퇴시켰다.

　계룡산 해맞이 누각이란 영일루迎日樓가 멀쑥하게 솟아있다. 걸을수
록 푸름에 젖어드는 아름다운 백제의 길이다. 기념품을 파는 매점도 보
였다. 군량의 창고였던 군창지, 반월루半月樓, 그리고 정상에 사자루(泗
疵樓, 106m)가 솟아있다. 사자루는 달을 보며 국정을 논했다는 송월대
가 있던 자리라고 한다. 이 부근은 퍽 아름답다. 우리는 음료수를 마시
며 이곳에서 잠시 쉬었다가 낙화암으로 향했다.

백화정百花亭 · 낙화암落花岩

사비성 북서쪽, 낙화암이 내려다보이는 절벽 위에 1929년에 세워졌다는 백화정, 주위에는 큰 바위들이 지반을 이루었는데, 수령이 오래된 나무들이 바위 위에 억센 뿌리를 드러낸 채 바위들을 얽어매고 있었다. 백화정과 낙화암 절벽이 있는 이 일대의 경치는 아름답다. 노래와 시문으로 널리 알려진 낙화암은 생각기보다는 규모가 작다고 생각되었다.

나당연합군의 침략으로 백제의 국운이 다했을 때 여러 제희(諸姬, 궁녀)들이 왕포암王浦巖에 올라 물로 뛰어들어 자살했다고 하였다. '낙화암'이나 '3천 궁녀'란 말은 오랜 세월이 흐르는 동안 어느 정도 윤색과 각색이 가미된 것으로 유추할 수도 있으리라. 낙화암 주위에는 난간으로 둘러쳐져 있다. 내려다보니 절벽(60m)아래 황포돛배가 유유히 백마강 물살을 가른다. 무언 속에 영원을 말하는 강, 오늘을 살면서도 영원한 미래로 이어진 강, 그러면서도 바람처럼 자유롭다. 송풍 사이로 고란사 종소리가 은은히 울려 퍼진다면 쉬이 감상에 젖을 것 같았다.

고란사皐蘭寺 · 약수터

고란사(충남 문화재자료 제98호)는 부소산 낙화암 아래쪽, 백마강변에 있는 절이다. 낙화암에서 고란사로 내려가는 길은 계단 사이가 넓고 경사가 가팔랐다. 그러나 무척 아름다운 산길이다. 오후 3시 반 경에 부소산성을 넘어 고란사 뒤 고란정皐蘭井 약수터에 가니 먼저 도착한 회장님이 약수를 한바가지 떠주었다. 전설 때문일까. 물맛이 유난히 시원하였다. 고란수 한 모금에 나이가 3년 젊어진다고 했던가. 샘터 위 바위에는 고란초皐蘭草를 가리키는 화살이 3방향으로 표시되어 있었다. 그 곳엔 조그만 풀포기 두어 개가 바위틈에 자생하고 있었다. 고란약수에 대한 설화와 전설이다.

옛날에 금실 좋은 한 노부부가 살았는데 자식이 없었다. 부인이 도사로부터 고란초가 자생하는 바위절벽에서 흘러나오는 샘물이 백가지 병을 낫게 하는 효험이 있으며, 한잔 마실 때마다 3년이 젊어진다고 하는 말을 듣고, 부인은 남편에게 물을 마시고 오라했다. 그런데 남편이 돌아오지 않자 부인이 찾아가보니 샘가에 남편의 옷 속에서 어린 아이가 누워 있었다고 한다. 도사가 물 한잔 마실 때마다 3년이 젊어진다는 경고를 분명히 하지 않은 것이 탈이었을까? 부인은 아이를 안고 와서 잘 길렀다고 하는 전설이 있다.(부여군 관광정보)

고란사 언덕 아래로는 백마강 황포돛배 나루터가 훤히 내려다보인다. 앞뜰이 거의 없다. 법당건물과 왼쪽에는 요사채가 있고, 오른쪽에는 종각이 있으며, 절 뒤에 약수 샘이 있는 것이 전부다. 고란사의 건축연대는 분명하지 않다. 백제말기에 창건되었다는 설, 백제왕들의 정자였다는 설, 백제여인들의 원혼을 달래기 위하여 고려시대에 세웠다는 설도 있다.

백마강 황포돛배

우리일행은 고란사 앞 정원에서 단체사진을 찍은 후, 백마강 황포돛배 승선지로 내려갔다. 비틀거리는 나의 걸음이 안쓰러웠던지 그이는 걸음걸음 부축해 주면서 "모르는척하고 확 밀어버리면 끝나는데…"하면서 계속 농담을 걸었다. "당신, 내 여행기에 당신이 한 말을 그대로 실을까보다" 했더니 너털웃음을 날리며, "그래 그대로 써라"하였다. 여기까지 읽고 계시는 독자님들과 함께 고란사 갈바람에 웃음을 띠우고 싶다.

오후 3시경, 가을 햇살이 백마강 물결에 반사되어 은빛 비늘로 반짝인다. 우리 일행은 구드래 나루터에서 황포돛배에 승선하여 약 15분간 정해진 코스 따라 백마강을 한 바퀴 돌았다. 확성기를 통하여 백마강과 낙화암, 고란사에 얽힌, 구성진 옛 가락이 강바람을 가른다. 벗들은 모두 희끗한 머리칼을 날리며 눈을 가늘게 뜨고 멀리 강 언저리로 시선을 던지고 있었다. 필자의 젊은 시절에 많이 들었던 노래 「꿈꾸는 백마강」이다.

백마강 달밤에 물새가 울어 / 잃어버린 옛날이 애달프구나.
저어라 사공아 일엽편주 두둥실 / 낙화암 그늘에서 울어나 보자.

고란사 종소리 피 묻히며는 / 구곡간장 올올이 찢어지는 듯
그 누가 알리요 백마강 탄식을 / 낙화암 달빛만 옛날 같구나.

백마강 주위는 낮은 산들로 부드럽고 정다운데, 9월의 마지막 날, 아직 단풍들지 않은 푸른 나무숲이 오히려 여름을 연상케 한다. 강변의 절벽을 올려다보니 방금 굽이굽이 넘어온 부소산성과 우뚝 치솟은 백화정 누각, 그리고 관광객들로 오가는 낙화암이 한 폭의 산수화로 시야에 들어온다. 일상을 잠시 벗어난다는 것이 생활의 변화를 주는 활력소일까? 노경에 벗들과 산천山川놀이를 함께한다는 것은 축복이라고 생각되었다.

백마강 황포돛배

5) 백제역사문화 단지

우리일행이 백제문화관단지에 도착했을 때는 오후 늦은 시간이었다. 가을햇살은 후덥지근할 정도로 기온을 달구었다. 단지 양쪽에 주차장이 있어서 단지 내의 진입이 편했다. 진입로 광장이 퍽 넓었다. 백제문화단지는 부여군 규암면에 약 100만평의 대지에 1994년부터 2010년까지 17년간, 건립비 6904억 원을 투자하여 백제의 궁궐인 사비궁泗沘宮과 개국초기의 궁성인 하남 위례성, 능산리 사지寺址에 있었던 백제의 왕실사찰 능사陵寺, 고분공원, 그리고 백제시대의 계층별 주거문화를 볼 수 있는 생활문화마을을 재현해 놓았다. 그리고 일원에는 백제역사문화관, 한국전통문화학교, 민자투자로 롯데부여리조트가 자리하고 있다.

사비궁의 정문인 정양문正陽門을 지나 왕궁의 정전으로 들어가는 천정문天政門을 만난다. 천정문 양쪽에는 회랑으로 연결되어 있다. 중궁中宮인 천정전天政殿에서는 왕의 즉위의례, 신년행사, 각종 국가의식을 치르는 곳이다. 동궁東宮에는 왕의 집무실, 신하들의 집무공간이 있고, 서궁西宮에는 장수들과 무관들의 집무공간이 자리하고 있다. 천정전 계단 아래에는 백제문화축제의 하이라이트로 「서동요(薯童謠)」 공연 대형광고판이 세워져 있어서 눈길을 끌었다.

현존하는 최고의 향가鄕歌 「서동요(薯童謠)」

「서동요」는 현존하는 가장 오래된 향가이다. 「서동요」는 백제 30대 무왕武王과 신라 26대 진평왕眞平王의 셋째 딸 선화공주善化公主와의 사이에 얽힌 사랑이야기이다. 신라 진평왕의 셋째 딸이 몹시 아름답다는 소문을 듣고 서동(무왕의 아이 때 이름)이 중(스님)의 형색을 하고 신라의 서울 경주로 왔다. 무왕은 왕이 되기 전에 왕족출신이지만 가난하여 마 서薯를 캐며 살았기 때문에 서동薯童이라 불리었다. 서동은 경주 궁궐 근방의 아이들에게 마를 나눠주고 동요를 부르게 했다. '선화공주님은 / 남몰래 정을 통해 두고 / 서동 도련님을 / 밤에 몰래 안고 간다.'라고 지어 부르게 했다. 이 노래는 궁궐 내에까지 알려져 선화공주는 쫓겨나게 되었다. 이때 길목에서 기다렸던 서동이 선화공주를 맞아 백제로 돌아와 왕과 왕비가 되었다. 옛날에 고문시간에 재미있게 배웠던 생각이 떠올라서 여기 적어보았다.

부여백제문화단지 내의 5층 목탑

백제27대 위덕왕10년(威德王, 567)에 신라와의 전투에서 전사한 부왕인 성왕聖王의 명복을 빌 기 위해 능산리에 5층 목탑을 세우고 제祭를 지내기 위해 능사陵寺를 지었는데, 그 능사를 백제단지 내에 재현해 놓았다. 5층 목탑은 화려했다. 장식이 많아서 오히려 답답한 인상을 준다. 신라시대의 석탑이나 목탑이 소박하고 단조로우며, 엄정한데 비하면 백제의 목탑이나 건축양식은 복잡하고 화려하다.

신라는 거국적인 사찰이나 불탑을 건축할 때 백제의 장인들을 초빙하였다. 경주 불국사의 석가탑이나 경주 황룡사 9층 목탑도 백제의 석공 아사달阿斯達과 아비지阿非知였다.

한반도가 일본에 전수한 문화예술

삼국시대에 대륙으로부터 받아들인 선진 문화예술은 승려와 학자를 통하여 고스란히 일본에 전수했다. 백제의 불교는 사비도읍 때 성황을 이루었다. 기록에 의하면 백제는 일본에 불교를 전해주었고, 천문, 둔갑遁甲, 방술方術도 전해주었다. 고구려의 평양에서 승려 화가 담징曇徵은 일본에 유교와 그림을 가르쳤으며, 붓과 종이, 그리고 먹의 제조법도 전했다. 승려 혜자慧慈도 일본에 불교를 전파하고, 일본 쇼토쿠태자(聖德太子, 574~622)의 스승이 되었다. 쇼토쿠태자는 일본의 불교를 일으킨 인물로서 법륭사法隆寺를 창건하였고, 화가 담징은 법륭사 금당벽화金堂壁畵를 그렸다고 한다.

백제는 3국 중에서 왜(倭·일본)와 우호적이고 상호 원조하는 형태였다. 백제 근초고왕近肖古王 때 아직기阿直伎는 일본에서 태자의 스승이 되어 한문을 가르쳤고, 왕인王仁박사는 『논어』와 『천자문』을 일본에 전했으며, 태자와 군신들에게 한문과 경사經史를 가르쳤다. 무령왕 때는 오경박사와 의학, 천문학, 역학박사 등을 일본에 보내어 일본 유학儒學의 기초를 마련했다.

660년에 나당연합군에 의하여 백제의 사비성이 함락되었고, 663년에 백강전투에서 패망했을 때 백제 멸망을 전후하여 백제인 약 20만 명이 망국의 한을 품고 일본으로 이주했던 것으로 추정한다. 이들은 일본의 오사카동북부 히라카타枚方에 정착하여 '리틀 백제'를 세웠다. 이곳에 백제사百濟寺와 백제왕 신사神社터가 1952년에 발굴되었다. 백제 의자왕의 아들 선광왕은 일본으로 망명 후 '백제왕'성姓을 하사받고 오사카에 정착했다고 한다.(『동아일보』2015. 7. 7) 임진왜란 때 납치해간 남원도공과 불법으로 반출한 문화재와 유교서적, 활자와 출판기술 등으로 일본의 학술문화 사상에 크게 기여한 것은 잘 알려진 사실이다. 공주공산성, 공주 송산리 고분군, 부여 관북리 유적과 부소산성, 부여 정림사지, 부여 능산리 고분군, 부여 나성, 그리고 익산의 왕궁리 유적과 미륵사지 등 백제유적지가 유네스코세계유산으로 등재(2015. 7)되었다.

우리일행은 부여의 메기매운탕으로 소문난 식당에서 장어구이와 메기매운탕, 그리고 '청하' 한두 잔씩으로 이른 저녁을 먹고, 일찍 서울로 향했다. 오늘 일정을 즐겁고 뜻있게 보내게 된 배경에는 사전답사를 한 회장의 성의와 아름다운 가을 날씨가 있었다. 공주 출신인 회장님은 우리일행이 공주를 떠나올 때 공주알밤 꾸러미를 선물하였고, 어떤 벗은 김부각과 뱅어포를 선물로 돌렸다. 학창시절의 벗들과 함께 백제유적지를 찾아다니며 함께 거닐었던 시간들은 추억의 동산에 오래 남을 것이다.

6) 단양 팔경 丹陽八景

단양은 충청북도 동북부에 위치하고 있는 내륙산간지방으로 면적의 84%가량이 산악지대이다. 백두대간의 소백산맥 따라 남한강이 흐르며, 산세가 험준하여 천하의 절경을 이룬다. 여기에 충주호忠州湖는 충주댐 건설로 1985년에 조성된 인공호수로서 충주시, 제천시, 단양군 일원에 걸쳐있으며, 충주나루, 단양나루, 청풍나루, 장회나루 등이 있어서 아름답다.

1991년 5월, 우주의 생명력과 모든 기운을 흡수한 듯 바라보는 곳곳마다 초목이 다투어 무성하다. Y대학 특수대학원생들의 부부동반 교육프로그램이 충주시 수안보에서 열렸다. 특수대학원 총책을 맡고 있는 남편 따라 필자도 초대받았다. 지난밤에 대학원생들의 세미나가 끝난 후, 친선오락시간에 시를 읊어달라는 주문에 필자는 5월에 적합한「유산가(遊山歌)」를 읊어주었다. 「유산가」는 조선후기 평민가사의 대표라 할 수 있는 잡가인데, 의성어擬聲語가 많아서 비교적 흥취가 있는 작품이다. 하지만, 오늘 유람선 관광이 있는 것을 미리 알았다면 소동파의「적벽부(赤壁賦)」를 읊어주었을걸 싶었다.

충주호 선상유람

충주호 유람선에 탑승하였다. 쾌청한 5월의 쪽빛 하늘에는 면사포 같은 구름 몇 조각이 걸려있고, 물결에 반사되는 햇빛은 고기비늘처럼 반짝였다. 산간을 건너오는 5월의 강바람은 싱그러웠다. 신 단양나루까지 성의껏 모시겠다며 맞아주는 안내양의 모습이 산뜻했다. 의자에 편안히 몸을 던지고, 뱃전에 찰랑대는 잔물결소리를 들으며 도시생활에 찌든 마음의 문을 열고, 거품처럼 일어나는 사념의 잔해들을 헹구었다.

자연의 모든 것이 각각 제 삶의 절정을 숨김없이 보여주는 5월의 아름다움은 도시생활에 무디어진 계절감각을 되살려주기에 충분하였다. 하늘과 들판 그리고 강이 함께 펼치는 5월의 푸른왕국은 보는 이로 하여금 푸른 무도회에 초청받은 귀인이라도 된 듯한 착각을 안겨주고, 비록 시인이 아닐지라도 시인이 된 듯한 환상 속에 꿈꾸게 했다.

유람선이 남한강 주변의 선사유적과 문화유적을 간직한 청풍나루를 지날 때, 가이드는 지난날 고구려와 신라 간의 전투가 빈번했던 옛 전쟁터였다고 했다. 인간의 피비린내 나는 역사를 알고 있으면서도 말이 없는 강, 오직 거울처럼 청정한 자신의 몸 위에 구름과 산영을 아름답게 비추며 바다로 가고 있을 뿐이다.

'도담삼봉嶋潭三峰'에 이르자 가이드의 설명이다. 제1경인 도담삼봉은 남한강 물줄기 가운데 3개의 바위가 솟아있는데 가운데 큰 바위를 장군바위(6m)라 하고, 양 쪽으로 조그마한 바위 두개 솟아있는 것은 첩바위와 처 바위라고 했다. 그 말을 듣고 보니 남편인 장군 바위 쪽을 바라보고 있는 첩 바위는 좀 교태를 부리는 것 같고, 고개를 반대방향으로 돌리고 있는 처 바위는 좀 토라진 듯 보이기도 하여 가이드의 설명을 듣고 모두 한바탕 웃었다. 장군봉에는 육각정이 있는데 물속 바위 위에 세워져 있어서 더욱 비경이다.

도담삼봉바위

  도담삼봉은 원래 강원도 정선군에 있던 삼봉산이 홍수 때 떠내려 왔다고 한다. 그래서 매년 정선에 세금을 내고 있었다. 삼봉 정도전三峰 鄭道傳은 '우리가 정선에서 삼봉산을 떠내려 오게 한 것도 아니고, 이곳에서 물길을 막아 오히려 우리가 피해를 보고 있으니 도로 가져가라'고 한 후 부터는 세금을 내지 않게 되었다고 한다. 흥미롭게 들렸다. 단양은 태조 이성계를 도와 조선을 세운 개국공신 삼봉 정도전의 출생지이다. 정도전은 유년시절에 자주 도담삼봉을 찾았으며, 학문연구에 정진하면서 큰 꿈을 키운 곳이라고 한다. 그의 호도 여기서 따왔다고 한다.

  조선시대 성리학자인 퇴계 이황선생이 단양군수로 재직할 때 '단양팔경'을 중국 소상강瀟湘江의 '소상팔경' 보다 더 아름답다고 극찬했다. 이곳 도담삼봉을 예찬한 퇴계선생의 시이다.

    산은 단풍잎 붉고 물은 옥같이 맑은데
    석양의 도담삼봉엔 저녁 놀 드리웠다
    신선의 뗏목을 취벽에 기대고 잘 적에
    별빛 달빛 아래 금빛파도 너울지더라.

퇴계선생은 1548년(48세) 단양군수로 부임한지 9개월 만에 풍기군수로 옮겨갔다. 그 짧은 기간 동안에 퇴계선생과 관기 두향(官妓, 杜香)과의 만남은 아름답고 슬픈 사랑이야기를 남겼다. 두향은 퇴계선생을 진심으로 존경하며 사랑하게 되었다. 두향은 용모가 뛰어나고 거문고를 잘 탔으며 시와 그림을 잘 그렸다고 한다. 두 사람은 헤어진 후로 다시 만나지 못하였다. 두향은 옛날 퇴계선생과 함께 거닐었던 강선대降仙臺 아래 남한강 변에 움막을 치고, 퇴계선생을 그리며 살았다고 한다. 퇴계선생의 별세(69세)소식을 접하고, 두향은 남한강에 몸을 던졌다는 전설 같은 이야기가 전해오고 있다. 두향의 묘는 충주호 건설로 수몰하게 되었는데 강선대 위쪽으로 옮겨졌다고 한다.

'석문'은 제2경인데 석회동굴이 붕괴되고 남은 일부가 구름다리처럼 남아있는데 강에서 올려다보면 하늘에 걸린 듯 신비롭게 보인다. 기암괴석이 거북 같다하여 구담봉龜潭峰이라 불리는데 바위절벽이 펼쳐져 있다. 그리고 바위틈 사이에 뿌리내린 소나무는 생각할수록 불가사의하다. 바위색이 흰 옥순봉玉筍峰, 대나무 순처럼 곧고 힘차게 솟았다. 단양 3경, 4경을 유람선을 타고 감탄하며 지나간다.

사인암舍人嵓은 높이 70m 되는 기암절벽 위에 소나무가 무성하고 청류가 그 아래 휘감아 흐른다. 해금강을 연상케 하는 풍광이다. 다양한 바위들이 품평회品評會를 펼치는 것 같았다. 고려 때 유학자 우탁禹倬선생은 임금을 보필하는 사인舍人직책을 맡았다. 우탁선생은 노후에 고향인 단양에서 제자들을 기르며 사인암 일원을 무척 사랑하였다고 한다. 그래서 조선 성종 때 단양군수가 우탁선생을 기리는 의미에서 사인암이라 명했다고 한다. 평소에 필자가 가장 좋아하는, 해학이 넘치는 시조 중의 하나가 우탁선생의 「한 손에 막대잡고」이다. "한 손에 막대잡고

또 한 손에 가시 쥐고 / 늙는 길 가시로 막고 오는 백발 막대로 치렸더니/
백발이 제 먼저 알고 지름길로 오더라." 이다. 이런저런 생각에 젖어 있
는데 뒷좌석의 대학원생 한 분이 나의 어깨를 두들기며 속삭였다. "사모
님이 지난밤에 읊으신 「유산가遊山歌」의 한 장면 같습니다." 하였다.

구담봉

배가 넓은 모래톱을 지날 때 흰 물새 한 마리가 외롭게 날아오른다.
이렇게 큰 강가에 저 물새는 왜 홀로 날까? 수림이 빼어난 산 계곡에 까
치나 뻐꾸기의 울음소리는 왜 들려오지 않을까? 라는 생각이 얼핏 들자
라켈 카슨Rachel Carson의 「소리 없는 봄(Silent Spring)」이 떠올랐다. 인간
은 자연을 좀 더 사랑할 줄 알아야겠다고 생각했다. 아직도 5월의 강 위
에는 향기로운 바람이 밀려오고, 푸른 물줄기 속에는 고기떼가 뛰논다.
단양의 5월, 강위로 오늘도 기암절벽은 자태를 드리우고, 하늘은 내려
와 놀고 있는데, 우리일행은 금빛 붕어 떼가 되어 5월의 강에 마음껏 유
영했다.

7) 서천 동백꽃 · 마량리 주꾸미 축제

서해안 충남 서천으로 동향의 벗들과 당일 봄나들이를 떠났다. 오늘
일정은 서천 동백꽃군락지와 동백정, 마량리 쭈꾸미 축제장을 둘러 개
심사 벚꽃을 보고 올 예정이다. 2011년 4월 초, 아침 7시경, 서울역 앞
에는 관광버스 수 십대가 두어 블락을 도열해 있고, 봄나들이 객은 인
산인해를 이루었다. 서해대교를 달릴 즈음에는 일상의 테두리를 벗어
났다는 나들이 기분이 들었다. 그러나 창밖으로 바라보는 4월의 들녘
풍경은 한겨울 같았다. 산자락이고 들녘이고 연초록 봄빛은 없고, 메마
른 나뭇가지와 회색빛 나목들만 시야를 스쳐간다. 그래도 충남 서천은
남쪽이라 동백꽃이 한창이겠지. 시절이 어수선해도 자연은 말없이 남
쪽에서 봄을 싣고 와 충남에 풀어놓았으리라 생각하였다.

충남은 남쪽이라 동백꽃은 피었으리라 생각했는데 아니었다. 지난해
(2010년) 9월 2일 태풍 곤파스Kompasu가 충청남도 태안, 서산, 홍성, 보
령을 강타했다. 충남 벼 재배면적의 30%가 백수白穗의 피해를 입었다.
비록 4~5시간 만에 한반도를 관통했지만 남한에 실종5명, 이재민 112
명, 1670여억 원어치의 재산피를 낳았다. 서울에는 가로수가 뿌리 채 뽑
혀 교통이 마비되었고, 전기가 두절되었으며, 지하철 운행이 한 때 끊기
기도 했었다. 작년 가을, 배추 한 포기에 1만 5천원 기록을 세웠고, 배추
3포기 든 망 1개를 사기 위하여 새벽부터 5시간 줄을 서서 기다렸다. 중
국으로부터 배추를 대량 수입하는 사태가 빚어지기도 했었다.

지난겨울부터 오기 시작한 폭설은 춘삼월 호시절이란 말이 무색하
게 올해(2011) 3월 말까지도 곳곳에 눈이 내렸다. 어저께 4월5일 식목
일에는 서울올림픽공원에 2500여 그루 묘목을 심는 행사가 있었는데,
태풍에 강한 상수리나무와 조팝나무 묘목을 심었다고 한다. 여의도의

필자가 사는 아파트정원에서만도 25그루 이상의 거목이 곤파스 태풍에 넘어지고 뿌리 채 뽑혔다. 정원의 숲이 아름다워 이웃 아파트주민이 와서 새벽에 걷기도 하는데, 올봄은 꺼칠하고 엉성하였다.

넌센스 퀴즈(Non-sense Quiz)

버스운전기사도 나이가 들어 보인다. 운전기사는 '퀴즈'라며 알아 맞춰보란다. '전어 굽는 냄새에 <뭐도?>돌아온다.'라고 하자, 여성노인들은 착한 초등학생마냥 이구동성으로 "집 나간 며느리"라며 합창하였다. 즉각적인 반응에 기분이 좋아졌는지, 기사는 또 퀴즈를 던졌다. "퀴즈 문제가 너무 쉬웠나 보군요." 하더니 또 '성공하면 죽고, 실패하면 사는 것?'이라 하자 몇 분이 '자살'이라고 답했다.

기사님은 이번에 이 문제를 맞히면 3만 5천원 상금이 있다고 뜸을 들였다. 할머니들은 '와아―'하는 반응이었다. 과연 오늘의 퀴즈 상금을 타는 사람은? 하는 은근히 호기심을 불러일으켰다. 그런데 그 운전사는 "이제 사랑은 그만!"이라는 말을 꼭 한 글자로 답하라고 했다. 그러자 그 답을 아는 사람들이 있는 모양이었다. 버스 구석에서 킥킥 웃는 소리가 났다. 그러나 아무도 선뜻 답을 하지는 않았다.

기사는 답을 알아도 참마 말하기 난처하다는 심리작전을 겨냥하였다. 이 퀴즈의 답은 일어서서 답을 하라고 재차 다그쳤다. 상금이 3만 5천원이라고 강조했다. 어느 누가 모기우는 소리로 '빼'라고 답하자, 구석에서 잔잔한 웃음소리가 들렸다. 차내에 젊은 사람들이 없으니 노인들끼리 못할 농담이 없는 모양이었다.

마량리馬梁里 바닷가 주꾸미 음식점

마량리 바닷가 주꾸미 음식점으로 왔을 때는 12시 경이었다. 주꾸미가 다락마다 넘쳐나는 생선 가게, 음식점 앞에서 하차하였다. 주꾸미, 꽃게, 키조개, 멍게 등, 서해의 활어가 다락물동이에서 다투어 퍼덕이며 기어올랐다. 주꾸미는 문어과에 속하는데 발까지 길이가 25cm가량, 다리는 8개, 문어나 오징어에 비해 육질이 매우 부드럽고, 감칠맛이 있으며, 4~5월이 산란기라 봄철이 제철이다. 한국과 일본 등의 바다 얕은 모래에 산다.

남편의 동향의 벗 부부 한 쌍과 함께 주꾸미, 키조개, 그리고 꽃게 몇 마리를 흥정하였다. 긴 고무장화를 신고, 나무도마 위로 흘러넘치는 물줄기에 활어를 장만하는 아저씨의 솜씨는 과히 예술이었다. 서비스로 멍게 4마리를 곁들어 주었다. 2층 식당으로 올라가니 12시 밖에 안 된 점심시간인데도 주꾸미 샤브샤브 냄비에 둘러앉은 그룹들이 꽤나 많았다. 서해안, 툭 트인 바다를 앞 정원으로 둔 이 음식점은 크기가 한 50평 되어 보였다. 3면이 대형 유리창이었다. 안쪽 벽에는 대형 그림이 걸려있었다. 벽 그림에 전어 떼가 몰려오는데, 「전어 굽는 냄새에 집나간 며느리도 돌아온다.」란 문구가 있어 방금 차 안에서 들었던 퀴즈가 떠올라 미소를 짓게 했다. 바구니를 기어올라 탁상위로 꿈틀대는 주꾸미를 잡아 가두며, 서해의 진미를 통째로 탁상에 올려놓은 기분이었다. 우리는 '청하' 한 병으로 나들이 축배를 들었다. 마주 앉은 벗들의 눈에는 안개자락 살며시 거두어 하늘로 오르는 서해西海가 풍경화로 아른거린다.

수령 500년 된 마량리 동백꽃 군락지

마량 동백꽃 군락지(Camellia Forest)는 바다 쪽으로 표고 약30m 정도의 언덕에 85그루의 수령 500년 된 동백 숲(천연기념물 169호)이 있다. 동백정으로 올라가는 길은 넓은 바위를 잘라 놓은 돌길이다. 동백꽃이 이른 봄에 핀다는데 4월 중순이 가까웠는데도 대부분 꽃봉오리로 머물고 있었고, 얼마쯤 핀 꽃도 웃는 모습이 아니었다. 올해는 모든 나무들이 거슴츠레한 눈빛이었다.

동백정에서 음력 정초에는 고기를 많이 잡고, 고기잡이배에 재앙이 없기를 비는 풍어제豊漁祭를 이곳에서 지낸다고 한다. 동백정 누각은 일출과 일몰을 바라볼 수 있는 서천에서 이름난 곳인데, 서해의 크고 작은 바위섬을 바라보는 경치는 퍽 아름다웠다.

동백정에서 바라본 서천 서해안 바다

상왕산 개심사象王山 開心寺

충남 4대사찰 중의 한 곳이란 서산 개심사로 달렸다. 봄에는 벚꽃으로 이름난 곳이다. 상왕산(307m) 자락에 있는 '개심사'는 '마음을 여는 사찰'이란 뜻이다. 사찰로 오르는 길목에서 하차하여 입구에 세워둔 개심사의 내력을 읽었다. '개심사'는 백제 의자왕(654년) 때 혜감국사가 창건했는데 1475년에 화재로 소실, 1484년 조선 성종 때 중건되었다. 개심사 대웅전이 보물 143호라고 한다. 길목부터 화려한 연등행렬이 부처님오신 날이 가까웠음을 알려주고 있었다. 일주문에서 500m 가량 오르면 개심사로 오르는 지그재그 형태의, 자연 바위로 만든 돌계단 길과 적송赤松 숲이 보인다. 계곡을 굽이돌며 놓여있는 돌계단이 아름답다.

필자는 상왕산 절정에 까지는 오를 자신이 없었다. 무릎관절이 신통 찮아 벗과 함께 계곡을 지나 산등성이 3분2까지 힘겹게 올라갔다. 적송 이 들어선 숲길, 솔 향이 4월 바람에 향기롭다. 오르다가 작년여름 태풍 에 뿌리 채 뽑힌 듯 산비탈에 여기 저기 누워있는 소나무 등걸에 벗과 함께 걸터앉아 쉬면서 욕심껏 송풍을 들이마셨다. 하산하는 내리막길 에 있는 실개천에 손을 담겄다. 마음도 씻어내는 기분으로….

개심사를 다녀온 그룹 중 '개심사왕벚꽃' 이야기를 하는 사람은 아무 도 없었다. 왕벚꽃은 고사하고, 연초록의 물오른 나뭇가지도 볼 수 없었 기 때문이다. 우리일행은 예정대로 오후 5시에 서산을 뒤로했다. 버스에 오르기 전에 연한 취나물거리를 두 봉지 구입하여 한 봉지는 벗에게 주 었다. 산나물 향기처럼 상큼하고 싱그러운 우정이 자라기를 바라면서….

8) 대둔산大芚山 마천대摩天臺

동향의 친구 일곱 명은 부부 동반하여 전북 완주군과 충남 논산과 금 산군에 걸쳐있는 대둔산(878m)으로 봄나들이를 떠났다. 2008년 4월 25일, 아침 7시30분에 서울역 앞을 출발하여 잠실과 죽전에서 차례로 친구들을 만났다. 관광버스의 수용인원은 45명이었으나 비가 오겠다 는 일기예보관계로 스무 명 정도였다.

도심을 벗어나자 따끈한 잡곡밥에 전과 김치, 그리고 생선조림의 아 침밥이 돌려졌다. 차창 밖에는 전날 비에 씻긴 4월의 신록이 더욱 싱그 럽다. 여행의 설렘과 흥분으로 새벽부터 일어나 허둥대는 바람에, 또 벗들과 함께 먹는 음식이라 별식이 아닌데도 맛있게 먹었다.

남편의 친구들은 대부분 고희古稀를 맞는 해였다. 소위 말하는 이립

(而立, 30세), 불혹(不惑, 40세), 지천명(知天命, 50), 이순(耳順, 60세), 종심(從心, 70)에 이른 것이다. 나이 70에 이르면 하고 싶은 일을 해도 법도에 크게 어긋남이 없다고 했다. 70세를 고희古稀라 한 말은 당나라 시인 두보杜甫의 시 '인생 칠십 고래희人生七十古來稀'란 시구에서 따왔다. 의식주와 의학의 발달로 국민의 평균수명이 1950년대 비하여 배로 늘어났다. 옛날 보릿고개 때 회갑回甲을 맞는 것은 드물었다. 그래서 화갑이 오면 수연을 크게 베푼 것이리라. 희수(喜壽 77세), 산수(傘壽 80), 미수(米壽 88), 백수(白壽 99)등의 소리를 가끔 듣지만 정신이 맑지 않으면 장수한다는 것이 축복만은 아닌 것 같다. 이런저런 생각에 잠기는데, 우리일행은 여행사 측에서 인도하는 대로 천안 '한록원 사슴농장'에 도착했다.

사슴농장과 고려인삼

여행회사가 저렴한 가격에 관광객을 유치할 수 있는 것도 이런 기관으로부터 보조금을 받기 때문이라고 한다. 관광객은 마음이 내키지 않아도 협조해 주어야 한다. 「한록원 사슴농장」의 주인은 퇴임한 학교 선생님이라고 하는데 흙 묻은 연장을 들면 꼭 어울릴 것 같은 분이었다. 국산 녹용과 외국산 녹용을 구별하는 방법과 녹용의 약효에 대하여 설명하였다. 요즘 미용수술로 자꾸 얼굴피부를 댕기다보면 나중에 괴물같이 변하는데 비싼 성형수술을 하지 말고 미리 노화방지를 하는 것이 현명하지 않느냐 하여 관광객은 웃었다. 주인은 녹용을 팔기 위하여 다른 보약제를 덤으로 끼워주면서 관심을 모으려고 안간힘을 썼다. 여행객의 반응은 냉랭한 편이었다. 여행가이드는 여행객들이 호응하지 않자 난감한 표정을 지었다.

차를 돌려 금산 인삼재배지, 3대로 내려온다는 '金家 고려인삼 판매장'에 들렀다. 주인은 인삼의 효능을 강의하면서 인삼과 홍삼과 흑삼에 대하여 말하였다. 흑삼에 대한 관광객의 반응은 비교적 좋은 편 이었다. 해서 가이드의 얼굴에는 웃음이 다발로 피어올랐다.

철쭉꽃이 만발한 대둔산자락

정오를 지나서 우리는 대둔산을 향했다. 가는 길에 감나무 마을 양촌리를 지났다. 충남 논산시 양촌면은 곶감의 산지이다. 가이드는 여행객이 이 일대를 가을에 오면 길가에서나 어디서나 익은 감을 마음껏 따먹을 수 있다고 했다. 그리고 원하면 따 갈수도 있으며, 지키는 사람도 없다고 했다. 순간 옛날 가난에 굶주렸던 보릿고개 시절에는 가을에 갓 익는 붉은 감을 따서 박스나 나무상자에 짚을 깔고 보관해 두었다가 홍시가 되면 부모님들께 드렸다. 조홍시早紅柿 몇 개를 쟁반에 담아 이웃집 어른께 대접하기도 했다. 마음이 한가하니 생각은 유년의 뜰로, 고향으로, 부모님 생각으로 추억의 강을 오르내렸다.

2008년 4월 25일, 강과 개울이 봄 가뭄으로 바닥을 드러내고 있었다. 강을 따라 이어지는 계곡에는 펜션과 민박시설을 갖춘 집들이 즐비했다. 어떤 집들은 철쭉꽃이 울타리처럼 집을 둘러 피어있어서 탄성을 자아내게 하였다. 점심때 우리는 대둔산 자락에 있는 공용주차장에 도착했다. 일대에는 공원관리 사무소가 있고, 식당가와 매점이 즐비하였다. 우리 일행은 '대둔산 한밭식당'에서 점심으로 산채비빔밥을 먹었다. 취나물이 향기롭고, 처음 먹어보는 상추줄거리 나물이 특별했다. 진수성찬이 아니어도 벗들과 낯선 고장에서 함께하는 식사자리란 웃음이 넘친다.

대둔산 도립공원은 완주, 논산, 금산에 걸쳐있지만 케이블카가 설치된 곳은 완주 쪽이다. 오후 2시30분경 대둔산 등산케이블카를 타려고 포장된 도로를 따라 올랐다. 도로 양변에는 보랏빛 빨강, 진분홍, 감색,

하얀색 철쭉꽃이 무리지어 잉걸불로 타고 있었다. 우리나라는 어디를 바라보아도 아름답다. 언덕바지에 산나물을 파는 노파들의 눈빛은 순박하다. 성인이 될 때까지 시골 두메에서 자란 필자는 흙냄새가 피어오르는 봄철이면 나이 태는 높았지만 감성은 봄 시편들로 출렁인다. 어느새 필자는 김상옥 시인의 「사향(思鄕)」을 중얼거렸다.

> 눈을 가만 감으면 굽이 잦은 풀밭길이
> 개울물 돌돌돌 길섶으로 흘러가고
> 백양 숲 사립을 기린 초집들이 보이구료. (…)
> 어질고 고운 그들 멧 남새도 캐어오리
> 집집 끼니마다 봄을 씹고 사는 마을
> 감았던 그 눈을 뜨면 마음도로 애젓하오.

대둔산 케이블카와 최고봉 마천대摩天臺

대둔산은 기암절벽의 수목과 어우러져 절경이다. 산세가 빼어나 소금강산이라 불린다. 도립공원으로 지정된 이 산자락에 1990년에 50인승 케이블카를 설치하였다. 케이블카는 6분소요, 왕복비용은 대인이 6천원이었다. 연간 65만 명의 관광객이 찾아든다고 한다. 매표소는 아주 잘 지어진 건물로서 매점과 화장실, 그리고 누각과 휴식을 할 수 있는 공간이 있어서 아주 편리하였다. 케이블카로 오르는 동안 대둔산 계곡과 멀리 돌아간 산길, 파도처럼 능선을 이룬 산맥, 산 정상에 직립해 있는 기암괴석과 바위절벽에 뿌리내린 우람한 청송은 장관이다.

케이블카에서 내려 가파른 계단을 굽이돌아 오르니, 임금바위와 입석대 사이에 가로 놓인 빨간색 철제 금강구름다리(높이 81m, 길이 50m)가 멋있게 걸려있다. 이 절경에 욕심을 낸다면 석벽에서 내리 꽂히는 폭포를 볼 수 있었으면 금상첨화일 것 같았다. 하지만 올해 봄은 극심한 가뭄이다. 오늘도 서울에는 천둥 번개를 동반한 비가 온다고 했지만, 정작 봄비는 오지 않았다고 한다.

구름다리에서 마천대摩天臺 최고봉을 올려다보니 빨간색 철제다리로 오르는 계단의 각도가 60도(실제는 51도)는 넘어 보인다. 계단이 까마득히 구름에 맞닿아 있는 듯하다. 그 가파른 계단 아래에는 등산객이 몰려있었으나 정작 오르는 사람은 한두 명 뿐이었다. 금강구름다리에서 내려다보니 푸른 신록으로 단장한 계곡 사이로 좁은 돌계단 등산로가 보였다. 케이블카와 구름다리가 없었을 때는 인적 드문 산골, 저 오솔길로 오갔으리라. 구름다리를 건너가 두 손 두발로 가파른 계단을 몇 굽이도니 입석대가 맞아주었다. 3년 전에 필자는 무지無知의 힘으로 중국 안휘성에 있는 황산(黃山, 1860m) 서해대협곡을 8시간 걸은 적도 있었다. 그 때 얻은 용기로 오늘 따라나섰다.

동학농민혁명의 최후 항전지

입석대가 있는 그 곳에 스님 한 분이 한 평 됨직한 바위틈에서 천천히 오가며 염불을 하고 있었다. 조지훈의 시「승무」에 나오는 승려처럼 파르라니 깎은 머리가 왠지 안쓰럽다. 큼직한 바위 앞에는 높이가 20cm쯤 되는 작은 불상이 놓여 있었다. 아무리 보아도 나이는 40미만, 젊은 스님은 무엇을 기원하는 것일까. 대둔산을 오르내리는 중생들의 안전을 비는 걸까? 아니면 저 공중가교 지나 대둔산 정상(715m)에서 관군과 일본군에 항전하다가 최후에 장렬히 숨진 동학농민혁명 지도자 25명의 명복을 비는 것일까? 분명히 수행의 큰 뜻이 있으리라 상상해 보았다. 동학농민군 지도자들은 이곳에서 3개월간(1894. 11~1895. 1) 초막을 꾸리고 최후항전 했다. 동학혁명군은 불량한 양반들의 죄를 가려내어 벌줄 것, 노비문서의 소각과 천민의 대우개선, 불법세금을 없애고, 일본과 내통한자를 엄벌에 처할 것 등을 부르짖었다. 당시 조정은 동학혁명군을 저지하기 위하여 청군을 불렀고, 텐진(天津, 1885)조약을 빙자하여 일본군도 들어왔다. 동학농민전쟁이 결국은 조선의 지배권을 놓고 청·일 전쟁淸日戰爭으로 번졌다.

산들이 높아 계곡이 깊은 우리나라, 대둔산의 기암절벽과 울창한 수림은 빼어난 경승지다. 금수강산이란 표현은 우리국토를 두고 아무리 자찬해도 과언이 아니다. 케이블카로 하산하여 잠시 팔각정에 들렀다. 오후 4시가 가까워지자 비구름이 모여들고 하늘은 무거워졌다. 선선한 봄바람은 등산하기에 최적의 조건이었다. 벗들은 이 멋있는 풍광 속에서 나에게 시 한 수를 읊으라고 하였다. 대둔산의 절경을 소금강이라 부른다고 하기에, 정비석의 금강산 기행문 「산정무한(山情無限)」의 끝 부분을 읊었다. 왜 하필이면 허무함을 느꼈을까? 어쩌면 동학농민군이 떠올랐기 때문일까? "… 천년사직이 남가일몽南柯一夢이었고, 태자 가신지 또다시 천년이 지났으니, 유구한 영겁으로 보면 천년도 수유須臾던가! 고작 칠십 생애에 희노애락을 싣고 각축하다가 한 움큼 부토로 돌아가는 것이 인생이라 생각하니, 의지 없는 나그네의 마음은 암연히 수수롭다."

내려오는 비탈길에는 대둔산 자락에서 채취한 여러 가지 산나물들이 저자섰다. 어느 벗이 요즘 취나물은 연하고 향기롭다며 두 봉지 사서 나에게 한 봉지 선물로 주는 것이었다. 오늘은 내가 사 주려고 물어보는 사이에 벗이 먼저 돈을 지불하는 바람에 나는 또 받기만 했다. 주위에는 베풀기를 즐기는 벗들이 많아서, 필자는 늘 인정에 빚을 지는 편이다.

강경江景 젓갈시장

강경의 행정구역은 충남 논산시 서부에 위치하고 있는 강경읍이다. 강경은 조선시대에 동해안의 원산항구와 더불어 2대 포구였다. 강경포구는 강폭이 400m에 달하여 대형선박의 출입이 가능했으며, 100여 척의 배가 드나들 수 있는 하항河港이었다. 수상교통으로 충남의 공주와 부여 그리고 장항과 군산을 연결하는 교통의 요지였다. 특히 일제강압시대에 일본인들이 강경으로 많이 진출하여 시장, 상점, 금융건물을 세웠다고 한다.

강경은 젓갈이 유명하다. 우리는 젓갈 매장과 식당을 운영하는 '황산 젓갈 상회'에 들렸다. 맛깔스런 젓갈이 풍성하게 진열되어 있었다. 옛날에 비하여 요즘 젓갈은 염도가 낮아 안심하고 즐길 수 있다. 품질이 좋은 마른 멸치도 서울에 비해 삼분의 일 가격이었다. 일행은 자식들에게 나누어줄 건어물과 젓갈을 열심히 구입하는 것 같았다.

우리일행은 동태국에 무와 두부를 넣고 새우젓국으로 간을 하였다는데 찌게국물이 시원하였다. 따끈한 백반에 각종 젓갈로 식사를 하는 것도 일미였다. 저녁 7시 경에 떠나, 밤 9시경에 서울에 도착했다. 한 두 방울씩 비가 떨어지기 시작하였다. 벗이 사 준 산나물과 강경 젓갈시장에서 산 멸치와 젓갈 꾸러미를 들고 여의나루 둥지를 향해 택시에 올랐다. 낮에 비가오지 않아서 산행과 봄나들이를 즐길 수 있었고, 강경시장에서 귀한 식품도 싼 가격에 구입할 수 있어서 일석이조의 목적을 달성한 봄나들이였다.

9) 태안반도 만리포 정서진正西津

2007년 3월 말경, 아침 9시에 그이의 대학 직장동료 부부 여섯 명은 봉고차로 충청남도 태안반도에 나들이를 떠났다. 태안군에는 70여개의 크고 작은 섬과 해수욕장, 그리고 해변에 송림이 울창한 해안국립공원이 있다. 날씨는 흐렸으나 눈부시지 않아 오히려 산야와 바다를 완상하기에는 편안했다.

교외를 벗어나자 언덕과 계곡은 아직 겨울옷을 완전히 벗지 않았는데 군데군데 진달래, 개나리, 목련이 겨울잠에서 깨어난 것 같았다. 아산만과 남양만이 숨바꼭질하듯 갯벌과 바다를 교대하며 보였다가 사라진다. 기온은 15도 가량, 봄 햇살은 안개 속에 졸고, 썰물에 속살을 드러낸 습지대가 질펀하게 누워있다. 안개 속에 바다는 수평선을 그을 뿐이었다.

서해안고속도로 구간 중 서해대교(7.3km)는 국력과 현대건축공법이 낳은 한국의 자랑거리이다. 강풍과 리히터규모 6의 지진에도 견딜 수 있도록 설계되었으며, 다리 아래로는 5만 톤 급의 화물선이 자유롭게 왕래할 수 있도록 주탑의 높이 182m, 주탑과 주탑 사이가 470m나 된다고 한다. 잠시 행담도 휴게소에 들려 커피를 마시며 경치를 즐겼다.

서산 간월도看月島에 도착하자 하늘은 곧 비를 쏟을 것처럼 어두워 왔다. 우리는 미리 예약한 서산시 향토음식 지정업소인 '맛동산'을 찾아갔다. 큰 간판을 달고 언덕 위에 우뚝 서 있는 집이었다. 이층으로 올라가니 툭-트인 창을 통하여 서해 바다와 모래톱, 소나무 숲과 언덕, 해안으로 난 오솔길이 내려다보였다. 넓고 한적한 방 벽에는 매스컴에 소개된 사진들이 걸려 있었다. 낮12시, 이른 점심때라 손님이 없는 한적한 공간에 우리는 창가에 앉았다.

맛깔스러워 보이는 영양굴밥, 갱개미 무침, 굴 파전, 냄새 없는 청국장찌개, 어리굴젓이 나왔다. 우리는 백세주로 오랜만에 만남을 자축했다. 발명특허를 받은 청국장은 고약한 냄새가 나지 않았다. 점심을 먹는 도중 유리창에 큰 빗방울이 빗 선을 긋더니 갑자기 일식이라도 벌어지듯 먹물 같은 어둠은 바다와 숲을 순간에 삼켜버렸다. 창밖은 깜깜한 암흑 천지였다.

점심이 끝날 때 쯤, 비와 안개는 순간적으로 날아가고 봄 햇살이 얼굴을 내밀며 배시시 웃었다. 참으로 봄 날씨는 변덕스럽다. 그리고 바닷가는 더 없이 아름다웠다. 산에 가면 산에서 살고 싶고, 바다에 가면 바닷가에 살고 싶다. 어디고 자연은 도시에 찌들고 시들은 감성을 보듬어 주기 때문이리라. 굽이치는 파도와 모래톱이 보이는 곳이라, 필자는 주절주절 고려속요 청산별곡青山別曲을 읊어보았다. 아아. 그런데 필자보다 연상의 S학장님이 필자가 읊고 있는 청산별곡을 유창하게 받아 읊으시지 않은가! 어찌나 반가웠던지, 우리는 교대하여 주거니 받거니 하며 청산별곡을 암송하였다.

> 살으리 살으리로다. 청산에 살으리로다. / 머루랑 다래랑 먹고 청산에 살으리로다. / 얄리얄리 얄랑셩 얄라리 얄라. // 우는구나, 우는구나 새여! 자고나서 우는구나 새여! / 너보다 근심이 많은 나도 자고 일어나 울며지내로라. / 얄리얄리 얄랑셩 얄라리 얄라. // …살으리 살으리로다. 바다에 살으리로다. 나문제 풀과 굴 조개랑 먹고 바다에 살으리로다. <생략>

우리일행은 만리포로 향하는 길에 휴양도시 안면도, 바다를 정원으로 삼고 있는 오션캐슬(Ocean Castle) 호텔에 들려 잠시 차를 마시며 정담을 나누다가 태안반도 만리포로 향했다.

만리포 정서진正西津

충남 태안군 정서진은 대한민국 영토의 서쪽 맨 끝 땅이란 말이다. 이는 강원도 강릉의 정동진正東津의 대칭되는 말이다. 바다가 보이는 막다른 길 끝에 돌비석이 우뚝 서 서해를 지키고 있었다. 만리포 예찬 시비추진회가 세운 「만리포 연가」 시비였다. 시비 옆에 '대한민국 서쪽 끝

땅 '정서진'이란 글씨가 오석烏石에 새겨져 있었다. 그 옆에 「만리포 사랑 노래비」가 세워져 있다. 왠지 '서쪽 땅 끝'이라는 어휘가 조금은 슬프고 고독하게 다가왔다. 날씨는 흐리고 바닷바람은 세찬데 우리는 시비에 새겨진 정서진 예찬시를 함께 읽었다. 비록 말이 없는 돌이지만, 한국 국민으로써 정서진 예찬시를 한 번 읽는 것이 시비詩碑에 대한 예의일 것 같았다. 「만리포 연가」중에서 뽑았다.

만리포 정서진 기념비

멀어서 아름다운 것들이 있다
마른 모래바람이 가슴을 쓸고 가는 날이면 / 만리포 바다를 보러 오시라
…
낡은 목선 한 척으로도 / 내일을 꿈꾸는 만리포 사람들
그 검센 팔뚝으로 붉은 해를 건진다.
천 년 전에도 바다는 쪽빛이었다. (시: 박미라, 글씨: 림성만)

시가 참으로 멋있었다. 3절까지 이어지는 노래가사는 절절한 바다사랑이 배어있었다. 시와 노래를 읽고 둘러보는 서쪽 바다에는 갈매기도 보이지 않고 파도만 일어선다. 안개와 비속에 멀리 등대가 외롭고, 검푸른 산비탈 절벽은 찬 봄바람에 웅크리고 있었다. 오후 5시경, 우리는 국내 3대 낙조 조망지로 알려진 '정서진'을 뒤로하고 남당리로 향할 때 자못 아쉬운 감이 들었다. 날씨가 좋았으면 낙조의 조망이 더없이 아름다웠으리라. 우리는 '전망대횟집'에서 해물 샤브샤브로 저녁을 먹고 서울로 출발하였을 때는 저녁 7시가 넘었다. 월요일이라 차량이 많지 않아서 속도를 유지할 수 있었다. 밖에는 보슬비가 내리기 시작하였다.

10) 태안 「천리포수목원 · Miller's Garden」

민병갈 박사의 비밀정원

동향의 벗들 5명은 2010년 8월 중순, 여행사를 통해 충남 태안반도 해변 끝자락에 위치한 「천리포수목원」을 다녀오는 일일 여행을 떠났다. 지난 30여 년간 식물 관련 연구자나 후원회 회원들에게만 허용했던 입장을 2009년 3월에 일반인에게 문을 연 것이었다. 「천리포수목원」은 '밀러 가든(Miller's Garden)'이란 설립자의 이름에서 따왔다.

「천리포수목원」의 설립자는 미국에서 귀화한 민병갈(Carl Ferris Miller, 1921~2002)박사이다. 1945년 광복과 함께 한반도에 진주한 미군의 초급장교로 인천에 첫발을 들여놓은 뒤 57년간 한국에 살면서 전 재산을 털어 세계적인 수목원을 일구었다. 1962년에 부지매입을 시작으로 하여, 1970년부터 나무를 심기 시작하였다. 땅을 20~30cm만 파도 염분 섞인 흙이 나왔다고 한다. 그 당시만 하드라도 전기, 전화, 급수를 위한 동력의 전원이 없어서 자가 발전기를 설치했다고 전한다.

수목원은 자연의 섭리대로 자랄 수 있도록 최소한의 인위적인 관리만을 해 왔다. 이 수목원의 보유수종은 14,915 품종으로 국내 최다수이다. 2000년에는 국제수목학회로부터 '세계의 아름다운 수목원'으로 인증 받았고, 2012년에는 한국관광공사로부터 '한국인이 꼭 가봐야 할 국내관광지 100선'에 선정되기도 했다.

「천리포수목원」의 특징은 천리포해수욕장과 접하고 있어서 툭 트인 서해안이 앞 정원이라 할 만큼 전망이 시원하다. 조수간만의 차로 하루 2번 갯벌체험도 가능하다. 「천리포수목원」내에는 곳곳에 특수한 나무로 지은 8채의 집들(펜션)이 있다. 해송집, 사철나무집, 배롱나무집, 측백나무집, 위성류집, 초가집, 벚나무집이 있어서 온라인으로 미리 예약만 하면 가족 숙소로도 가능하다. 에코힐링센터(Eco-healing Center, 생태교육관)를 이용해도 된다. 생태교육관은 천장부터 바닥까지 탁 트인 유리창을 통해 계절마다 변화하는 경치를 완상할 수 있으며, 이곳에는 단체 세미나, 대회의장, 교육프로그램, 그리고 가족 여행지로 더 없이 이상적인 곳이라고 생각한다.

천리포 수목원 여름전경

여행 가이드는 시원한 인상의 중년여성이었다. 가이드의 설명 중에서 특기할만한 유의사항은 「천리포수목원」내에서는 식물 및 토석을 채취할 수 없고, 애완동물을 동반할 수 없으며, 사진을 찍기 위한 삼각대를 사용할 수 없다고 했다. 이는 수목의 뿌리를 상하게 하기 때문이라고 했다. 종교 및 단체 활동, 금주, 금연, 고성방가, 음식물 반입, 쓰레기 버리는 일 등이 엄격히 금지 되어 있다며, 미리 협조해 달라고 각별히 설명했다.

8월의 하늘은 맑았고, 서해안은 물비늘을 반짝였으며, 대지는 서서히 달아오르기 시작하였다. 우리일행은 가이드의 설명을 들으며 「천리포수목원」의 긴 타원형 코스를 밟았다. 서해안 따라 길게 누워있는 천혜의 아름다움을 자랑하는 수목원이다. 필자는 중국과 일본 등을 여행하며 수목원을 몇 곳 보았지만, 천리포 수목원처럼 정성껏 가꾸어진 수목원은 처음이었다.

이곳 서해전망대에 서면 무인도 섬이 팔을 뻗으면 닿을 곳에 있다. 우리의 탐방기가 여름이었기에, 서해바다를 온통 베고 누워있는 「천리포수목원」이 더 아름답게 느껴졌을까? 꽃과 수목, 그리고 서해바다가 하모니를 이룬 천하의 절경이었다. 코스를 따라가다 보면 설립자의 흉상을 만난다.

천리포수목원의 설립자 민병갈 박사는 전체면적 17만평, 주된 핵심인 밀러가든은 만8천5백 평정도이며, 크게 7파트로 나누어 수목을 가꾸고 있다. 수생식물(Aquatic Plants)원, 동백(Camellias)원, 수국(Hydrangea)원, 억새(Grasses)원, 암석(Rock Garden)원, 호랑가시나무(Hollies)원, 등 7파트로 나누어 수목을 가꾸고 있었다. 1999년에는 미국 호랑가시나무학회로부터 호랑가시나무 수집 수목원으로 공인을 하였다.

천리포수목원은 G20 정상회담(2010)을 맞이하는 관광명소로 선정되었고, 산림청으로부터 2009년, 국내최초 '수목원전문가 교육과정' 인증을 받았다. 국내최대 식물품종 보유, 국내외 멸종위기 식물 보유 및 관리를 하고 있는 중요한 역할을 담당하고 있다.

한 바퀴 돌아 나오면「민병갈 기념관」뒤뜰에 이른다. 이곳에는 각종 꽃나무 묘목을 심은 화분을 팔고 있었다. 가격도 싸고 꽃들도 싱싱했다. 기념관 내에는 벽면이 통 유리로 되어 있는데, 4계절 달라지는 수목원의 사진을 유리문에 붙여둔 것을 볼 수 있다. 그래서 어느 계절에 이곳을 찾거나 4계절의 아름다움을 감상할 수 있다. 또 벽의 한 면에는 대형 TV가 설치되어 있어서「천리포수목원」을 완벽하게 완상할 수 있게 배려한 점들이 특색이었다. 민병갈 박사는 진정으로 한국을 사랑한 분이란 것을 가슴깊이 느꼈다. '나무사랑'을 배울 수 있는 교육의 장이라고 생각되었다.

만리포 해안과 자원봉사대

우리일행은 태안 만리포로 이동했다. 2007년 12월 7일, 인천대교 공사를 마친 삼성물산소속 '삼성1호'가 해상크레인 부선을 경남 거제로 끌고 가는 과정에서 예인선의 와이어가 끊어져 만리포 북서쪽 10km해상에 정박 중이던 유조선 '허베이 스피릿Hebei Spirit호와 충돌하면서 유조선탱크 3개가 파공되어 태안 인근바다에 유출되었다.

정부는 충남 태안군, 보령시, 서천군, 서산시, 홍성군, 당진군 일원을 특별재난지역으로 선포하고, 대책지원 본부를 현지에 설치했다. 이 사고로 태안군의 양식장, 어장 등 8천여 헥타르가 원유에 오염되었다. 물고기와 철새들은 떼죽음을 당했다. 조류와 강풍으로 기름덩이의 확산을 막기에 역부족이었다. 후일에 전남 신안군, 영광군, 무안군에서도 피해를 호소했다.

자원봉사대원 전경

　전국에서 연말 특별휴가를 가지 않고, 서해안을 살리기 위해 자원봉사자가 123만 명이 태안반도로 몰려왔다. 주말에는 자원봉사자가 몰려와 차량소통 정체현상까지 빚었다. 12월 엄동설한, 살을 에는 한겨울 바닷바람에 자원봉사자들이 신문지와 헌옷, 헌 수근 등으로 고무장갑, 고무장화를 신고, 몸도 기름투성이가 되며 원유기름덩이를 걷어냈다. 해안에서는 원유를 걷어내는 양동이를 전경들이 해안에 일 열로 서서 띠를 형성하고 넘겨 옮겼다. 칼날바람과 눈보라 속에 몸도 마음도 얼어붙는 계절 12월에 몇날며칠씩 자원봉사자들은 태안에 머무르면서 검은 모래와 검은 바위를 몸으로 방제防除했다. 그 큰 희생의 보람으로 태안해안은 다시 숨 쉬는 바다로 소생했다. 나라가 위기에 처하면 일심단결하는 위대한 우리국민! 선조들로부터 애국정신, 호국정신의 DNA를 물려받은 민족이란 생각이 들었다.

　태안 만리포에는 박동규 시인의 「누가 검은 바다를 손잡고 마주서서 생명을 살렸는가」라는 시비와 '서해의 기적'이란 사진전이 열리고 있었다. 박동규 시인의 시의 일부를 옮겨본다.

> 오순도순 천년을 살아온 너와 나 / 검은 폭음의 자락으로 덮었다.
> 장엄한 일출처럼 / 고사리 손도 통을 메던 어깨도 노래 부르던 입도
> 123만 명 자원봉사자들이 타오르는 불꽃처럼
> 피어나는 생명의 존엄도 태안 검은 바다와
> 황폐한 모래와 미끈거리는 바위를 막아섰다.
>
> 살을 에는 찬바람 흔들리는 눈보라 앞에
> 손에손잡고 검은 기름을 온몸으로 밀어냈다.
> 누가 민족의 영원한 터전을 살리고 / 누가 검은 모래를 하얗게 만들어
> 고동이 숨 쉬는 살아있는 세상을 찾았는가. (생략)

2007년 12월 7일, 원유유출사고로 제일 피해가 심했던 태안 만리포 해수욕장이 사고 후 7개월 지난, 2008년 6월에 개장되었다. 동서고금을 막론하고 국난을 극복하고 위업이 달성되는 곳에는 국민의 희생적인 협동이 있었다는 점을 재인식했다. 천혜의 보고 태안 만리포가 옛 아름다움을 노래하는 푸른 물결을 보며 귀가 길에 올랐다. 태안 국립공원이 9년 전 악몽을 딛고, 세계자연보전연맹(IUCN)이 지정한 태안해안「국립공원」으로 거듭났다.(2016. 2. 2. 연합뉴스)

11) 보령 모산 육필 시詩공원

2006년 11월 10일, 안개가 얇게 드리워진 늦가을 시문학 동호인 열댓 명은 충남 서해안에 위치한 보령시保寧市의「모산 한국현대 육필 시

(肉筆 詩) 공원」으로 달렸다. 이 육필 시 공원에는 2005년 7월에 한국시단을 대표하는 육필 시 보존회의 원로, 중진 45인의 육필시비가 1차로 건립되었다. 그 중에 작고시인 서정주, 박두진, 구상 등 9명과 현존시인 12인의 시비를 포함, 보령 남포 특산물인 오석烏石에 새겼다. 그 중에 시문학 연구반을 지도해 주시는 황송문黃松文교수의 시비도 세워졌다. 2006년 현재 약 200여 기를 세웠으며, 앞으로 500여 기 조성을 목표로 하고 있다고 한다.

보령 남포오석은 까만색인데 천년이 지나도 비문의 글씨 자획을 선명하게 드러낸다. 중국 광동성에서 나는 단계석端溪石 붉은빛 벼루를 명품으로 친다면, 한국에는 남포오석벼루가 있다.

보령시保寧市는 충청남도 서해안 중앙에 위치하고 있는 교통의 중심지로서 장항선과 서해안 고속도로가 남북으로 관통한다. 대천해수욕장과 1.5km의 신비의 바닷길이 열리는 무창포 해수욕장이 있는 관광휴양지이다. 매년 7월에는 진흙축제인 '보령 머드축제(Mud Festival)' 가 열린다.

차창 밖으로 스쳐지나가는 빈 들녘 늦가을의 풍경이 화가 밀레의 「만종」과 「이삭 줍는 여인들」을 떠올리게 한다. 잎 떨어진 플라타너스 우듬지 높은 곳에 자리한 까치둥지, 거센 비바람에도 끄떡없는 보금자리가 이맘때면 고즈넉하고 포근해 보인다. 12시 반경에 보령시에 도착하였다. 비탈진 언덕 아래로 아담한 보령시가 한 눈에 들어온다. 가로수는 샛노란 은행잎으로 단장했고, 푸른 소나무 곁에 너울대는 갈대숲이 가을의 정취를 노래한다. 올해는 이상기후 탓으로 단풍이 화려하지 않는데 보령시는 먼데서 찾아오는 귀한 손님을 맞기 위해 산뜻이 단장한 여인처럼, 단풍 옷을 입고 있었다. 야트막한 산으로 사방에 병풍을 두른 아담한 대지 5만여 평에 「개화예술공원」이 자리하고 있었다. 날씨는 섭씨12도가량, 싸늘한 갈바람이 옷깃을 파고들었다.

황송문 교수 시비

「모산 한국육필문학공원」으로 진입하는 입구 쪽에 직립해 있는 박두진의 시 「하늘」 시비가 가을 하늘을 우러르고 있는데, 그 옆에 시문학 지도 선생님의 「돌」 시비가 편안하게 앉아 있고, 그 옆자리에는 김춘수의 「꽃」 시비가 있었다. 「하늘」, 「돌」, 「꽃」은 어우러져 소곤거리며 이야기를 나누는 듯하였다. 시문학 동호인들은 반가움에 지도교수님의 「돌」 시를 합창했다.

> 불속에서 한 천년 달구어지다가 / 山賊이 되어 한 천년 숨어 살다가
> 칼날 같은 소슬바람에 念珠를 집어 들고 // 물속에서 한 천년 원 없이
> 구르다가
> 永劫의 돌이 되어 돌돌돌 구르다가 / 매촐한 목소리 가다듬고 일어나 //
> 神仙峰 花潭先生 바둑알이 되어서 / 한 천년 雲霧 속에 잠겨 살다가
> 잡놈들 들끓는 俗界에 내려와 / 좋은 시 한 편만 남기고 죽으리.
> — 황송문, 「돌」 전문

그 많은 시편 중에서 왜 「돌」 시를 돌에 새겼을까? 황교수가 환갑 때 펴낸 시선집도 『바위 속에 피는 꽃』이었다. 흙이 생명과 탄생을 은유한 다면 돌은 영구불변을 은유한다. 여기 '돌의 美學'에 대하여 역설한 조 지훈趙之薰 시인의 글을 인용한다.

> 무미한 속에서 최상의 미를 맛보고, 적연부동한 가운데서 뇌성벽력을 듣 기도 하고, 눈 감고 줄 없는 거문고를 타는 마음이 모두 이 돌의 미학에서 통해 있기 때문이다. …생명감의 무한한 파동이 바위보다 더한 것이 없 다면 웃을지 모른다. 그러나 돌의 미는 영원한 생명의 미이다. <생략>

필자가 본 황송문 시문학의 특징

필자는 노년에 문화센터에서 주관하는 황송문 교수의 시작반에서 수년간 공부했다. 전라북도 오수 출신인 황송문 시인의 작품은 향토정 서가 짙고, 민중이미지를 담고 있다. 우리 역사의 어두운 분야를 백일 하에 조명하고, 백성들의 어려운 삶을 사실적으로 묘사한 작품이 많다. 더불어 현대 사회지도층의 부패한 부분을 개탄하는 고발 시문도 있다. 계백장군 황산 벌, 임진왜란, 동학東學농민운동, 호남곡창지대의 기름 진 쌀을 군산항에서 일본으로 빼돌리던 왜적들, 한국전쟁 등의 역사적 참상과 시대적 어둠을 민중의 편에서 다룬 작품이 많은 편이다.

한 때 필자는 이두문학李杜文學이라 일컫는 중국 당나라의 이백李白과 두보杜甫의 시문에 심취한 적이 있다. 이백이 시적은유에 과장이 심하 며, 기발한 천재성을 발휘했다면, 두보는 고통 받는 가난한 민중의 삶 을 파고든 고뇌의 시를 주로 썼다. 두보는 민중 삶의 참상을 시로 썼다. 그래서 시로 말한 역사詩史라고도 평했다. 두보의 「삼리(三吏)」, 「삼별 (三別)」, 「서울에서 봉선현으로 가며 지은 노래(自京赴奉先縣詠懷)」는 널리 알려져 있다. 긴 시 중에서 몇 절만 인용한다. "대궐 문안에는 술

고기 썩어 풍기나 / 길에는 얼어죽은 시체가 딩구네. / 영화와 빈곤이 지척 사이에 있으니 / 처량한 마음 이루 말할 수 없네."라고 길게 탄식했다. 필자는 황송문 시인의 시상이 두보와 유사한 데가 있다고 생각했다.

황송문 시인은 문단에서 시「까치밥」사상과「연탄재」시론으로 널리 알려졌다. 연탄은 겨우내 따뜻하게 덥히다가, 빙판길 미끄럼을 막아주는 연탄재, 시「까치밥」은 쭈구렁바가지로 쪼아 먹히고 난 다음해 새봄에 다시 새싹으로 올라오는 섭리를 통해 순애殉愛하는 절대적인 사랑을 노래했다. 여기「까치밥」의 둘째 연과 셋째 연 중에 있는 시구이다.

여름날의 모진 비바람을 견디어 내고 / 금싸라기 가을볕에 단맛이 스미는
그런 성숙의 연륜대로 익기로 해요. (둘째 연 중에서)

메주가 썩어서 장맛이 들고 / 떫은 감도 서리 맞은 뒤에 맛 들듯이
우리 고난 받은 뒤에 단맛을 익혀요. (셋째 연 중에서)

시집『호남평야』중「무덤속의 눈.1」의 일부를 옮겨본다.

눈을 맞는 무덤가에 귀를 기울이면
할머니의 물레소리 울려온다.
청대 같은 자식을 일제징용에 날리고
백옥 같은 딸자식 정신대로 빼앗기고
까무러치던 언덕에서 화병이 도질 무렵
노을도 얼근한 김에 퍼질러 앉아 울었다.

황송문 시인은 중국조선족 문학에 많은 관심과 애정을 가지고, 그들의 작품을 한국문단에 소개하였으며,『중국조선족 시문학의 변화양상 연구』를 출간했다. 또 한국 시인들의 시에 중국조선족음악가들의 곡과

조선족가수들의 노래로 『사랑과 생명의 까치밥 노래』음반집을 제작했다. 시집, 시선집, 소설, 수필집과 논저 등 78권의 저작물을 출간했다.

다양한 시서화가(詩·書·畵·歌)를 곁들인 시비詩碑

우리는 다양한 형태의 시비를 감상했다. 어떤 시비는 사군자四君子 그림을 곁들여, 음악 악보와 더불어, 혹은 자화상과 더불어, 삽화와 함께 새겨진 시비 등 실로 각양각색이었다. 이를테면 노래「고향의 봄」의 작사가인 아동문학가 이원수의 시비에는 "나의 살던 고향은 꽃피는 산골 / 복숭아와 살구꽃 아기 진달래"란 악보와 곁들어 있다. 동요와 동화 작가 윤극영의 「반달」도 마찬가지로 악보와 곁들였다. 우리는 걷다말고 시비 앞에서 "푸른 하늘 은하수 하얀 쪽배엔 / 계수나무 한나무 토끼 한마리~, 샛별이 등대란다 길을 찾아라."등 함께 흥얼거렸다.

「서시(序詩)」와「별 헤는 밤」으로 유명한 독립투사요 시인인 윤동주의 시비에는 얼굴 반쪽 사진을 곁들였다. 윤동주의「별 헤는 밤」시는 가을이 오면 필자는 자주 읊는 시이다. 유명한 시인들의 대표작이기에 애송해 온 것으로서 하나 낯선 것이 없었다. 우리일행은 시 공원 내를 둘러보면서 계속 시를 읊었고, 동요를 부르며, 유년의 시절로 돌아가기도 했다.

육필시공원 입구 군데군데 수세미 넝쿨아래에 있는 자연석 벤치, 신록이 무성할 때면 푸른 그늘을 드리울 산책로, 네 곳의 연못이 하나의 설치미술작품이었다. 연못을 가득 채웠던 연잎이 갈바람에 말라 슬픈 눈빛을 띠고 있지만, 여름이면 그 청정한 잎을 펴고 하늘을 우러를 것이 아닌가. 연못 뒤쪽으로 오르니 역대 대통령과 옛 군왕들의 어필과 유훈, 우리나라의 대학자, 사상가, 고승, 문인, 서예가들의 대표 시와 각종 서체書體가 돌에 새겨져 있었다. 우리민족의 전통과 혼이 진하게 스며있는 시편들, 우리를 보듬고 키워준 정신적 지주들의 육성이 들리는 듯하였다.

중국의 도연명, 시선 이백, 시성 두보, 왕유의 시, 중국의 서성書聖 왕희지, 안진경, 그리고 추사 김정희, 한석봉, 신사임당의 육필 등, 지난 30년간 문인화文人畵를 공부해온 필자에게는 의외의 만남에 무척 기뻤다.

오후 2시가 넘어서 육필시공원을 뒤로하고 우리는 대천 바닷가로 향했다. 한 횟집 넓은 창가에서 우리는 대천바다를 통째로 대절했다. 약간 비낀 점심시간이라 식당은 한가했고, 쌀쌀한 늦가을 바닷가 넓은 모래톱은 멀리서 찾아온 문객들을 위해 지난 밤 깨끗이 비질을 한 후였다. 속이 출출한데 낙지발이 꿈틀거리는 회를 차려놓고 검은콩으로 빚은 곡주 잔이 한두 차례 돌아갔다. 한 문우가 무거운 곡주 몇 병을 들고 온 것이다. 대천바다에는 멀리 가까이 물안개 속에 조는 듯 앉아있는 몇 개의 바위섬과 물새가 나른다.

황송문 교수님은 오늘 문하생들의 아침과 점심을 모두 대접해 주었다. 점심을 먹은 후 바닷가에서 합창으로 노래 몇 곡을 부른 후, 오후 4시 반 경에 우리는 서울로 향했다. 시인은 가도 그들의 시는 푸른 메아리로 「개화예술 공원」에, 후학들의 가슴에 길이 살아있을 것이라고 생각되었다.

12) 시인 정지용鄭芝溶 생가

시창작반 동호인들은 충청북도 옥산과 보은에 있는 정지용 시인과 그의 제자 오장환吳章煥 시인의 생가와 문학관을 탐방하기 위해 25인승 전용버스로 2008년 3월 28일 아침 9시 반에 서울 사당역을 출발하였다. 전날 온 봄비로 햇빛은 투명하게 빛나고, 일기는 더없이 상쾌하였다. 화창한 봄 날씨 때문일까, 문우들의 표정은 청라언덕 풀빛만큼이나 싱그러웠다.

문우 지창영 시인은 정지용시인에 대하여 연구한 것을 발표하였다. 한국 현대문학사에 우뚝 솟은 정지용 시인은 청록파青鹿派 시인들의 작품세계에 지대한 영향을 미쳤다. 또한 지금까지 잘 알려지지 않았던 오장환시인의 문학세계에 대하여도 조명하였다. 오늘 문학답사에 많은 도움이 되리라 생각했다.

서울도심을 벗어나자 한 문우가 정성껏 준비한 김밥, 과자, 과일, 음료수가 든 봉지를 회원들에게 돌렸고, 이병훈 시인은 검은콩곡주와 손수 만든 맛있는 안주를 돌렸다. 『문학사계』 2008년 「봄호」에 시로 등단한 김 시인과 윤 시인은 '까치밥' 문우회의 발전을 위하여 금일봉을 내어 놓았다.

정지용 시인의 시비 「향수(鄕愁)」

오전 11시 20분경에 정지용 생가에 도착했을 때 현지 가이드가 우리를 기다리고 있었다. 1996년에 복원된 정지용 생가 입구에 세워진 시비 「향수(鄕愁)」가 우리를 맞아주었다. 평소에 자주 애송하는 시 「향수」를 생가의 시비 앞에서 읽으니 가슴이 뭉클했다. 작품 「향수」는 향토적, 감각적, 회고적 서정시의 대표작이라 생각한다. 필자가 가장 좋아하는 연을 옮겨본다.

넓은 벌 동쪽 끝으로 옛 이야기 지즐대는 실개천이 휘돌아 나가고
얼룩배기 황소가 해설피 금빛 게으른 울음을 우는 곳
그 곳이 차마 꿈엔들 잊힐리야

질화로에 재가 식어지면 비인 밭에 밤바람소리 말을 달리고
엷은 조름에 겨운 늙으신 아버지가 짚 베개를 돋아 고이시는 곳
그 곳이 차마 꿈엔들 잊힐리야. // (생략)

전설바다에 춤추는 밤물결 같은 검은 귀밑머리 날리는 어린 누이와
아무렇지도 않고 예쁠 것도 없는 사철 발 벗은 아내가
따가운 햇살을 등에 지고 이삭 줍던 곳
그곳이 차마 꿈엔들 잊힐리야. // (생략)

– 정지용의 시「향수」중에서

생가 앞으로 실개천이 흐르고, 돌담 사립문 초가집 옆에 작은 물레방
아가 보였다. 생가의 방마다「향수」,「고향」,「호수」,「별 똥」등의 시
화가 걸려있어 시의 향기가 물씬 풍겼다. 생가 오른 쪽에 정지용의 동
상이 있고, 뒤쪽에 문학관이 자리하고 있었다. 가이드는 정지용 생가에
서 사방을 둘러싼 산세를 보라고 하였다. 옥천읍에서 10리에 뻗은 일자
산一字山 계곡의 물이 흘러내린다고 했다. 또 교동방향을 가리키며, 고故
육영수 여사의 생가에 대하여 말하였다. 이곳은 기가 센 고장이라서 큰
인물이 많이 난다고 하였다.

정지용 생가에 세워진 시비 '향수'

문우 김연하 시인은 출중한 사진작가이기도 하다. 문학동호인이 활
동할 때면 전문적인 사진기술로 순간을 포착했다가 문우들에게 일일

이 기념사진을 안겨주곤 했다. 오늘도 그의 시선은 남달랐다. 오늘 문학관 답사의 사진도 김연하 시인이 제공한 것이다. 우리는 점심을 먹은 후 다시 이곳 정지용 문학관을 방문하기로 하고 '올갱이 전문식당'으로 갔다. 점심 후, 다시 정지용 문학관에 들렀다.

청록파 시인들이 등단했던『문장(文章)』지는 얼른 보아 한 열장정도 되어 보였다. 그 얄팍한 문예지가 시문학사에 이름을 남기는 것은 이 책에 실린 시인과 작품의 우수성 때문이리라. 정지용의 호는 지용池龍이다. 서울 휘문고등보통학교를 거쳐, 1929년 일본 교토 동지사대학同志社大學 영문과를 졸업하였으며, 귀국 후 모교인 휘문고등보통학교에서 영어를 가르쳤다. 이 때 오장환 시인은 정지용 선생으로부터 시를 배웠다.

정지용은 김영랑과 함께『시문학』의 동인이었으며, 정지용 선생이『가톨릭 청년』지의 편집고문으로 있을 때 이상李箱을 문단에 등단시켰다. 1939년『문장』지의 추천위원으로 있을 때 청록파 박목월朴木月, 박두진朴斗鎭, 조지훈趙芝薰을 문단에 데뷔시켰다.『경향신문』편집국장을 역임했으며, 해방 후 이화여대 교수로 가르쳤다. 광복 후 좌익문학단체에 관계하다가, 6·25전쟁 때 북한공산군에 납치되어 북한에서 타계했다고 알려졌다. 월북시인들의 문학작품은 1988년에 해금되었다.

정지용을 존경했던 윤동주尹東柱시인은 정지용 시인이 다녔던 일본 교토 도시샤 대학으로 전학했다. 윤동주시인은 연희대학교에 다닐 때부터 정지용 시인을 만나서 시에 대한 토론도 하였다. 도쿄의 도시샤대학교 교정에는 동문인 정지용과 윤동주의 시비가 나란히 서 있다고 한다.

문학평론가 박태상 박사는『정지용의 삶과 문학』을 조명하면서 정지용은 '항상 전통을 깨부수는 동시에 새로운 세계를 개척해 나간 실험적인 예술가이다'라고 평했다. 또한 문인들은 정지용 시인이 섬세하고도 예리한 언어적 감각으로 언어의 조형예술에 많은 노력을 기울였다고 평한다. 필자의 고등학교 때 국어교과서에 실렸던 시 「바다2」에는 파도의 빠른 움직임을 푸른 도마뱀떼 같이 재빠르게 움직인다고 했다. "바다는 뿔뿔이 / 달아나려고 했다. // 푸른 도마뱀떼 같이 / 재재 발렀다."라며 파도의 시각적인 이미지를 선명하게 그려냈다. "정지용 이전에는 김소월과 한용운 시인이 있었다고는 하지만, 정지용만큼 투명한 눈으로 사물을 투시하고 향토적인 어휘를 구사한 시인들이라 보기 어렵다.(최동호)"

정지용의 한라산 「백록담(白鹿潭)」기행문에는 이런 구절이 있다. "절정에 가까울수록 뻐꾹채꽃 키가 점점 소모된다. 한 마루 오르면 허리가 스러지고, 다시 한 마루 위에서 모가지가 없고, 나중에는 얼굴만 갸웃 내다본다. 화문花紋처럼 판 박힌다." 고시조를 애송했던 시절에 정지용의 시적 표현은 전통을 깨부순다는 말이 실감났다.

우리 문학동호인들이 정지용문학관을 탐방했을 때와는 달리, 현재 문학관은 자료수집과 시설보충 면에서 새롭게 단장된 것으로 안다. 문학관 내에는 정지용 시인의 밀랍인형이 벤치에 앉아있어서 시문학 학도들을 반겨줄 것으로 믿는다. 시집으로 『정지용 시집』과 『백록담』이 있다. 한국시문학상에 더 많은 불후의 명작들을 남기지 못한 정지용 천재시인을 애석하게 생각하면서, 우리는 오후 2시 반경에 「속리산 법주사」로 향했다.

13) 속리산 보은 법주사報恩 法住寺

우리 시문학동호인은 충청북도 옥천에 있는 정지용 생가를 둘러보고 점심을 먹은 후, 충북 보은군 속리산(俗離山, 1058m) 자락에 있는 법주사(사적 503호, 명승지 제4호)로 왔다. 충북에는 바다에 면한 곳은 없지만, 산세가 수려하고, 계곡과 산봉이 많아 아름다운 고장이다. 속리산에는 높은 산봉우리가 9개나 있어서 옛날에는 '구봉산九峰山'이라 불렀다고도 한다.

법주사에 이르렀을 때 도로가에 600년 고령의 지체 높은 '보은 속리 정이품 송(松, 천연기념물 제103호)'를 보았다. 삼춘가절 한나절에 졸음에 겨워 쇠막대로 가지를 촘촘히 고이고 꾸벅인다. 노목의 기품을 힘겹게 지탱하고 있었다. 세조10년(1464)에 왕이 법주사로 행차할 때 가마가 소나무 아래를 지나게 되었는데, 그 때 소나무가 스스로 널어진 가지를 들어 올려 왕이 무사히 지나도록 했다는 전설이 있는 소나무이다. 이 소나무는 우산을 편 모양으로 단아했는데 1993년에 태풍으로 한쪽 가지를 잃었다. 차량들로 인하여 주야로 흔들리는 도로의 진동과 매연에 얼마나 더 지탱할 수 있을까? 안쓰럽게 보였다.

호서제일가람湖西第一伽藍 법주사法住寺

주차장에 차를 세워두고 우리일행은 가벼운 걸음으로 법주사로 향했다. 날씨는 더 없이 청명하고 속리산 솔바람은 허락도 없이 남녀노소 품속으로 그침 없이 들락거렸다. 천연 비바람에 용龍으로 날아오르지 못한 소나무 가지들이 비틀리고 휘 굽어져 형용할 수 없는 기괴한 자태다. 아직 신록의 옷을 입지 못한 나무들이 골격과 근육질을 적나라하게 보이고 있어서 산수화를 그리는 화가들에게는 나무를 스케치하기에는 최적기라고 생각되었다.

법주사 입구까지 가파른 산길이 아니어서 편안한 걷기운동이었다. 울창한 나무와 개천이 길(2~3km)따라 이어져있어서 퍽 상쾌했다. '호서제일가람 법주사'란 일주문이 반겨준다. 우리일행은「법주사」입구에서 경내를 안내해 줄 가이드를 만났다. '법주사法住寺'란 부처님의 법이

머문다는 뜻으로, 신라진흥왕 14년(553)때 의신조사義信祖師가 인도에 갔다가 흰 나귀에 불경을 싣고 와서 이곳에 절을 세웠다는 전설이 있다고 한다. 기록에 의하면 법주사는 신라 성덕왕(720)때 중건되었으며, 고려시대, 조선시대를 거치며 수리 · 보수 · 중건되었다.

법주사 경내로 들어가면 입구 오른쪽에 거대한 쇠솥(철확)이 있다. 좀 과장한다면 작은 호수만한 쇠솥이다. 옛날 3000명가량의 많은 식솔을 거느리던 가람이란 말이 대변해 주는 듯하다. 돌아서면 사찰 마당 왼쪽 서편에 동양 최대의 금동 미륵대불彌勒大佛이 우람하게 세워져 있다.

속리산 법주사 대웅보전

동양최대의 금동미륵대불

법주사 기록에 의하면 신라 혜공왕 때(776)에 금동미륵대불이 세워졌으나 고종의 친부 흥선대원군이 경복궁 재건 자금조달을 위해 불상을 몰수했다고 한다. 1990년 주지 월탄스님 때 미륵부처 실상의 높이 8m, 화강암 기단의 높이 25m, 무게 160톤 되는 청동미륵대불을 세웠다. 2002년 한일월드컵 행사의 성공적 개최와 세계평화를 발원하며 개금불사改金佛事 작업을 하였다고 한다.

장중하고 우람한 미륵불을 바라보며 생각에 잠긴다. 아미타불은 극락세계를 관장하는 부처이고, 자비로 중생을 구제하는 관음보살과 약사여래불은 마음과 육신의 병을 치료하고 현세를 비는 여래이며, 미륵불은 새로운 내세來世를 약속하는 불이다. 그렇다면 어려운 나날을 꾸려가는 민중에게는 오늘의 아픔을 참는 진정제 역할을 할 수도 있으리라. 하지만 현대인은 현재를 더 중요시 하는 경향이 있다. 미래보다는 현재에 편안하고 풍요롭게 사는 물질적 축복을 기원한다.

법주사에는 국보 3점과 보물 12점, 충북 도유형문화재 24여점을 보유하고 있다고 한다. 가이드는 국보를 지적하며 희귀성과 중요성, 그리고 예술적 가치를 설명해 주었다. 임진왜란 후 재건했다는 「팔상전(捌相殿, 국보55호)」, 쌍사자 석등(국보5호)은 통일신라시대 작품으로 사자 2마리가 가슴을 맞대고 뒷발로 마주서서 앞발과 머리로 석등石燈을 떠 받이고 있다. 석연지(石蓮池, 국보64호)도 통일신라시대 작품인데 화강암의 속을 파내고 반 쯤 핀 연꽃모양의 봉긋한 형태의 돌 연못이다. 돌 연못에 물을 채우고 연꽃을 띄웠다고 한다. 신라시대의 불교예술작품의 대부분은 디자인이 검소하고 단아하며, 웅장한 미를 표출하는 것이 특징이다.

미륵불彌勒佛과 메시아(Messiah)

문학동호인들은 시간적 여유를 갖지 못하고 서둘러 '오장환 문학관'으로 향하는 버스에 올랐다. 달리는 버스에서 눈을 감으니 법주사의 웅대한 금동미륵불이 새삼 떠올랐다. 불경佛經에서 말하는 미륵불과 성경聖經에서 말하는 메시아 구세주는 어떤 연관관계가 있을까? 인류의 마지막 때 인간 세상에 내려와 중생을 널리 제도한다고 했으니…. 인간이 종교적으로 예배하는 형태가 다르고, 동서양에서 각자의 방식대로 달리 부를 뿐, 구세주란 이미지는 같은 것일까 하는 생각을 해 보았다.

높은 산 정상에 오르는 등산코스는 여러 갈래이다. 그러나 정상은 한 곳이며, 정상에서 만난다. 정상에 오르면 각자가 등반한 길이 서로 다른 방향, 다른 곳에서 시작하였음을 읽을 수 있을 것이다. 그렇다면 자기의 종교만이 유일의 종교라는 독선에서 피할 수 있을 것 같은 생각이 들었다.

14) 시인 오장환吳章煥 생가

시창작반 동호인들은 충청북도 옥산에 있는 정지용 시인의 생가와 보은군에 있는 오장환(吳章煥, 1918~1951) 시인의 문학관을 탐방하기 위하여 서울에서 25인승 전용버스로 2008년 3월 28일 아침에 서울을 떠났다. 중간에 속리산 법주사를 들리는 바람에 오장환 문학관에 예정보다 좀 늦은 시간에 도착했다. 오장환 문학관에 도착했을 때는 저녁 6시경이었다. 산촌 마을의 해는 일찍 지고, 기온은 쌀쌀하였으며, 밖은 곧 어둑해왔다.

「오장환 문학관」으로 접어드는 골목 담벼락에는 커다란 해바라기 꽃 벽화와 함께 동시 「해바라기」가 적혀있었다. "울타리에 가려서 아침 햇볕 보이지 않네. 해바라기는 해를 보려고 키가 자란다." 필자가 지난날 문인화를 그릴 때 해바라기를 집중적으로 그려본 적이 있다. 그래서일까, 더욱 반가웠다.

생가 입구에 '시인 오장환 생가 터'라고 새겨진 표지석 뒤에 아담한 초옥과 아직 푸른 옷을 갈아입지 않은 감나무 몇 그루가 우리를 맞아주었다. 오장환 문학관은 2006년에 생가 옆에 세워졌다. 문학관 앞에 세워진 시비에는 그의 대표작 「나의노래」가 새겨져있었다. 시 「나의 노래」 첫 연이다.

나의 노래가 끝나는 날은 / 내 가슴에 아름다운 꽃이 피리라. //
새로운 묘에는 / 옛 흙이 향그러 // 단 한번 / 나는 울지도 않았다.

　문학관으로 들어가니 산뜻하고 단아한 현대식 개량 한복 차림의 문
학관 가이드 여선생님이 맞아주었다. 참으로 포근한 인상에 말투며 자
태가 비단결같이 부드러웠다. 문학관 내에는 귀한 자료들이 정성스레
수집·진열되어 있었다. 영상 매체를 통하여 시를 감상할 수 있게 필요
한 장비가 구비 되어 있었고, 이때껏 우리에게 잘 알려지지 않았던 천
재시인의 시집들이 진열되어 있었다. 그리고 오장환 시인과 친하게 지
냈던 박두진, 이중섭, 정지용, 이육사, 서정주, 김광균 시인의 사진과 주
고받았던 편지나 메모도 수집되어있다. 우리민족의 환란기인 1930년
대에 활약하였던 문인들의 창작활동을 자료를 통하여 볼 수 있었던 것
은 이번 문학기행의 큰 성과였다.

　오장환 시인은 충북 보은 출생으로 14세 때 휘문고등보통학교에 입학
하여 정지용 선생으로부터 시를 배웠다. 16세 때『조선문학』지에 시「목
욕간」을 발표하면서 문단에 데뷔하여 시지詩誌『시인부락』,『낭만』,
『자오선』의 동인으로 창작활동을 본격적으로 하였다. 오장환은 이용악,
서정주와 함께 1930년대 후반의 '3대 천재시인'으로 불리었다고 한다.

　오장환의 시「석탑의 노래」는 1947년 중학교 국어교과서에도 실렸
으며, 장문의 시「병(病)든 서울」은 '해방기념 조선문학상' 최종 후보에
오른 작품이다. 여기「병든 서울」의 일부만 옮겨본다. 오장환 시인은
28세에 신장병으로 입원 중 8·15광복절을 맞았다.

　8월 15일 밤에 나는 병원에서 울었다. / 너희들은 다 기쁨에 / 내가 울
은 줄 알지만 그 것은 새빨간 거짓말이다. // 일본 천황의 방송도 / 기
쁨에 넘치는 소문도 내게는 곧이가 들리지 않았다./ 나는 그저 병든 탕

아(蕩兒)로 홀어머니 앞에서
죽는 것이 부끄럽고 원통하였다 // (생략)
병든 서울아, 나는 보았다.
언제나 눈물 없이 지날 수 없는 너의 거리마다 오늘은 더욱 짐승보다
더러운 심사에 / 눈깔에 불을 켜들고 날뛰는 장사치와 / 나다니는 사람
에게 호기 있는 먼지를 씌워주는 무슨 본부, 무슨 본부, / 무슨 당, 무슨
당의 자동차. (생략)

　　　　　　　　　　　　　　　　　　　- 오장환의 「병든 서울」중에서

　오장환 시인은 해방 후 '조선 문학가동맹'에서 활약하다가 1946년에
월북하였다. 오장환의 시 「향수(鄕愁)」는 눈물 없이는 읽을 수 없다. 시
집으로 『성벽』1937, 『헌사』1939, 『병든 서울』1946, 『나 사는 곳』1947
등이 출간되었다. 월북 이후 1950년에 『붉은 기』라는 시집을 출간하였
다. 지병으로 1951년 34세의 젊은 나이로 타계했다. 오장환 시인은 아름
다운 환상과 직관의 시인이었다고 문학가들은 평한다. 1988년 월북문인
100여명에 대한 해금조치가 이루어져 정지용, 오장환, 이용악, 백석 시
인 등의 작품을 감상할 수 있게 되었다. 오 시인의 문학에 대한 재평가가
이루어지고 있다. 1989년 '창작과 비평사'에서 『오장환 전집』1, 2권이
출판되었다.
　오장환의 동시에는 귀여운 작품이 많다. 「종이비행기」, 「기러기」,
「바다」등 40여 편의 동시를 남겼다. 여기 1934년 『어린이』에 실렸던
동시 「바다」이다.

　　눈물은 바닷물처럼 짜구나
　　바다는 누가 울은 눈물인가

새롭게 단장한 「오장환 문학관」

문학관 내에는 오장환시인의 생가터 전경이 보이는 대형 그림 앞, 통나무 벤치에 오장환시인의 모형조각이 앉아있는데 아주 미남이었다. 우리 시문학동호인들이 방문했을 때는 없었다. 문학관 입구에는 방문객이 구입할 수 있는 오장환 시인의 시집과 기념품 들이 진열되어 있다. 2014년에 도종환 시인이 엮은 오장환의 동시집 『부엉이는 부끄럼쟁이』, 『오장환 시 깊이 읽기』, 『오장환 전집』등을 구매할 수 있다. 해마다 구시월이면 오장환 문학제가 이곳에서 열린다.

오장환 문학관

부엌 솥에는 우리를 위해 갓 쪄낸 고구마가 맛있는 냄새를 풍기며 기다리고 있었다. 우리는 약속시간을 지키지 못하여 미안한 마음인데, 이렇게 융숭한 대접까지 받고 보니 고맙고 미안한 생각이 들었다. 해가 지자 산촌의 날씨는 이내 쌀쌀해 졌고, 뱃속은 출출한데 반갑게 맞아주는 다정한 미소와 따끈한 고구마 한 소쿠리는 우리를 퍽 기쁘게 해 주었다.

우리 일행이 떠나오려는데 문학관 가이드는 "텃밭에 심어놓은 갖가지 무공해 야채로 점심을 대접하고 싶다며 또 한 번 들러달라"고 했다. 언제 또 오리요마는 그녀의 마음씨가 비 개인 여름호수처럼 맑았다.

저녁 7시가 좀 지나서 우리는 서울로 향했다. 우리들의 차는 굽이도는 들녘과 계곡을 흔들리며, 출렁이며 달렸다. 보은군 일원에는 아름다운 계곡이 많다. 한국의 8경중의 한 곳이란 속리산의 자연경관을 배경으로 한 청정지역이다. 오늘 시문학 동호인들의 가슴은 속리산 법주사의 솔바람과 정지용 시인과 오장환 시인의 문학향기로 충만할 것 같았다. 비운의 천재시인! "나의 노래가 끝나는 날은, 내 무덤에 아름다운 꽃이 피리라"란 시구가 뇌리에 메아리친다.

제2장

전라도(全羅道) · 다도해(多島海) 해상국립공원

광주광역시와 전라남북도를 합하여 호남지방湖南地方이라 부르는데, 지리적으로 금강하류의 남쪽에 위치하고 있다. 전라도의 동쪽에는 소백산맥이 있어서 영남지방과는 단절되어 있고, 소백산맥의 끝부분인 지리산의 동남부에 섬진강이 흘러 영남지역과 경계를 이룬다. 전라도의 서남해안은 낮은 구릉과 평야로서 한반도 전체 섬의 3분의 2를 거느리고 있다. 전라도는 호남평야와 나주평야 같은 기름진 옥토를 품고 있는 곡창지대이기 때문에 왜구의 침략과 약탈로 편한 날이 없었다.

선사시대부터 서해안지역에 부락을 이루어 기거했던 흔적이 고인돌군락지로 남아있다. 지리적으로 전라도는 한양(서울)과 육로교통의 어려움이 많았고, 중앙정부에서 떨어져 있어서 지방 관리들의 탐관오리貪官汚吏가 심했다. 이러한 지정학적인 생활환경이 지역보호를 위한 단결심으로 뭉쳐지게 하였고, 불의에 항거하는 강한기질로 표출되었다. 전라도에서는 동학농민혁명, 광주학생항일운동, 진도와 제주도에 이르기까지 고려 때의 삼별초 항몽 투쟁, 임진왜란 때 일어난 항일의병, 6 · 25 전쟁 때 지리산을 거점으로 한 빨치산 투쟁, 그리고 군사독재에 항거하여 일어난 5 · 18광주민주화운동 등 깨어있는 의식은 불의에 투쟁하게 되었다.

백제는 4세기에 충청도와 전라도지역으로 세력을 확장했고, 근초고왕 때는 전라도지역 대부분을 장악했으며, 한 때 전라도는 백제문화를 주도했다. 전라도는 조선시대에 남도문화예술을 꽃피운 산실이다. 담양일원의 누정樓亭과 원림園林에서의 가사문학은 우리나라 시가詩歌에 금자탑을 세웠다. 다산 정약용이 18년 동안 강진에서 유배생활을 하는 동안 실학實學을 집대성했다. 고산 윤선도는 해남, 완도 보길도 등지에서 시조문학을 집대성했다. 그래서 전라도는 의향義鄕, 예향藝鄕, 맛의 고장 미향味鄕으로 불린다.

1) 빛고을 광주光州광역시

광주광역시는 의향 · 예향 · 미향으로 불리는데 이는 이 지역의 역사를 요약한 말이기도 하다. 광주서중학교는 광주학생독립운동의 발상지다. 1929년 11월 3일 한 · 일 중학생간의 충돌이 11월 12일 광주지역의 학생 시위로 확산되었고, 12월에는 한성을 거쳐 평양과 함경도 그리고 만주벌의 간도까지 번졌다. 1954년 광주일고(전신: 광주서중학교)에 광주학생독립운동 기념탑을 세웠고, 1997년에 학생독립운동기념역사관을 건립했다. 필자의 시아버님이 광주시 교육장을 역임했을 때 손자손녀들을 데리고 현장을 답사한 적이 있다.

1980년 광주민주화운동의 희생자들이 잠든 광주광역시 북구 민주로에 「망월동 묘역」과 북구 운정동에 「국립 5 · 18 민주묘지」가 자리하고 있다. 1987년 학생민주항쟁 때 사망한 연세대 이한열군의 묘도 망월동에 있다. 이곳에는 의병 · 동학 · 3 · 1운동 · 광주학생운동 · 4 · 19

혁명·광주민주화운동·통일마당 등 7개의 역사마당이 조성되어 있는 민주성지民主聖地이다.

광주시 북구 용봉동에 위치하고 있는「광주 비엔날레(Biennale)」는 1995년 9월에 개관하였다. 격년제로 열리는 광주 비엔날레는 전위적인 현대미술을 선보이는 곳이다. 이 시기에는 민속음악, 무용, 연극 등의 발표회도 함께 펼쳐진다. 광주는 인상주의 회화의 선구자 오지호吳之湖 화백과 산수화와 사군자 그리고 서예에 이르기까지 남종화의 대가인 의제 허백련毅齊 許百鍊선생이 대업을 이룩한 곳이다.

광주시는 전주시와 더불어 맛의 고장이라 불리는데, 풍부한 해산물과 토산물을 이용한 음식문화가 발달했다. 다양한 젓갈음식문화와 더불어 매년 10월에는 '광주 김치문화축제'가 열리기도 한다.

광주의 상징 무등산無等山

광주를 상징하는 무등산(1187m)은 광주광역시 및 화순군과 담양군에 걸쳐있다. 무등산에서 발원하는 물줄기는 풍암천, 광주천, 증심사천을 이룬다. 무등산 자락에는 유서 깊은 사찰과 가사문학의 산실인 정자와 원림문화 유적지가 담양일대에 밀집되어 있다. 무등산은 의병장들이 심신을 수련했던 곳이기도 하다.

필자의 시가媤家는 광주광역시에 있다. 평생 전남교육계에 계셨던 시아버지는 극기 훈련도 하는 겸, 여름방학 때 손자손녀들을 데리고 무등산 산행을 떠났다. 등반대원은 광주에 사는 외손자손녀들과 서울에서 내려간 손자손녀들이었다. 이들 대부분은 초등학교 1학년에서 대부분 중학생이 되기 전의 꼬맹이들이었다. 1979년 여름방학 때, 시어머님께서 정성껏 준비한 도시락과 맛있는 간식 등 만반의 준비를 하여 힘차게 출발하였다. 그러나 무등산 등반 대원들은 산행의 의미를 알지 못했다. 아이들은 조금 오르다가 무등산을 재미없는 민둥산이라 하였다.

광주 무등산 서석대

조무래기들은 가다가 걸터앉아 과자와 음료수를 마시며, 노래도 부를 수 있는 너럭바위나 굽이굽이 맞아주는 노송과 폭포, 바위 뒤에 숨어있는 야생화, 나뭇가지에서 놀라 날아오르는 산새 등을 기대했을 것이다. 무등산 등반은 어린아이들의 수준과 기대치에 빗나간 계획이었다. 할아버지는 조금만 참고 오르면 입석대立石臺, 서석대(瑞石臺, 천연기념물 제465호)의 거대한 주상절리대 등 신기한 경치가 펼쳐져 있다고 설득하려 하셨으나, 아이들은 할아버지의 설명을 제대로 이해하지 못했다. 입석대와 서석대의 주상절리대는 약 7천만 년 전에 형성된 것으로 높이가 20~30m, 폭이 40~120m에 달해 규모면에서 남한 최대로 꼽힌다. 무등산 정상에 마치 해금강의 한쪽을 옮겨놓은 것 같다. 봄에는 주위에 철쭉과 진달래로, 가을에는 억새군락으로, 겨울에는 설국과 더불어 신비로운 경관을 창출한다.

무등산 정상을 향하여 오르는 과정이 꼬마들에게는 재미없고 피곤하기만 했다. 오르는 길이 둥글넓적하고 민민했다. 한 두 명이 투덜대기 시작하였다. 조부모님들은 손자손녀의 표정으로 그들의 의중을 훤히 읽으셨다. 할아버지는 결국 백기를 드셨고, 중도에서 하차한 35여 년 전의 기억이 추억의 골짜기에서 반딧불처럼 깜박인다. 광주 무등산은 2013년에 국립공원 제21호로 지정되었다.

2) 담양의 정자亭子와 원림園林

죽림竹林의 고장 전라남도 담양을 향해 필자는 2014년 3월 하순에 서울 용산역에서 새벽 6시 20분발 광주행 KTX에 올랐다. 담양의 소쇄원瀟灑園과 가사문학관, 환벽당環壁堂과 송강정松江亭 등을 둘러보려고 한다. 담양하면 죽녹원竹綠苑과 옛날 전남선비들이 관직에서 물러나 낙향하여 정자와 원림을 가꾸며 정치를 논하고, 자연의 풍광을 시로 읊으며 이문회우以文會友했던 누정문화樓亭文化의 산실을 떠올리게 된다.

16세기에 조선왕조는 사화士禍의 소용돌이에 휩싸였다. 성리학 이념을 중심으로 동인과 서인이 대립하면서 붕당朋黨정치로 인해 피로 얼룩졌다. 조선중기 연산군燕山君 때부터 명종즉위년까지 약 50년 간, 무오사화(戊午士禍, 1498), 갑자사화(甲子士禍, 1504), 기묘사화(己卯士禍, 1519), 을사사화(乙巳士禍, 1545)가 일어났다. 그러다가 19세기부터는 특수가문이 세도정치를 하였다.

소쇄원

소쇄원(명승 제40호)은 전남 담양군 남면 지곡리에 있는 조선시대의 정자이다. '소쇄瀟灑'는 맑고 깨끗하다는 뜻이다. 소쇄원의 주인 양산보梁山甫는 정암 조광조靜庵 趙光祖의 문하생이었다. 조광조는 유교의 왕도정치 사상을 근본으로 삼고, 정국공신 가운데 공이 없으면 공신록에서 작위와 재물을 박탈해야 한다는 '위훈삭제僞勳削除'를 주장하여 훈구파와 대립을 불러일으켰다. 기묘사화 때 양산보는 사림파士林派를 이끌던 스승 조광조가 사약을 받자 큰 충격을 받고, 명리名利의 꿈을 접고 고향으로 내려와 담양에 정자를 지은 것이 소쇄원이다.

소쇄원 입구에 들어서자 오름길 양 쪽에 무성한 죽림이 반겨주었다. 촘촘히 들어선 대숲은 햇살이 지면에 통과하지 못할 정도로 청죽靑竹 그늘을 드리웠다. 별천지에 들어선 것 같았다. 경내로 들어가면 초정草亭과 봉황새를 기다리는 누대란 뜻의 대봉대待鳳臺란 정각이 있다. 손님을 맞이하는 사랑방 같은 곳이었을까?

소쇄원 통나무 다리 아래로 계류가 흘러간다. 소쇄원의 이색적인 진짜 멋은 담 아래 넓은 암반을 다리처럼 걸치고, 그 아래로 계류가 흘러가게 만든 아이디어라고 생각했다. 통나무 다리를 건너기 전, 입구 쪽으로 몇 미터 쌓은 기와지붕의 나지막한 흙돌담이 있는데 '애양단愛陽壇'이란 명찰이 붙어있었다. 대문은 없고 낮은 담만 있지만, 아늑하고 보듬는 기분을 풍긴다. 이 흙돌담은 겨울에 북풍을 막는 병풍역할을 할까? 아니면 멋으로 세운 것일까? 이름이 애교스럽다.

담양 소쇄원

　통나무 다리를 건너면 맞은 편 나지막한 흙돌담 벽에 우암 송시열尤庵 宋時烈이 썼다는 '소쇄처사양공지려瀟洒處士梁公之廬'란 글씨가 담에 크게 박혀있었다. 양산보 소쇄옹이 거처하는 초라한 집이란 뜻이다. 우암 송시열은 마루에서 달을 완상할 수 있는 「제월당(霽月堂)」현판도 썼다. 경내에는 햇빛과 바람이 충만한 곳이란 뜻의 광풍각光風閣 정각도 있는데, 신선이 노니는 선유동仙遊洞 같았다.

　우암 송시열은 당대에 존경받는 성리학자로서 효종과 현종의 왕자 시절에 가르친, 세자시강원설서世子侍講院設書를 지냈다. 정치적으로 서인이고, 노론의 영수였다. 노경에 장희빈의 아들 경종景宗을 세자로 책정하는 문제를 놓고 반대했대가 숙종의 진노로 유배지에서 사약을 받았다. 그러나 송시열을 존경했던 정조正祖임금은 송시열선생을 국가의 스승으로 추대했다. 여기 송시열의 시 「임이 헤오시매」가 뇌리에 떠오른다.

임이 헤오시매(생각해 주시기에) 나는 전혀 믿었더니
날 사랑하던 정을 뉘 손에 옮기신고
처음에 뮈시던 것이면 이대도록 설우랴.

처음부터 서먹하게, 미워하던 사이였으면, 이토록 서럽지는 않을 것
이라고 유배지를 옮겨가며 통탄했다.

김인후金麟厚는 소쇄원 완공을 기념하여 소쇄원 주변의 아름다움을
찬양한 글「소쇄원 48영」을 남겼고, 송강 정철은「소쇄원제초정(瀟灑
園題草亭)」을 지었다. 제봉 고경명高敬明도 '꿈에 소쇄원에서 노닐다'라
는 시를 지었으며, 이 외에도 송순, 기대승 등 당대의 명인들이 소쇄원
을 찬양하고 시를 지었으니 소쇄원은 당대의 문인정객들의 사랑받는
교유장소이었음을 알 수 있다. 양산보는 "절대로 소쇄원을 타인에게 팔
지 말라"는 유언을 후손들에게 남겼다고 하는데, 유언대로 소쇄원은 대
대손손 15대째로 물려오고 있다.

대나무 그림자가 일렁이며 오솔길에 모자이크를 수놓는다. 죽림 속
정각에 앉아서 몇 시간이고 하늘을 우러르고 싶었다. 필자는 오늘의 일
정을 계산하며「한국가사문학관」으로 발길을 돌렸다. 소쇄원 오솔길을
걸어 나오며 몇 번 되돌아보았다. 기억 속에 오래 머물 것 같은 아름다
운 곳이었다.

한국가사문학관韓國歌辭文學館

전라남도 담양의 가사문학관은 소쇄원에서 나와 도로 따라 오른쪽
으로 걸어서 10분 거리에 있다. 큰 돌에 '한국가사문학관'이라 새긴 표
지석이 도로변에 세워져 있었다. 매표소에서 젊은이가 필자에게 그냥
들어가라고 하였다. 가사문학관 앞 정원 작은 연못에는 물레방아가 있

고, 앞 정원에는 황소의 등에 올라앉자 피리를 부는 목동의 동상이 큼지막하게 세워져 있다. 이는 송강의 「성산별곡(星山別曲)」에 나오는 "넓은 들판에서 들려오는 목동의 피리소리, 평교목적平郊牧笛"을 조형화한 것이리라. 시골에서 자란 필자는 타임머신을 타고 유년의 들녘으로 돌아가는 기분이었다.

가사문학관 내로 들어가니 무척 조용하다. 12시가 지났는데 필자 외에는 관람객이 없었다. 다소곳하며 차분한 성격의 소유자로 보이는 중년여인이 반갑게 맞아주었다. 천천히 감상하시라며 전시관에 대하여 설명해 주었다. 가사문학관은 문화유산의 전승ㆍ보전과 현대적 계승ㆍ발전을 위해 1995년부터 한국가사문학관 건립을 추진하여 2000년 10월에 완공하였다.

가사문학관 2층에는 전시실 1, 2, 3으로 나누어 잘 정리되어 있었다. 전시실에는 면앙 송순俛仰 宋純의 면앙정, 담양의 역사, 가사문학과 송강의 저술과 유묵집 등을 보유하고 있다. 유묵, 친필, 현판에서부터 선조가 송강에게 하사한 은배銀杯와 옥배玉杯도 있다. 다른 전시실에는 허균의 누이 허난설헌의 규원가閨怨歌에서부터 규방가사, 소쇄원과 역대 가사작자 일람표와 가사 필사본이 전시되고 있었으며, 석천 임억령, 소쇄처사 양산보, 하서 김인후, 서하당 김성원, 제봉 고경명, 미암 유희춘 등에 관한 자료들도 관람할 수 있으며, 영상실, 장서실과 자료실도 있다. 가사문학관 입구에는 관련 서적도 판매하고 있었다. 담양은 호남문학의 대표적인 지역으로서 전국 누정에 대한 다양한 정보를 웹을 통해 접근할 수 있도록 구축하였다.

한국가사문학관 입구

「옥배(玉杯)와 술잔 이야기」

한국가사문학관에서 나오기 전에 문간 옆에 팸플릿이 단 한 종류가
비치되어 있었다. 팸플릿을 펼쳐드니, 「옥배와 술잔 이야기」가 적혀있
고, 술잔 2개 사진이 게재되어있었다. 내용인즉,

> 평소 술이라면 자다가도 깨는 정철에게 선조(宣祖)가 술잔을 하사했
> 다. 둘은 어려서부터 같이 자랐기 때문에 서로에 잘 알고 있었던 관계
> 로 선조는 정철에게 술잔(銀杯 · 玉杯)을 내리면서 절주령을 내렸다.
> 「이 잔으로 하루에 한잔씩만 마시게나.」임금의 명령에 안 된다고는
> 할 수는 없었던 일. 생각다 못한 정철의 선택은 뭐였을까? 「장진주사」
> 사설시조 술로서 인생무상을 노래했다고 적혀있었다.

송강은 선조 때 대사헌을 지냈으며, 임진왜란 때 선조의 부름을 받고
왕가를 모시고 의주까지 호종扈從했다. 필자는 가사문학관을 지키는 분
에게 송강의 「장진주사(將進酒辭)」는 친선모임 때 필자가 분위기를 돋

우려고 자주 읊는 시의 하나인데, 주로 송강의「장진주사」를 읊고 연달아 중국 이백의「장진주」시를 읊는다고 했더니 미소로 받아주었다. "제가 오늘 송강 정철선생의 문학관을 찾아왔으니, 기억 속에 오래 간직하기 위하여「장진주사」를 읊고 가야 직성이 풀릴 것 같다"고 했더니, 여인은 멍- 한 표정이었다. 아마도 속으로 '별난 할머니 다 봤다'고 생각했을까? 상관없었다. 주저 없이 필자는 송강의「장진주사」를 읊었다.

> 한잔 먹새 그려, 또 한잔 먹새 그려, 꽃 꺾어 수를 세며 무진무진 먹새 그려.
> 이 몸이 한 번 죽은 후면 지개 위에 거적 덮어 꽁꽁 묶여 매여가나,
> 유소보장(流蘇寶帳: 아름답게 꾸민 상여 뒤에)에 만인이 울어 예나,
> 억새풀, 속새풀, 떡갈나무, 백양(白楊) 속에 가기 만 하면,
> 누른 해, 흰 달, 가는 비, 굵은 눈, 소소리 바람불제 뉘 한잔 먹자할꼬?
> 하물며 무덤 위에 잔나비(원숭이) 휘파람 불제야 뉘우친들 어떠리.

시를 다 읊고 났더니 "어쩌면 시를 읊는 음성이 그리 고우신지?"하였다. "항상 취미로 시를 읊기 때문에 아직은 거침없이 나옵니다."하고 좀 쑥스러워서 동문서답 하였다. 여기까지 이 책을 읽고 있는 독자와 함께 웃고 싶어서 이 글을 적었다. 필자는 문학관을 지키는 여선생에게 문학적 토양이 풍부한 고장에서 봉사하시니 축복 받았다고 부러움을 표한 후 문학관을 나왔다.

환벽당環壁堂

환벽당環壁堂은 가사문학관 앞 도로 하나 건너면 개천위에 작은 다리가 나오는데, 그 다리를 건너면 바로 환벽당으로 오르는 산길이다. 이 곳이 조선시대 가사문학의 본고장, 호남가단의 산실이다. 이토록 누정과 원림들이 한 곳에 집중되어 있어서 시간을 아끼며, 걸어서 탐방하기가 아주 쉬웠다.

환벽당은 조선 명종 때 사촌 김윤제(沙村 金允悌)가 세운, 정면3칸 측면2칸의 팔작지붕의 누정이다. '환벽당'이란 사방에 푸름을 둘렀다는 뜻인데, 주위에는 수령이 오래된 나무가 많았다. 환벽당 뒤 정원으로 돌아가니 땅에 조그만 굴뚝이 솟아있는데 퍽 귀엽다. 겨울에 방 한 칸을 따뜻하게 하는데 사용한 굴뚝이었다.

이 일대는 무등산 북쪽으로 흐르는 증암천(창계천)을 댐으로 막아 1976년에 광주호를 만들었는데, 물줄기가 광주호로 들어가는 입구이다. '무등산 옛길' 안내판에 있는 내용의 한 구절이다.

> 환벽당 주변은 광주도심에서 11.3km으로 무등산 역사길 정점(定點)이다. 16세기 초(조선 초기) 사화와 당쟁의 극성기에 절의를 고집했거나 정쟁에 연루되어 유배되었다가 귀향하고, 효·충·절·의·지·심정(心情)의 인연 유대로 호남유학과 향촌의 사림문화 층이 형성되고, 중흥기를 이룬 선비의 기상이 서린 곳(地文)이다.

광주광역시 북구 광주호 상류 창계천 변, 작은 산위에 위치한 환벽당은 꽤나 높은 돌계단을 올라야 했다. '환벽당' 편액은 행서체인데 필력이 넘친다. 우암(송시열)이란 낙관이 찍혀있다. 환벽당 마루에는 남녀 학생 2명과 교사(?) 한 사람이 앉자 "문장을 이렇게 써야하고, …은 사족(蛇足)이며, 오히려 그런 표현을 씀으로써 문장의 힘을… 운운 등" 몇 마디로 미루어 문학수업을 하고 있는 것 같았다. 송강과 「식영정」 주인 서하당 김성원은 바로 이곳에서 김윤제의 문하생으로 문학수업을 받았으리라.

환벽당 전경

　환벽당으로 오르는 길목, 광주호변에 생태공원이 조성되어 있는데 호수가 배경이라 환상적인 경치를 이룬다. 환벽당 맞은편에 식영정과 성산(星山·별뫼)이 보인다. 이 부근에 소쇄원, 취가정, 지실마을, 가사문학관, 환벽당, 식영정息影亭 등이 모여 있다. 이 일원이 송강의 「성산별곡」배경이다.

　환벽당 주인 사촌 김윤제는 31세에 문과에 급제하고, 높은 관직을 두루 역임했다. 을사사화가 일어나자 관직을 떠나 향리로 돌아와 환벽당에 정자를 짓고, 후학을 양성하며, 노경을 보냈다. 그런데 바로 이곳에서 김윤제가 송강을 만난 인연은 설화로 전해지고 있다.

　김윤제가 여름에 낮잠을 자는 데 꿈속에 용龍 한 마리가 앞개울에서 노닐고 있었다. 잠에서 깨어나, 꿈이 하도 생생하여 앞개울에 내려가 보았더니 그곳에 한 소년이 미역을 감고 있었다. 소년의 용모와 기품이 범상치 않아 여러 가지를 물어보았다. 그 소년이 바로 송강 정철이었다. 송강은 15세 때 김윤제의 문인이 되어 학문과 시가를 배웠다. 송강은 다음해 17세 때 김윤제의 외손녀와 결혼하였고, 김윤제의 인맥과 학맥을 송강은 십분 활용하였다. 송강은 27세 때 문과별시에 장원급제하여 벼슬길에 올랐다.

환벽당으로 오르는 언덕길, 창계천 변에는 정철의 「성산별곡」에 나오는 문구가 고어체로 돌에 새겨져있다. "늙은 소나무 한 쌍을 조대에 세워두고 / 그 아래 배를 띄워 가는대로 맡겨두니 / 홍료화紅蓼花 백빈주白蘋洲 어느 사이 지났기에 / 환벽당 용 못龍沼이 뱃머리에 닿았구나." 언덕 아래에서 낚시를 하고, 배를 띄워 산수의 경치를 즐기며 뱃놀이를 한 것을 읽을 수 있었다. 9, 10월이면 꽃무릇(일명 상사화)이 환벽당 주위를 붉게 물들이면 비경을 이루리라 상상해 보았다.

송강정松江亭

환벽당을 내려와 다시 큰 도로로 나왔다. 생태공원 옆, 휴게소 앞 도로변에 있는 주유소에서 택시를 불렀다. 올 때는 버스노선을 이용하였으나 여기서 송강정으로 연결되는 버스노선은 보이지 않았다. 광주호를 끼고 조금만 올라가면 「식영정(息影亭)」(명승 제57호)과 성산이 보이지만 들리지 못하고, 점심을 먹을 수 있는 곳으로 나가야 했다. 식영정, 환벽당, 소쇄원, 이일원은 퍽 아름답다. 여기서 송강의 「성산별곡」이 탄생했다. 송강정으로 향할 때 택시기사는 이 고장의 내력을 막힘없이 설명해주었다. 젊었을 때 혹시 역사나 국문학 쪽으로 전공했느냐고 물었더니, 그냥 관심이 있어서 역사책을 좀 읽었다고 했다. 택시기사는 담양에 대한 긍지와 문화의 향기를 가슴 가득 품고 있는 분이었다.

송강정은 담양군 고서면 원강리 산 1번지에 위치하고 있다. 순창과 광주광역시를 잇고, 곡성과 장성 방향을 잇는 교통의 요지에 있는 작은 동산에 세워져 있다. 송강정으로 오르는 초입에 돌계단 길이 꽤나 높게 이어져 있어서 송강정을 올려다보면 퍽 운치가 있다. 택시기사는 가파른 중앙계단을 오르지 말고 오른 쪽으로 비스듬히 오르는 편한 길이 있다고 친절히 설명해 주었다. 기사의 말대로 돌아 오르니 대나무와 소나무가 무성하며, 오름길이 편했다.

송강은 왕족집안과의 연계로 어렸을 때 궁궐을 자주 드나들었다. 부친 정유침鄭惟沈은 유배에서 사면되었을 때 돈령부판관에 제수되었다. 송강의 어머니는 대사간 안팽수의 딸로서 정경부인이었다. 송강의 맏누이가 인종仁宗의 후궁인 귀인貴人정씨였고, 둘째 누이가 왕족인 계림군桂林君의 부인이었다. 그래서 송강은 어릴 때 궁궐을 자유롭게 드나들며 왕자들과 친했다고 한다. 또 한편 왕가와 사돈 간이기 때문에 사화가 있을 때마다 송강의 부친은 유배되는 고난을 겪기도 했었다. 송강은 선산이 있는 담양으로 내려와 생활하면서 20대 중반에「성산별곡」을 지었다.

죽록정竹綠亭이 송강정松江亭으로⋯

정철은 27세에 문과별시에 장원급제하고, 벼슬길에 올랐다. 선조12년(1579)에 낙향하여 지내다가 다음해에 강원도관찰사(1580, 송강 45세)로 부름을 받았다. 그 때 관동지역과 해금강 일대를 여행하며「관동팔경(關東八景)」의 아름다움을 노래한 가사가 관동별곡關東別曲이다. 송강은 동인東人의 탄핵을 받아 하향(1585)하여 죽록정竹綠亭을 짓고 4년간 은거하였다. 이때 독백형태의「사미인곡(思美人曲)」과 대화 형식의「속미인곡(續美人曲)」을 지었다.「사미인곡」과「속미인곡」은 연군지정戀君之情을 노래한 작품인데 남녀 간의 사랑으로 비유하였다. 필자의 학창시절에는 국어과목 시험 때 달달 외웠던 기억이 새롭다.「사미인곡」의 한 구절이다.

… 편작 같은 명의가 열 명이 오더라도 이 병을 어떻게 하랴
아아. 내 병이야 임의 탓이로다. / 차라리 죽어서 범나비 되오리라.
꽃나무 가지마다 간 데 족족 앉았다가 / 향 묻은 날개로 임의 옷에 옮
으리라. …

다음은 「속미인곡」의 한 구절이다.

… 내 사정 이야기를 들어보오. / 내 모습과 이 나의 태도는 임께서 사
랑함직 한가마는 / 임께서 나를 보시고 너로구나 하며 사랑하시기에 /
나도 임을 믿어 딴생각 전혀 없어 / 응석과 아양을 부리며 지나치게
굴었던지 / 반기시는 얼굴빛이 옛날과 어찌 다르신고? … 정성이 지
극하여 꿈에 임을 보니… 눈물이 쏟아져 말인 듯 어쩌하며, / 정회를 다
못 풀어 목마저 메니, / 방정맞은 닭소리에 잠은 어찌 깨버렸는지?

연군지정을 이렇게 애절하게 그린 송강이었다. 우리는 역사를 통해
권력의 정점에 취해있을 때 스스로 퇴장하기란, 마약 중독자가 마약을
끊기보다 더 어렵다는 것을 우리는 읽을 수 있다.

현재의 「송강정」은 1955년에 송강정을 중수하면서 바로 옆에 사미
인곡시비도 세웠다. 송강정은 앞면 3칸 측면2칸, 팔작지붕의 작고 아담
한 정자이다. 송강정에는 시문을 적은 현판들이 걸려있다. 이 언덕에서
내려다보면 남쪽으로 무등산에서 발원한 증암천이 흐르고, 북쪽으로
는 담양을 거쳐 나주로 흘러가는 영산강이 합쳐지는 곳에 펼쳐진 들녘
도 보인다. 무척 아름다운 곳이다.

송강 정철은 문인으로서의 섬세한 감성과 낭만적인 멋이 흘러넘치.
는가 하면, 정치인으로서의 송강은 전혀 다른 평을 받기도 한다. 조선
선조 때 '정여립鄭汝立의 모반사건'이 일어났을 때 송강은 우의정에 발
탁되었고, 국문을 집행하는 형문책임자였기 때문이다. 이 사건은 확대

되어 기축옥사己丑獄死로 이어졌는데 당시 수많은 동인들이 형장의 이슬로 사라졌다. 1593년에 동인의 모함으로 사직하고 강화의 송정촌에 우거하다가 58세로 타계했다. 송강정 마루에 걸터앉아서 사방을 바라보며, 이런저런 역사의 낡은 페이지를 뒤적여 보았다.

담양 송강정

송강정에서 내려다보이는 광장이 바로 주차장이다. 버스가 이곳에서 돌아나간다. '떡갈비' 음식점이 보였다. 오후 4시가 가까웠다. 봄나물 비빔밥을 시켰는데, 밑반찬이 8가지나 나왔다. 그리고 서비스해 주는 아주머니는 비빔밥을 직접 비벼줄 정도로 친절하고 상냥했다. 서울에서 새벽차로 떠나왔기에 하루 종일 시장했다. 음식점 유리 창문을 통해 송강정이 정통으로 보였다. 커피 기계에서 종이컵에 무료로 제공되는 커피를 마시며 송강정을 멀건히 건너다보았다.

송강정의 위치는 교통의 요지였으나 시내로 들어가는 버스는 84번(종점) 하나뿐이었고, 배차간격도 1시간이었다. 송강정을 바라보며 몇시간 전에 「한국가사문학관」에서 홀로 도취되어 송강의 「장진주사」

를 읊었던 생각이 나서 웃음이 나왔다. 문학관을 지켰던 그 여인은 나의 뒤통수를 보며 어떤 생각을 하였을까?! 세상에는 참으로 묘한 인간도 많구나, 했을까? 아니면 반쯤 치매기가 있는 노파로 비쳤을까? 담양의 문학답사는 오랫동안 나의 기억의 동산에서 이색적인 색깔로 미소를 짓게 할 것 같다.

3) 군산시 선유도仙遊島

군산시는 전라북도 서북부에 위치한 항구도시로써 서해안의 발전을 이끈 중심지역이다. 군산평야는 금강하구와 만경강하구로 둘러싸인 옥구반도와 서해도서들로 이루어져 있는데, 자연의 혜택으로 충적토沖積土가 만든 우리나라의 4대 곡창지의 하나이다.

2006년 5월 3일, 오월의 신록이 손짓하는 서해안고속도로를 타고 전라북도 북서부에 위치한 군산 앞바다 고군산군도古群山 群島로 향했다. 동백여행사의 패키지 당일코스에 그이의 동향의 지기부부 세 쌍과 더불어 아침 8시에 서울을 출발했다. 같은 버스에 탄 다른 그룹은 환한 웃음을 띤 20대 해바라기 꽃들이었다. 도심을 벗어나자 여행가이드는 일정을 소개한 후 따끈한 찰밥에 산채 몇 가지 곁들인 아침을 제공했다. 새벽에 집을 나섰기에 출출하던 차에 맛있게 먹었다.

가는 길목에 충남에 있는 한 사슴농장에 들렀다. '녹용'에 대한 상식을 보충하고 한방차 시식도하며 잠시 무거운 다리를 뻗어보는 것도 좋았다. 뉴질랜드, 중국 등지를 여행하며 녹용에 대하여 들은 바 있지만 언제 들어도 신기한 동물이 사슴이요, 고개를 갸우뚱하게 하는 것이 '녹용의 약효'이다. 하루에도 몇 번씩 여행객을 맞이하는 영업담당자는 구매대상의 연령층에 따라 말의 내용과 농담의 색깔도 달라진다. 젊은 층은 정력 강화를, 노년층은 불로장생을 강조하는 유머 섞인 설명은 묵은 염주念珠알같이 매끄럽다.

노년기의 심리현상을 꿰뚫고 있어서 얄팍한 주머니 사정과 사고 싶은 충동을 예민하게 감지하고, "눈물 젖은 빵을 먹어보지 않은 사람은 행복을 모른다"는 괴테의 말부터 천상병의 시 「행복」까지 인용하며 건강을 연결시켜 '녹용의 효능'을 부각시켰다. 상품을 팔기 위한 말이지만 상당히 지성적으로 파고든다. 판매원은 천상병의 시를 줄줄 외웠다. 평생 시를 외우고 읊고 하는 일이 필자의 취미라 듣기에 지겹지는 않았다.

녹용의 효능에 열심히 강의하더니 앞줄에 앉은 관광객에게 느닷없이 '당신은 행복합니까?' 하고 물었다. 또 다른 분에게 물어도 빙그레 웃을 뿐 묵묵부답이었다. 그는 갑자기 나에게 '살맛이 납니까?' 라고 물었다. 내가 큰소리로 '네'하고 대답하자 의외라는 듯 모든 청중이 웃었다. 다들 살맛이 없다고, 삶에 의욕이 없다고 해야 녹용을 팔아먹을 텐데…, 살맛이 난다고 자신 있게 대답했으니, 뭐- 꼭 녹용을 복용할 필요가 있겠는가!

천상병(1930~1993) 시인하면 「귀천」이란 시가 떠오른다. "소풍 온 속세를 떠나 하늘고향으로 돌아간다"고 한 시 말이다. 천 시인은 필자가 알고 있는 시인 중에서 가장 쉽게 시를 쓴 문인이다. 문장을 꾸미거나 상징적인 은유법을 전혀 쓰지 않은 시인으로 알려져 있다. 판매원이 읊는 천병상 시인의 「행복」이란 시를 듣고 모든 관광객들이 빙그레 웃었다.

> 나는 세계에서 제일 행복한 사나이다. / 아내와 찻집을 경영해서 생활의 걱정이 없고 / 대학을 다녔으니 배움의 부족도 없고 / 시인이니 명예욕도 충분하고 / 예쁜 아내니 여자 생각도 없고 / 아이가 없으니 뒤를

걱정할 필요도 없고 집도 있으니 얼마나 편안한가. / 막걸리를 좋아하는데 아내가 다 사주니 / 무슨 불평이 있겠는가. / 더구나 하느님을 굳게 믿으니 이 우주에서 가장 강력한 분이 나의 빽이시니 무슨 불행이 온단 말인가!

고군산군도 · 선유도

전라북도 군산에 도착하여 여행사측에서 지정한 횟집에서 회 중식을 먹은 후, 군산에서 쾌속선으로는 45분 정도 들어가면 선유도가 보인다. 고군산군도는 군산시 남서쪽 50km정도 떨어진 곳에, 선유도를 중심으로 12개의 유인도와 46개의 무인도로 이루어져 있다. 가까이 있는 무녀도와 장자도는 선유도와 다리로 연결되어 있다. 젊은이들 같으면 연도교連島橋를 자전거로 달려도 신날 것 같았다.

기온은 25~6도, 산들바람에 5월의 바다 위를 1시간 20분가량 수많은 바위섬들을 보며 선유도로 향했다. 배를 따라 날아오르는 갈매기 떼와 크고 작은 바위섬을 보는 것도 즐겁다. 고군산군도 연근해에서는 조기, 새우, 삼치, 홍어, 갈치 등이 잡히고, 도서지역에서는 조개류, 미역, 김 등의 양식업이 성하다. 해안지역에는 염전이 있다. 선유도 인근에는 물고기가 많아 갯바위 낚시하기가 아주 좋다고 한다. 우럭, 노래미, 그리고 농어가 잘 잡힌다고 한다.

선유도에 두 개의 산봉우리가 마주하고 있는 망주봉은 해발 152m의 바위산인데 비가 오면 여러 개의 임시 폭포가 생겨 흘러내린다고 한다. 전설에 장자도의 '장자할매바위'는 할머니가 아이를 업고 있는 듯한 형상인데, 과거를 보러간 남편이 가는 도중에 변심했다고 한다. 남편을 기다리다가 망부석이 되었다고 한다. 장자 할매바위를 보면서 연인들이 사랑을 맹세하면 꼭 이루어지고, 또 외도하면 그 사람은 돌이 된다는 전설이 있단다. 이야기를 들으면서 보니 정말 아이를 등에 업은 할머니가 바다를 바라보며 하염없이 기다리는 모습 같았다.

선유도는 400여 가구, 인구 500명 정도 사는 야트막한 작은 섬 산이다. 일 년에 약 45만 명의 관광객이 몰려온다고 하는데 아직 개발이 되지 않아서 알려진 이름과는 달리 초라했다. 선착장 주위에는 바다를 바라보며 차 한 잔 마실 수 있는 찻집이 보이지 않았다. 찾아보면 민박을 겸한 횟집 같은 곳은 있겠지만 간판도 상점도 길에서는 보이지 않았다. 섬을 둘러 볼 수 있는 차편도 없었다. 개인이 운영하는 봉고차와 오토바이를 개조한 몇 사람이 탈 수 있는, 비닐로 덮개를 만든 차 몇 대가 손님을 기다리고 있었다. 한 사람 당 5000원 내고 흥정하여 20분가량 섬 둘레를 부분적으로 둘러볼 수 있을 정도였다.

봉고차 운전기사는 새만금 간척사업 때문에 시에서 이곳에 전혀 신경을 쓰지 않았다며 불평을 털어놓았다. 이곳에 고사리가 많이 난다고 한다. 절벽 덤불속에는 야생화가 고개를 내밀고 있었다. 도로는 포장되었으나 차 한대 겨우 지날만하였고, 사이드레일이 없어서 아래로 내려다 볼 때 불안하였다. 맞은편에서 차가 오면 코너에서 기다려 주어야만 했다.

'명사십리 평사낙안'明沙十里 平沙落雁이란 말은 함경남도 원산에 있는 깨끗한 모래톱을 이른 것으로, 이 선유도의 해변이 아름답다하여 별칭으로 붙여준 것 같았다. 선유도의 해수욕장 백사장(1.5km)은 작지만 깨끗하였다. 썰물 때가 되면 갯벌로 변하는데, 호미와 그물망을 준비해가면 바지락이며 낙지를 잡을 수 있다고 한다.

군산 선유도

기록에 의하면 선유도는 고려시대에는 고려와 송나라 간의 무역을 위한 기항지였고, 조선 태조 때는 왜구의 침략에 대비하여 수군부대 만호영을 두었으며, 선조 때는 관청을 설치하고 수군절제사가 상주했다고 한다. 임진왜란이 끝나갈 무렵(1597), 이순신 장군은 명량해협에서 겨우12척의 배로 왜선 133척을 대파한 기적적인 승리를 거둔 후, 이곳 선유도에서 11일 간 머물면서 명량해전에 대한 보고서인 장계狀啓를 올렸다고 한다.

새만금 방조제(防潮堤, 33.9km)

'새만금'이란 만경萬頃평야의 '만'자와 김제金堤평야의 '금'자에, 새롭게 확장한다는 데서 '새'자를 따서 만들었다고 한다. 새만금 사업(1991~2006년)은 서해안의 갯벌과 바다를 육지로 바꾸는 간척사업으로 전라북도 군산시, 김제시, 부안군 앞바다를 연결하는 방조제를 만들었다. 방조제 안쪽으로 서울 여의도의 약 140배에 달하는 면적이 생겨난다고 한다. 새만금 간척사업 때 솟대신앙과 민속신앙 그리고 환경단체들의 새만금 반대시위는 대단했다. 심지어 동남아시아와 호주와 뉴질랜드 등 남태평양 섬나라 사람들까지 와서 반대시위에 가세했다. 솟대는 장대나 돌기둥 위에 나무나 돌로 만든 새의 조형물을 앉혀 놓았는데 이는 마을 신앙의 대상이었다. 하늘과 땅 사이를 자유롭게 나는 새는 인간의 영혼(소원)을 하늘나라로 인도하는 안내자로 여겼던 것이다.

갯벌은 조류에 실려 오는 모래와 점토가 오랜 세월 동안 쌓여 만든 지형으로 수많은 하천에서 흘러들어오는 오염물질을 정화하고, 헤아릴 수 없는 많은 해양생물들이 서식하는 온상이며, 태풍의 위력을 완화시켜주는 완충역할도 한다. 우리나라 갯벌의 80%이상이 서해안에 집중돼 있다. 갯벌은 철새의 보금자리로써 시베리아와 연해주 등지에서 우리나라 서해안을 거쳐 동남아시아 호주까지 이동하는 철세 떼 약 500만 마리 중 100만 마리 정도가 서해안을 거처 간다고 한다. 2008년에 1차 완공되면 무녀도, 장자도, 신시도, 선유도를 연륙화하여 「고군산 국제해양 관광지」로 만든다는 구상을 하고 있다고 한다.

돌아오는 배 속에서 우리 일행은 배의 맨 앞부분에 앉아 2006년 4월에 1차적으로 완성된 세계최장 새만금방조제를 보며 우리민족의 저력에 감탄하였다. 대화중에 그이는 철새 떼가 유행성 바이러스를 전파시키는 매체가 될 때는 통제가 불가능하다. 그래서 옛날부터 국제법상에 제일먼저 거론된 것이 철새의 이동경로에 대한 문제였다고 했을 때 귀가 세워졌다. 국제간을 흐르는 하천(국제수로) 또한 공동 관리를 위해 국제법이 필요하다고 했다.

방조제 끝마무리 단계는 온 국민이 TV를 지켜보는 가운데, 현대건설 일군들이 해 냈다. 수심 50여 미터가 넘는 바다에 덤프트럭이 돌망태, 돌멩이, 토사를 순차적으로 퍼붓고, 굴착기가 바다 밑으로 밀어 넣는 식의 난공사 중의 난공사였다. 지금 새만금방조제를 와서 보니 그 때의 흥분된 순간과 감격이 새로워진다. 해상 만리장성! 새만금방조제 위로

석양이 눕는다. 물빛과 바다 빛이 푸름을 다투더니 어느새 희뿌연 물안
개가 수평선을 덮는다. 갈매기는 돌아갈 생각도 없는 듯 멀리 가까이
한가로이 나래 친다. 벗들도 마냥 한가로워 보인다.

새만금 방조제

4) 지리산 청학선원 삼성궁三聖宮

동향의 지기부부들과 함께 2006년 9월 초, 초가을 나들이로 1박 2일
간 경남 하동군, 지리산(智異山, 1915m) 「청학동 삼성궁(靑鶴洞 三聖
宮)」과 전라남도 순천시 조계산 「선암사」와 「송광사」, 그리고 소록도
를 답사할 계획으로 서울에서 아침 8시에 관광버스에 올랐다.

지리산 중턱 해발 800m에 자리한 청학동 삼성궁 입구까지의 드라이
브코스는 환상적이었다. 소백산맥 남단에 위치하고 있는 지리산은 주능
선을 중심으로 남강과 섬진강이 흘러내리며 수많은 담潭과 소沼, 그리고
폭포를 이루는데 그 중의 하나가 청학동 비경이다. 한 마디로 청계백파

清溪白波이다. 산은 우람하고, 계곡은 깊고 청류는 맑으며, 계곡에는 소나무와 대나무가 울창하여 신선의 이상향 같았다. 능선을 넘으니 삼성궁이 보이는데 규모가 놀라웠다. 삼성궁의 정식명칭은 「지리산 청학선원 삼성궁」, 청학동 도인촌 골짜기 서쪽능선에 삼한三韓시대의 소도蘇塗를 재현해 놓았다. 삼한은 청동기시대(BC1500~BC300)에 한반도 중남부에 자리한 삼국시대 이전의 마한馬韓, 진한辰韓, 변한弁韓을 말한다. 소도는 삼한 때 재앙과 질병이 없기를 빌며 하늘에 제사지낸 신단神壇이다. 훗날 조선시대에 국태민안國泰民安과 풍년을 기원한 제천행사의 삼신제도가 소도에서 기원했을 것이다.

삼성궁으로 들어가는 입구 문은 바위산 지하 동굴로 들어가는 듯한 작은 문이었다. 입구에 수문장을 부르는 징이 달려있어 3번치고 기다리면 수도승 비슷한 분이 나와서 인도하며 삼성궁에 대한 설명을 해주었다. 옛날 소도에 경당을 세워 '홍익인간'을 교육목표로 충효신용인(忠·孝·信·勇·仁)인의 오상五常과 육예六藝를 연마시켰다. 즉 이곳은 신선도를 수련하는 수도도량이었음을 알게 되었다.

경내로 들어서면 와아! 하는 감탄사가 나온다. 현대에서 고대로 타임머신을 타고 돌아간 듯한 풍광이 펼쳐져 있기 때문이다. 경내에는 얼른보아 수백 개가 넘을 듯한 돌탑이 세워져 있다. 돌탑을 이곳에선 원력솟대라고 한다. 지리산 자락의 돌로 만든 돌탑세계이다. 도처에 맷돌로 탑을 세워둔 것, 기왓장을 포개어 둔 길, 다듬잇돌을 바닥에 박아 만든 길, 여러 형태의 목 장성들이 세월의 퍼런 이끼를 입고 있어 태고의 신비가 깃들어 있는 것 같았다. 눈에 보이는 것은 돌탑과 돌담, 돌층계이다. 궁전도 높은 곳에 세워졌는데 돌로 축을 높게 세운 곳에 자리하고 있다. 이곳 삼성궁에선 일 년에 한번 개천대제開天大祭가 열린다.

삼성궁

청학선원의 신비스런 돌탑

삼성궁은 이 고장 지리산 목계골 출신인 한풀선사 강민주 선생이 1983년에 '소도'를 복원해 우리민족의 성조인 환인桓因, 환웅桓雄, 단군檀君을 모신 성전을 지었다. 오늘날 퇴색해가는 배달민족의 얼과 뿌리를 돼 새기며 '홍익인간弘益人間'의 건국이념을 되새길 수 있는 역사와 문화의 체험학습장이다. '홍익인간'은 '인간세상을 널리 이롭게 한다.'라는 뜻으로, 민주주의와, 기독교의 박애, 불교의 자비, 유교의 인仁과도 통하는 함의를 지닌다. 설명을 들으며 많은 것을 배웠다.

이곳 청학동 운봉서당에서는 삼륜오계三輪五戒 사상을 교육 훈으로 삼고, 현대 자라나는 학생들에게 인성교육을 하고 있단다. 3륜은 사랑하고, 예를 지키며, 공부를 열심히 하라는 3가지 덕목이라고 했다. 이곳에서 젊은이들이 한문 · 다도 · 놀이 · 전통무예 · 국악 등의 전통체험학습을 통하여 심성을 도야하고, 인성교육과 예절교육을 받을 수 있다니 무척 다행이라 생각되었다. 여름방학 때 손자 손녀들과 꼭 한번 다시 찾아오고 싶은 신비스런 도장이라고 생각되었다.

5) 순천順天 낙안 민속마을

동향의 지기부부들과 함께 2006년 9월 초, 초가을 나들이로 1박 2일 간 경남 하동군, 지리산(智異山, 1915m) 「청학동 삼성궁(青鶴洞 三聖宮)」을 탐방하고, 전남 순천시 조계산 선암사로 가는 도중에 순천시, 낙안읍성에 있는 민속마을에 들렀다. 마을입구에 들어서니 1950년대의 고향에 온 기분이었다. 초가집과 감나무, 돌담에 호박, 조롱박 덩굴, 담 아래 봉선화와 맨드라미, 채마밭 위의 고추잠자리 떼…, 평생 시 읊기를 취미로 삼아 온 필자는 어느새 옛 시인들의 산촌예찬시가 저절로 쏟아져 나왔다. 시인 정 훈의 「머얼리」란 시다. "깊은 산허리에 자그만 집을 짓자/ 텃밭엘랑 파, 고추, 둘레에는 동부도 심자/ 박꽃이 희게 핀 황혼이면 먼 구름을 바라보자"

또 "산이 날 에워싸고 씨나 뿌리고 살아라 한다. / 밭이나 갈고 살아라 한다."고 한 박목월의 「산이 날 에워싸고」도 떠올랐다. 노천명의 시 「이름 없는 여인이 되어」를 또 시작했는데, 남편은 일행이 조용히 구경하는데, 필자 홀로 중얼거리니 난처한지, 언제 끝나는 것이냐고 물었다. 필자는 알았다며, 입을 다물었다. 그 때 옆에서 우리들의 대화를 듣고 있던 벗이 귀로는 시를 듣고, 눈으로는 기억 속에 잊었던 옛 고향집을 그린다며 더 읊어달라고 했다.

길 따라 양 옆으로 줄 지어서선 민속가옥을 마음대로 들어가 관람할 수 있는데 참으로 좋은 아이디어라고 생각했다. 집 마당과 사랑채 등에 전시된 옛 가정에서 사용했던 가구, 도구, 연장, 가마 등등 기억 속에 잠자던 고향의 서정들이 기지개를 편다. 사라진 것과 잊혀가는 것은 모두 아름다울까? 물건 하나하나가 오래전에 돌아가신 할머니와 어머니를 떠오르게 하고, 옛 고향집을 떠올리게 했다. 맞은편 저자거리에는 이 고장에서 나는 마른 산나물과 잡곡을 팔고 있었다. 여행을 마치고, 귀가길이라면 구입하고 싶은 토산물이 많았는데 내일까지 이어지는 관광코스라, 구경만 하였다.

순천시 낙안 민속마을에는 3·1운동 기념탑과 조선시대 지방관아 사무당使無堂을 재현해 놓았다. 그리고 SBS 드라마 「사랑과 야망」의 촬영세트장과 3·1운동 기념탑을 둘러보았다. 조선시대 지방관아 마당에 죄인이 포승줄에 묶여 마당에 꿇어앉아 있고, 죄 몫을 알리는 장면이 등신대 크기로 세워져 있었다.

낙안읍성 민속마을 사무당(使無堂)

솔바람 계곡의 선암장 여관

낙안 민속마을에서 우리일행은 호남의 명산 조계산(曹溪山 884m) 동쪽 기슭에 자리한 선암사 아래 선암장 여관에 도착하였다. 순천시 일원을 탐방하는 여행객이 역사가나 불교신자라면 순천시의 중앙에 솟아있는 조계산의 선암사와 송광사를 먼저 찾을 것이요, 만약 그가 사진작가라면 순천만의 S자형 수로위에 낙조를 보고자 할 것이며, 만약 화가라면 전국최대규모의 갈대군락지인 순천만을 바라보며 이젤easel을 세우지 않을까싶다. 전라남도 동부에 위치하고 있는 순천시는 북동쪽에서 남서쪽으로 백운산맥이 뻗어있고, 시의 중앙부에 솟아 있는 조계산을 비롯하여 여러 산들이 곳곳에 위치하고 있는 아름다운 곳이다.

시원한 솔바람과 계곡의 물소리가 우리일행을 반겨주었다. 으스름한 저녁때, 우리일행은 이 고장의 탁월한 음식솜씨로 꾸민 저녁상 앞에서 모두들 즐겁고 행복해 보였다. 맛의 고장 전라도! 전라도 음식은 우리나라에서 음식 솜씨로 제일가는 고장이다. 음식의 모양과 맛이 다른 지방에 비하여 고급스럽고 세련되었다고 할까. 조선시대부터 사대부들이 유배되어 남도에 많이 머물렀고, 지역적으로 풍부한 농산물과 신선한 해산물을 공급받을 수 있기 때문이었으리라. 반찬의 가지 수와 때깔, 그리고 맛이 당연 우수한 고장이다.

산사의 밤은 깊어 가는데 반달이 중천에서 웃고, 계곡 물소리와 귀뚜라미 합창은 절정에 이른다. 선암장 정원의 넓은 평상에 앉아 지기부부와 더불어 살아가는 이야기와 내일 찾아갈 소록도와 한하운 시를 읊조리며 한담을 즐겼다. 솔바람이 선선한 밤에 탁주라도 한 사발 있었으면 달빛月光을 벗 삼아 취해보련만…. 유서 깊은 산사의 계곡, 다정하게 웃는 달을 중천에 남겨두고 우리는 내일을 위하여 짙푸른 밤안개 속에 들었다.

6) 태고총림 「조계산 선암사(曹溪山 仙巖寺)」

2006년 9월 초, 새벽 6시 경 지기 부부와 함께 그이와 필자는 새벽안개를 젖히고 「조계산 선암사」로 향했다. 태고총림 선암사는 전남 순천시, 승주읍, 조계산에 자리하고 있다. 가이드는 아침 식사 전으로 다녀올 것을 주문했기 때문에 우리일행은 각자 편리한 시간을 택했다. 선암사로 가는 길 주위에는 수령이 오래된 나무가 울창하여 깊숙하고 아늑하며 무척 아름다웠다. 넓은 흙 길, 숲 사이로 계곡 물소리가 포근한 안개장막에 감싸여 아직도 꿈속에 잠긴 듯하였다. 조계산 선암사는 문화유산으로 손꼽히는 사찰인데, 대하소설 『태백산맥(太白山脈)』의 저자 조정래趙廷來 작가가 태어난 곳으로 더욱 널리 알려진 곳이기도 하다.

선암사 절 앞 계곡에 걸린 승선교(昇仙橋, 보물 제400호)는 화강석으로 축조된 반달 형 돌다리(홍예교)이다. 조선 숙종 때(1713) 호암화상이 6년 걸려 축조했다고 하는데, 선녀들이 목욕하고 하늘로 올라갔다는 전설이 실감날 정도로 아름답다. 승선교(길이 14m, 높이 4.7m, 폭 4m)는 조계산 계류에 놓인 다리인데 기저부에는 자연암반이 깔려있다. 홍예교 뒤편 계곡에 자리한 2층 팔작지붕 누각 강선루降仙樓와 더불어 환상적인 풍경을 창출한다. 국내 건축가들이 가장 아름다운 돌다리로 지적한다. 강물이 시원스레 흐른다면 승선교가 강물에 비치어 아른거릴 것이다. 이 무지개 돌다리 위로 고승이 지나간다면 어떤 풍경일까? 순간 "물 아래 그림자 지니 다리위에 중이 간다. / 저 중아 게 섰거라, 네 가는 데 물어보자. / 막대로 흰 구름 가리키고 돌아 아니 보고 가노 메라.(작자미상)"이 시의 스님은 어쩌면 자유롭게 떠돌며 수행하는 운수승雲水僧이었을까? 이 승선교를 달밤에 본다면 더 환상적일 것 같았다.

선암사 승선교

조계산 선암사 대웅전

　일주문에 이르기 전에 삼인당三印塘이란 타원형의 작은 연못이 있고, 호젓한 길가 풀밭에 하마비下馬碑가 있다. 그 옛날 '지위고하를 막론하고 이곳에서 부터는 말에서 내려 걸어 들어오라'는 표지판이다. 선암사 일주문 주변에 야생차 밭이 있는데 도선국사가 심었다고 한다. 신라말기에 선禪과 함께 차茶가 들어왔다고 본다. 선암사 뒤편 산비탈 일원에는 큰 야생 차밭이 있다고 한다.

　「조계산 선암사」 일주문을 지나니 '범종루'란 운필 생동하는 행서체 현판이 있고, 그 아래에 '태고총림太古叢林 조계산 선암사란' 현판이 있다. 선암사에는 일주문 다음에 천왕문이나 금강문이 없다. 선암사 뒷산 주봉이 조계산 최고봉인 장군봉이기 때문이라고 한다. 조계산 선암사(사적 제507호)는 신라 말에 도선국사(道詵國師, 827~898)가 개창하였고, 고려 때 대각국사 의천(義天, 1055~1101)이 크게 일으켰으며, 조선 숙종 24년(1698)에 중수하였다고 한다. '총림'이란 경전교육기관인 강원

講院, 참선수행전문도량인 선원禪院 등을 갖춘 사찰에서 여러 승려들이 함께 수행하는 도장을 말한다. 선禪과 교敎를 아우르는 대본산大本山이다.

선암사 대웅전(보물 제1311호) 법당에는 석가모니불을 모셨고, 법당 앞 양쪽에 화강석 3층 석탑(보물 제395)은 전형적인 신라시대의 양식으로 9세기의 축조물로 추정된다. 만세루, 설선당, 심검당 등의 건축물이 안마당에 있다.

법당 앞에 대형 글씨체의 현수막과 금줄이 둘러져 있어서 놀랐다. 내막은 알 수 없으나 조속히 문제가 해결되어 유서 깊은 고찰에 풍경風磬과 목탁소리, 목어木魚 울리는 소리가 은은하게 퍼져나갔으면 좋겠다고 생각했다.

불교정화 유시(佛敎淨化諭示, 1954)

선암사는 대한불교 태고총림이다. 대한불교태고종은 처와 자식이 있는 대처승帶妻僧 즉 기혼승려제를 인정한다. 반면에 출가한 독신승려를 비구승比丘僧이라 하는데, 대한불교조계종을 만들었다. 우리나라에 기혼승려는 조선후기 억불정책으로 사찰의 살림과 재산을 관장하려는 사판승事判僧에서 시작되었다. 일제강압시절에 대처승이 많은 일본불교의 영향으로 해방 당시에 우리나라 불교계에 기혼승려가 독신승려보다 많았다고 한다.

1954년 5월에 이승만 대통령은 '대처승'이 일본제국주의 잔재라며 불교계에서 '처자를 거느린 사람은 사찰에서 물러가라'는 유시를 내렸다. 이때부터 기혼승과 비구승 사이에 분규가 시작되었다. 기혼승려 중에는 항일운동의 지도자, 조계종 승려의 스승, 불교 교육자도 많았다. 그런데 문제의 해결책도 제시하지 않은 채 이승만 대통령은 2차, 3차 유시를 내렸고, 기혼승려와 비구승 사이에는 분쟁이 오래토록 계속되었다.

우리나라 최초의 기혼승은 '우리나라 최초의 깨달은 스님' 또는 '원효 성사元曉 聖師'라 존칭 받았던 신라의 원효대사였다. 항일운동의 선구자 만해 한용운도 기혼승려였다.

법보신문에 의하면 선암사에는 국보와 보물을 포함하여 1800여점의 문화재를 보유하고 있다. 사찰문화재 안전보존과 전시를 위하여 선암사 주지 지허스님에 의해 지상2층의 한옥목조건물인 성보박물관(2001년 개관)을 신축하였다.

새벽시간에 선암사를 둘러보고 나올 때 아침안개는 서서히 바람에 밀려 계곡을 스쳐가고 있었다. 우리는 유명한 선암사 '뒷간(해우소)' 이야기를 했다. 언젠가 유명했던 건축가 김수근(金壽根, 1931~1986)씨는 선암사 뒷간은 밑이 깊어 냄새가 없고, 통풍이 잘 되며 가장 크고 아름다운 변소라고 했다. 옛날에는 사돈집과 뒷간은 멀리 떨어져 있을수록 좋다고 했는데, 요즘은 안방 옆에 화장실이 있다. 세월의 흐름 속에 인간의 의식구조와 생활양식이 많이 변했음을 절감했다. 각종 꽃과 나무가 많은 선암사는 수려한 주위 경관과 더불어 중생이 갖가지 고통을 참고 견디며 살아가는 심신을 포근히 감싸줄 것 같았다. 선암사로 오가는 새벽길은 아늑하고 무척 아름다웠다.

7) 승보종찰僧寶宗刹「조계총림 송광사(松廣寺)」

2006년 9월 초, 이른 초가을 날씨는 더 없이 아름다웠다. 우리 일행은 선암장에서 조식을 하고 전용차량으로 순천시 조계산 송광사(명승제65호, 사적 제506호)로 향했다. 승보사찰인 송광사는 합천해인사, 양산통도사와 더불어 우리나라 삼보三寶사찰 중의 하나이다. 지난날에는 대길상사大吉祥寺 또는 수선사修禪寺라고도 불렀다.

선암사와 송광사 사이는 6~7km되는데, 여행가이드는 그 중간지점에 소문난 조계산 보리밥집과 전통다원이 있다고 하였다. 단체여행만 아니라면 조계산을 벗들과 걸어서 탐방하는 것도 멋있을 것이라고 생각되었다. 그러나 우리일행은 모두 나이가 높은 편이었고, 오후에는 소록도로 향하게 일정이 짜여 있었다.

조계산 송광사로 가는 길은 울창한 편백나무 숲길로 유명하다. 하늘을 향해 곧게 쭉쭉 뻗은 나무군락은 보기만 해도 마음에 잡스러움이 날아가는 듯하다. 바로 자연의 아름다움이 인간의 정서를 치료해주는 것이리라 생각했다. 순간 인도의 사상가요 독립 운동가였던 간디Gandhi가 한 말이 떠올랐다. 간디는 성지순례는 고행이 따라야 한다고 믿었기에 성지로 연결되는 도로를 편리하게 정리하지 말라고 했다 한다. 하지만 숲길에는 새소리, 바람소리, 물소리가 있고, 햇살이 나무 잎을 헤집고 내려와 푸른 그림자를 일렁이는 고즈넉한 숲길이다. 여기서도 하마비下馬碑가 보였다. 바람에 일렁이는 세죽細竹과 더불어 큰 스님의 기침소리가 어디서 들려오는 듯하다.

일주문을 지나 조계산 대승선종 송광사 대웅전으로 들어가는 입구에는 개천이 있다. 조계산 계곡물을 끌어들여 연못을 만들고, 그 위에 무지개 형태의 돌로 축조한 홍예교가 있다. 다리위에는 누각형태의 우화각羽化閣이 세워져 있다. 개천과 홍예교 그리고 우화각과 주변의 고목이 어우러져 신선한 인상을 준다.

기록에 의하면 송광사는 신라말기에 혜린慧璘선사가 조계산 북쪽기슭에 조그만 암자를 짓고, 길상사라 부른 것이 시초였다. 그 후 보조국사 지눌普照國師 知訥이 크게 중창하였고, 그 후 16국사를 배출하여 승보종찰이 되었다. 송광사는 선종과 교종을 통합한 조계총림曹溪叢林이며, 외국승려가 수도하는 국제선원도 있다. 송광사에는 스님들의 수행공간인 승방과 요사채 건물들이 많으며, 사찰 밖 산중에도 암자들이 많은 것이 특징이다. 수행공간에는 일반인이 출입할 수 없다.

송광사의 입지 및 배치도

송광사 국사전(國師殿, 국보 제56호)

송광사에는 나라를 빛낸 큰스님 16명의 진영을 봉안한 국사전(國師殿, 국보 제56호)이 있다. 고려 공민왕 때(1369년) 창건했으며, 앞면 4칸 옆면 3칸의 맞배지붕이다. 보조국사 지눌스님은 타락한 고려불교를 바로잡기 위하여 바른 선정과 지혜에 입각한 승려들의 수행지침인 정혜결사(定慧結社)를 통해 한국불교의 전통을 계승하게 되었다고 한다. 지눌스님에 뒤이어 15명의 큰스님을 배출하였으며, 그 근본도량이 송광사였다.(송광사 홈페이지 발췌)

송광사 국사전

　송광사 대웅보전은 1988년에 중창되었다고 한다. 대웅보전은 정면 7칸 측면 5칸, 아亞자형의 건물로서 팔작지붕이다. 단청이 푸른색 빛깔을 많이 띠는데, 퍽 신비로운 분위기를 창출함과 동시에 매우 화려하고 섬세하다. 대웅보전에는 과거의 연등불, 현세의 석가불, 그리고 미래의 미륵불인 삼세불三世佛이 모셔져 있다.

　승보전僧寶殿은 정면 3칸에 측면 3칸, 단층 팔작지붕의 목조건물이다. 외부 3면벽에 「심우도(尋牛圖)」를 그렸는데, '심우도'는 목동이 소를 찾는 10폭 그림이다. 소는 인간의 본성을 의미하고, 소를 찾는 목동(동자)은 수행자를 상징한다고 한다. 송광사는 우리나라에서 제일 큰 규모의 사찰로서, 특별한 불경 책과 송광사 하사당(보물 제264)을 비롯하여 조선시대 건물 등 보물이 많다.

　가이드는 송광사의 유명한 명물에 대하여 설명해 주었다. 송광사 천자암天子庵에는 수령800년 된 쌍향수(雙香樹, 천연기념물 제88호)가 있는데, 이 나무에는 전설이 전해지고 있다. 또한 1724년에 싸리나무로 만든 4000명 정도 분량의 밥(쌀 7곱 가마)을 담을 수 있는, '비사리구시'란 목조木造용기도 있다고 했다. 송광사의 전체적인 분위기와 숲길은 세심洗心의 축복으로 여겨졌다. 이 산자락 어디쯤에 일주일쯤 머물 수 있다면 속세와는 자연히 멀어질 것 같았다. 송광사를 뒤로하며 아쉬움을 달랬다. 다시 오기 어려운 길, 송광사 답사의 의미는 국사전을 보고, 당대 최고의 학승과 수행승들이 머물며 수도했던 암자를 찾아가 보는 것이라고 생각했다. 단체 여행에 주어지는 한계를 새삼 인식하였다. 우리 일행은 일정이 다소 여유 없이 짜여있어서 행선지인 소록도로 향했다.

8) 소록도小鹿島

　우리일행은 2006년 9월, 초가을 맑은 햇살이 따갑도록 쏘는 날, 조계산 송광사를 떠나 소록도로 가는 페리에 올랐다. 전남 고흥반도의 끝자락에 있는 녹동항은 다도해 해상공원에서 경치가 빼어난 곳이며, 거금도와 금일도로 가는 길목이기도 하다. 여기서 배로 5분 거리(400m)에 소록도가 길게 가로놓여 있다. 수영을 잘하는 사람은 헤엄쳐 건널 수 있는 거리이다. 소록도는 위에서 내려다보면 애기사슴처럼 생겼다하여 붙여진 이름이라 한다.

　일제강압시대 소록도에 한센병(HanSen) 환자들을 격리시키는 자혜의원(1916)을 설립했다. 훤히 건너다보이는 유년의 들녘을 지척에 두고도 나병환자들은 소록도에서 나올 수 없었다. 그래서 소록도는 애한哀恨의 땅이었다. 한하운 시인은「보리피리」란 시에서 "인환人寰의 거리, 인간사 그리워 피—ㄹ 닐니리" 하며 산하를 방랑하지 않았던가.

　필자는 이 글을 쓰면서 한센병(Leprosy, 나병)에 대하여 읽어보았다.

가톨릭의대 부속 한센병 연구소장 최규태 교수의 Q&A중에서 발췌했다. 우리가 한센병에 대해 잘못알고 있기 때문에 공포와 불안을 지니게 됨을 알게 되었다. 나균은 피부와 호흡기를 통하여 전염되는 법정전염병이다. 이 균은 체온이 낮은 피부, 눈, 손, 발의 감각신경과 운동신경을 침범한다. 한센병 전문의에 의하면, 나균을 배출하는 환자라도 리팜핀(Rifampin 4알)600mg을 1회만 복용하여도 체내 나균의 99.99%가 전염력을 상실한다. 가족 내 한센병 환자가 있어도 감염되는 경우는 240만 명 중 1명이라고 한다. 나병환자라도 산모는 건강한 아이를 출산한다. 나균이 태반을 통하여 감염되지 않는다. 그래서 신생아를 생후 곧 격리한다. 나병은 현재까지 조직검사(Tissue Biopsy)로 진단한다고 한다.

소록도 마을로 들어가는 입구 양옆으로 잘 자란 적송 가로수 길에 '수탄장愁嘆場'이란 팻말이 있다. 지난 날 한센병 환자에서 자녀가 태어나면 '미감아 보육소'에 격리시켰다고 한다. 또 강제 낙태와 정관결찰 수술을 시행했다고 한다. 그리고 격리된 아이들은 한 달에 한번 씩 5m거리를 두고 서서 바라볼 뿐 부모가 안아주거나 접촉할 수는 없었다. 그러기에 이 길을 탄식하며 슬퍼하는 곳이란 뜻에서 붙여진 이름이라고 한다. 나병을 천형天刑이라고 했던 한하운 시인의 시구가 떠오른다.

> 하늘과 땅과/ 그 사이에 잘못 돋아난/ 버섯이올시다. 버섯이올시다.
> 다만 버섯처럼 어쩔 수 없는/ 정말로 어쩔 수 없는 목숨이올시다.
> 억접을 두고 나눠도/ 그래도 많이 남을 벌이올시다. 벌이올시다.
> — 한하운의 시 「나」중에서

수탄장을 지나 몇 분 걸어가니 하얀색 국립소록도병원이 나온다. 구한말 개신교 선교사들이 1910년에 세운 시립 나병요양원에서 시작하였고, 1916년에 조선총독부가 「소록도 자혜병원」으로 정식 개원하였다. 중앙공원 앞에는 감금실, 검시실 같은 팻말이 그 때의 아픈 흔적을 간직한 채 아직도 남아있다.

1965년에 소록도에 부임한 한국인원장에 의하여 과일농사와 가축사육에 종사하여 소록도 주민들이 경제적으로 자립할 수 있도록 배려하고 있다고 한다. 가톨릭 성당과 개신교회, 그리고 원불교사찰도 있으며, 초등학교와 분교 등 교육시설도 갖추어져 있다. 거리를 둘러보면서 사슴의 눈빛 같이 해맑은 영혼들, 아무 죄 없는 영혼들이 간절히 소망했을 애처로운 모습을 떠올려 보았다.

소록도 중앙공원은 이곳 주민이 손수 다듬은 유럽식 형태의 정원으로 퍽 아름답다. 야자나무, 편백나무, 치자나무, 송선소나무 등 관상수가 무성하다. 중앙공원 한 코너에는 조그만 연못 속에 예수의 십자가가 서 있고, 그 앞에 월계수나무와 부활을 상징하는 나무도 있어서 발길을 잡는다. '한센병은 낫는다'란 글귀가 새겨진 하얀 구라탑救癩塔이 정원에 우뚝 솟아있다. 영혼과 육체가 함께 자유의 나라를 향해 나래치는 깃발처럼 보인다. 구라탑 위에 날개를 활짝 편 천사상이 슬픈 영혼들을 보듬고 저 높은 곳을 향하여 자유롭게 비상하는 것만 같다.

구라탑

구라탑 뒤쪽 언덕에 크고 넓적한 바위가 누워있는데 거기에 한하운의 시「보리피리」가 새겨져 있었다. 가이드가 시비 앞에서 아무나 큰소리로 이 시를 한 번 읽어 보라하자 동료들이 나에게 읊으라 한다. 필자가 읊었더니, 관광객중 어느 분이「소록도로 가며」지은 시를 읊어 달라고 청하였다. 나는「보리피리」,「전라도 길」,「파랑새」를 읊었다. 소록도로 가며 지은 시가「전라도길」이다. 특히「전라도 길」을 읊을 때는 목이 메었다.

> 가도 가도 붉은 황토길/ 숨 막히는 더위뿐이더라.
> 낯선 친구 만나면/ 우리들 문둥이끼리 반갑다.
> 천안 삼거리를 지나도/ 수세미 같은 해는 서산에 남는데
> 가도 가도 붉은 황토길/ 숨 막히는 더위 속으로 절름거리며 가는 길.
>   – 한하운의「전라도 길」중에서

자혜원 설립부터 시작된 소록도의 역사와 생활상을 볼 수 있는 자료전시관을 관람하였다. '한센병은 낫는다.'란 신념은 기적을 낳았다. 이제는 무서운 병이 아니다. 한 사람이 타는 휠체어 같은 차를 조절하여 적송 향기 은은한 도로 위를 달리는 소록도 주민들이 자주 보였다. 바닷가 백사장 옆에「애한의 추모비」가 무심히 지나는 발걸음을 부른다. 애통한 사연을 들어보란다. 드리워진 적송 그늘 아래서 쉬어가라 한다.

지금은 매 10-15분 간격으로 배가 드나들고, 녹동항과 소록도를 잇는 연륙교(소록대교, 1160m) 공사가 마무리 단계에 있다. 2009년 3월 3일에 완전 개통되었다. 이제는 철조망도 수탄장도 없다. 전설처럼 옛이야기하며 마음대로 오갈 수 있으리라. 이제는 한센원생들이 완치되어 이 섬을 떠나가고 있다. '파랑새 되어 떠도는 영혼들이여, 우주에 충만한 자유와 축복을 마음껏 누리소서'라고 속삭이며 돌아오는 녹동항 페

리에 올랐다. 한창인 연륙교 공사를 보며 에메랄드 하늘에 무리지어 자유롭게 날아오르는 바다 갈매기 떼를 본다.

9) 남원 광한루원廣寒樓苑

　전라북도 남원은 충 · 효 · 열 · 예(忠 · 孝 · 烈 · 藝)의 고장으로 알려져 있다. 남원하면 광한루와 소설 『춘향전(春香傳)』이 생각나고, 판소리의 고장이라는 이미지가 아이콘으로 떠오른다. '남원'이란 이름은 통일신라시대에 남원소경南原小京을 설치한 때부터 생겼다. 고전소설의 대표작이라 할 수 있는 『춘향전(春香傳)』, 『흥부전(興夫傳)』 그리고 『변강쇠 타령』의 배경이 남원지역이다. 춘향가는 '열녀 춘향 수절가烈女春香 守節歌'로 불리기도 한다. 우리나라 최초의 한글소설 『홍길동전(洪吉童傳)』의 의적義賊 홍길동은 조선조 연산군 때 전라도 장성 출신의 실재인물을 소설화 했다는 설도 있다.

　남원은 고전소설이나 판소리뿐만 아니라 국난을 당했을 때 나라를 위하여 순절한 관군민이 많았던 우리민족의 성지이기도 하다. 고려 말엽에 전라도, 충청도, 경상도에 왜구의 잦은 침략과 약탈이 심했다. 1376년에는 최영장군이 왜구를 물리쳤고, 1378년에 재차 침략해온 왜구가 지리산 지역으로 쳐들어와 남원에 주둔하며 개성까지 진격할 즈음에 이성계장군이 황산대첩(荒山大捷, 1380년)을 거두었던 곳이다.

　정유재란 때는 남원성 전투에서 관 · 군 · 민 만여 명이 순절한 만인의총萬人義塚이 있다. 갑오경장(甲午更張, 甲午改革) 때는 동학군東學軍의 점령지였고, 을사조약과 한일합방, 그리고 독립운동 때도 애국지사가 많이 나온 고장이다.

광한루廣寒樓 · 호남 제일 루湖南第一樓

조선 태조 때(1419년) 황희黃喜정승이 남원으로 유배되었을 때 누각을 짓고 광통루廣通樓라 하였고, 세종 때 하동부원군 정인지鄭麟趾가 이곳의 풍광을 즐기며, 달나라 월궁月宮의 청허부와 같이 아름답다 하여 '광한루'로 개칭했다고 한다. 지금의 광한루(보물 제281호)는 정유재란 때 소실된 것을 인조 때(1638)에 남원부사가 복원했으며 부속건물은 정조 때 지어졌다고 한다. 선조 때 남원부사가 요천寥川의 물을 끌어들여 연못을 만들고, 오작교를 놓았으며, 남원부사가 대대적인 보수를 한 후 '호남 제일 루란' 현판을 달았다. 2008년에 이 일원을 광한루원(명승 제33호)로 정했다. 광한루 내벽에는 80여 점의 시문이 걸려 있다고 하지만, 보물을 보전하기 위하여 관람객은 광한루에 오르지 못하게 막아놓았다.

광한루의 연못은 연못 바닥에서 파 낸 흙으로 연못가에는 수미산須彌山, 연못 내에는 삼신산三神山인 봉래蓬莱, 방장方丈, 영주瀛州의 섬을 만들었다. 연못에 수련을 심었다. 그 옛날에는 풍류놀이로 쪽배를 띄우면 연못에서 쳐다보이는 누각과 물위에 비치는 그림자가 선경이었고, 반원의 오작교烏鵲橋가 물 위에 내리 비쳤으니 비경이었으리라. 이제 호수 주변의 고목들은 오랜 세월을 버티다 못해 아예 비스듬히 누워있다. 경내에는 여고생들 같은 일본 관광객들이 여럿 보였다.

광한루원 내에는 춘향사당과 춘향관, 춘향의 모母 월매月梅 집, 춘향이 탔다는 그네, 전통놀이 체험마당, 군데군데 춘향과 이몽룡의 인형 조형물이 세워져 있으며, 춘향과 이도령의 옷을 입고 기념사진을 찍는 곳도 있다. 달맞이 정자란 수중 누각인 완월정玩月亭은 1960년대에 관광지로 개발할 때 신축했다고 한다.

광한루와 평양 부벽루

연못가 바위에 앉아 불편한 무릎을 쓰다듬으며 성춘향과 이몽룡의 진지한 사랑의 장면들을 그려본다. 필자의 중고등학교 시절에는 남원부사 변학도의 수청거부에 대한 잔혹함이 이야기나 영화로 엮어져 만인의 입에 회자膾炙되었다. 또한 북한의 평양 대동강 절벽에 세워진 부벽루浮碧樓에서 이수일과 심순애, 그리고 김중배 와의 삼각애정 이야기인 조중환의 번안소설『장한몽(長恨夢)』이 회자되고 있었다.

성춘향은 고귀한 사랑과 정절을 지킨 여인이라면, 심순애는 가난하지만 순정의 사랑을 바치는 약혼자 보다는 돈과 능력 있는 사나이에 매혹되어 배신했다.『춘향전(春香傳)』이 조선시대의 국산이라면, '이수일과 심순애'가 등장하는 사랑이야기는 일제 식민지시절에 등장하였고, 원작은 일본작가 오자키 고요의『금색야차(金色夜叉)』이다.

필자의 어린 시절에는 성춘향과 이몽룡의 이야기처럼, '이수일과 심순애의 이야기'를 많이 들었기 때문에 어떤 대화구절은 흉내 낼 정도였다. 생각이 여기에 이르자, 남북통일이야 하루아침에 이루어지기 어렵다손 치더라도 남북 간에 문화관광교류라도 이루어져 북한의 역사유적지와 경승지를 한 번 관광이라도 할 수 있었으면 하는 생각이 들었다.

남원 광한루

춘향관春香館

성춘향成春香은 전라도 남원기생인데, 광한루에 그네 타러 갔다가 사
또의 아들 이몽룡을 만나서 인연을 맺게 되었다. 『춘향전』은 조선후기
에 판소리로 불리다가 판소리사설이 소설로 각색되었는데 작자와 연대
는 미상이다. 춘향관에 들어서면 춘향과 이몽룡 사진이 맞아준다. 춘향
관 내에는 춘향의 일대기를 대형화폭에 담아 걸어둔 그림과 이몽룡의
「어사시(御使 詩)」와 옥살이 하는 춘향의 「옥중시(獄中詩)」도 있다.

금동이의 좋은 술은 천 사람의 피요
옥쟁반의 맛좋은 안주는 만백성의 기름이라.
촛불 눈물이 떨어질 때 백성의 눈물 떨어지고
노랫소리 높은 곳에 원망의 소리 높도다.

— 이몽룡의 「어사시(御使詩)」

지난 해 어느 때에 임을 이별하였던가?
엊그제 겨울이더니 이제 또 가을이 깊었네.
거친 바람 깊은 밤에 찬비는 내리는데
어찌하여 남원 옥중에 죄수가 되었는고.

— 「춘향의 옥중시(獄中詩)」

광한루원을 둘러본 후 춘향촌 테마파크로 향했다. 요천蓼川 을 사이
에 두고 약 1km 떨어진 곳에 춘향테마파크가 있는데, 춘향교(요천다
리)로 연결되어 있다. 요천은 남원시의 중심을 지나 섬진강으로 흘러든
다. 요천다리 위에는 줄에 청사초롱이 촘촘히 달렸고, 헤아릴 수도 없
는 소원을 적은 메시지가 매달려 갈바람에 나부낀다. 이 다리를 건너는
사람은 누구든지 소원 메시지를 적어 줄에 매달 수 있게끔 다리 중간지
점 바닥에 바구니가 놓였는데, 종이와 필기도구 같은 것이 비치되어 있
었다. 기발한 아이디어라고 생각되어 웃음이 나왔다. 요천에는 쪽배에
선비 두 사람이 낚시하는 조형물이 떠 있었다.

동학농민운동 기념비와 판소리명창 기념비

요천강변에는 동학농민운동 기념비가 세워져 있었다. 동학의 창시자
최제우崔濟愚는 1861년 동학사상의 이론체계인 『동경대전(東經大全)』을
남원의 한 절에서 집필했다고 한다. 동학농민운동 때 일본군에 의하여
수많은 동학농민들이 학살당했다. 이 시절 민요 '새야 새야 파랑새야 녹
두밭에 앉지 마라. 녹두꽃이 떨어지면 청포장수 울고 간다'라는 노래를
부르며 동학농민군의 아내들은 슬픔을 달랬다. 파랑새는 파란색 군복입
은 왜군을, 녹두꽃은 녹두장군이라 부른 동학농민군의 대표 전봉준全琫
準을 상징한다.

춘향테마파크로 가는 강변도로에는 판소리의 가왕 송흥록宋興祿을

비롯하여 송광록宋光祿, 송만갑宋萬甲 등 송씨 일가의 명창기념비들이 세워져 있었다. 이곳 남원, 구례, 곡성 등지에서 활발하게 전승되어온 판소리는 동편제인데 씩씩하고 기교와 꾸밈이 적으며 남성답다. 남원에서 판소리 명창들이 많이 배출된 데는 지리산의 웅장하고 힘찬 기상이 영향을 미쳤다는 설도 있다. 판소리 대표작 5마당인 「심청가」, 「춘향가」, 「수궁가」, 「흥부가」, 「적벽가」는 2003년 11월에 유네스코 인류무형문화유산으로 등재되었다.

춘향촌春香村 테마파크

춘향 테마파크는 덕음산 자락에 안겨 있는데 주위경관이 퍽 아름다웠다. 테마파크 입구에 춘향촌春香村이란 숫을 대문이 맞아준다. 이곳에 매표소가 있는데, 필자는 경로우대로 그냥 통과했다. 테마파크는 3만5천 평 규모에 5마당으로 구분하였는데 만남의 장, 사랑 맹약의 장, 사랑과 이별의 장, 옥중생활과 시련의 장, 그리고 해피앤드Happy End로 끝나는 축제의 장으로 꾸며졌다. 경내에는 영화세트장과 놀이체험마당도 있다.

경내에는 남원지역의 역사를 읽을 수 있는 「향토박물관」이 있고, 「남원 심수관沈壽官 도예전시관」이 있다. 심수관 앞마당에는 『춘향전』에 나오는 주요 인물들, 변사또, 방자, 이도령, 성춘향, 향단 월매에 대한 그림과 설명을 곁들인 설치물이 있고, 주위에선 판소리 가락이 잔잔히 흘러나왔다.

춘향촌 테마파크

일본 「사쓰마도자기」의 뿌리는 남원

심수관 도예전시관에는 역대 심수관 도예 명장들의 사진과 「사쓰마 도자기의 기원」이란 내력이 함께 벽에 걸려있었다. 제15대 심수관은 2011년에 12대에서 15대에 걸쳐 만든 작품 중 13점을 남원시에 기증하였다. 남원시는 한일교류韓日交流의 의미를 되새기기 위하여 2011년에 도예전시관을 건립·개관하였다.

정유재란이 끝날 무렵(1598), 사쓰마 번주藩主였던 시마즈 요시히로는 남원 출신 심수관가의 초대 심당길沈當吉 선생을 비롯하여 조선의 도공 80여 명을 일본으로 납치해갔다. 일본군은 이때 조선의 점토白土와 유약을 함께 약탈해갔다. 사쓰마에 정착한 도공들, 한限의 세월이 흘러 12대에 이르는 사이에 사쓰마 도자기는 세계적인 명성을 얻었다. 1998년 10월에 15대 후손(심일휘)은 고국 남원에서 도자기의 「혼불」을 채취해 「사쓰마 도자기 400년제」에 「한일 우호의 불꽃 기념석탑」에 점화했다고 한다.

필자는 2006년 2월에 일본의 가고시마 여행 때, 미야마美山 심수관
도요지를 탐방한 적이 있다. 필자의 졸저『재미있고 신비로운 아시아
여행기』(새미)에서「일본의 가고시마 심수관 도요지(陶窯地)」에 대하
여 쓴 여행기에 감상문을 길게 적었다. 그래서 더욱 가슴이 찡해왔다.

도예전시관을 나와 그 길로 걸으면 '사랑의 자물쇠' 체결장이라 하여
하트모양의 조형물이 설치돼 있다. 맞은편에는 사랑을 맹약하는 단도 있
어서 젊은 연인끼리 오면 손을 걸고 기념사진을 많이 남길 것 같았다. 사
랑과 이별의 마당에는 말을 타고 떠나는 이몽룡의 길을 막으며 몸부림치
는 춘향과 말을 끄는 방자의 몸짓이 있고,『춘향뎐』영화촬영 세트장, 그
리고 춘향의 일편단심을 표상하는 단심정이 있다. 시련의 장에는 춘향을
고문하는 장면과 이몽룡과의 옥중 만남의 장면이 재현되어 있다. 이곳은
재미있게 역사공부를 할 수 있는 교육의 장이라고 생각되었다.

10) 남원성南原城 전투와 만인의총萬人義塚(사적 제272호)

필자는 춘향촌 테마파크 입구에서 테마파크를 돌아 나오는 택시를
타고「만인의총(사적 제272호)」유적지로 향했다. 만인의총은 남원시
향교동 만인로에 위치하고 있는데, 춘향촌 테마파크에서 멀지는 않았
지만, 연결되는 버스노선이 보이지 않았다. 만인의총은 정유재란 때 남
원성 전투(1597. 8. 12~15)에서 전사한 관 · 군 · 민 1만여 명의 합동
분묘가 있는 곳이다.

정유재란 때 왜군 5만 8천명이 조선의 하삼도를 집중적으로 공략하
였다. 왜군은 지리적으로 전라도와 충청도를 연결하는 남원을 요충지
로 생각하고 남원으로 총공격해왔다. 조정에서는 전라병사 이복남李福

男장군과 남원부사 임현任鉉 등 민·군·의병6천여 명과 함께 남원성을 지키고 있었다. 이때 명나라 부총병 양원은 군사 3천명을 이끌고 남원으로 왔다. 조·명 연합군은 승자 총통과 비격진천뢰를 발사하며 적군을 격퇴시켰다. 그러나 본격적인 전투가 벌어지자 남원성은 포위되었다. 왜군에 비해 병력의 열세로 남원성의 일부는 무너졌으며, 성내에는 치열한 백병전이 벌어졌다. 군관민 1만 여명은 모두 마지막까지 치열하게 투항하였으나 결국 남원성은 함락되고 말았다.

전쟁이 끝난 후, 피난에서 돌아온 주민은 전사한 사람들의 시신을 합장하였고, 광해군4년(1612)에 충렬사를 세워 8충신을 제향 하였다. 만인의총은 처음에 남원역 부근에 있었는데 민가에 둘러싸이게 되어 1964년에 현재의 자리로 이전하였다. 만인의총 정화사업은 1974년부터 1979년 10월에 걸쳐 완공되었다.

만인의총 광장으로 들어서면 홍살문 뒤 정면 높은 언덕 위에 위패를 모신 충렬사가 세워져 있고, 광장 왼쪽에 「만인의사순의 탑(萬人義士殉義 塔)」이 자리하고 있다. 충렬사는 충의문(외삼문)을 지나 내삼문을 거쳐 만인의총 정화기념비가 세워져있으며, 사당 뒤에 만인의총 무덤이 있다. 매년 9월 26일에 충렬사에서 만인의사에 대한 제향을 올린다. 가을에는 만인의총 광장에서 초·중생들의 글짓기와 그림그리기 대회 등이 열린다고 한다.

만인의총 기념탑

만인의총을 둘러보고 남원역을 가려는데 버스노선이 없다. 그렇다고 택시가 자주 지나가는 곳도 아니었다. 필자는 택시합승을 시도하였다. 손님이 탔는데도 택시를 향해 손을 들었다. 착한 택시 기사가 창문을 열고, 이곳은 교통이 불편하여 여행객들이 어려움을 당한다며 먼저 설명을 해 주는 것이었다. 다행히 합승을 하고 남원역에 도착했다. 남원역은 1933년에 처음 세워졌는데, 1950년 한국전쟁 때 소실되었다. 1986년 12월에 역사를 신축했으며, 2004년 12월에 전라선을 이설하면서 옛 역사에서 2km 떨어진 이곳으로 옮겨왔다고 한다.

오후 3시가 지나서였다. 남원역 주위에서 늦은 점심이라도 하려고 생각했는데, 남원역 주위에는 상점이고 음식점이고 간에 요기할 곳은 없었다. 남원역내에도 샌드위치나 김밥 한 줄 파는 곳이 없었다. 역내 매점에 들어가 남원은 남한의 일류로 손꼽는 문화유적지인데 어찌 기차역에서 간단히 요기할만한 분식점 하나 없는지를 물었다. 남원역이 이사 온지 한 10년이 되었는데, 찾아오는 관광객도 뜸하고, 장사가 통되질 않아서 김밥을 주문해 놓아도 하루에 기껏 두세 줄 팔리다 보니

늘 반품하기가 일쑤였다고 했다. 아예 모든 음식팔기를 중단했다고 한다. 서울에서 새벽 기차를 타며, 오늘은 남원 어느 골목에서 맛있는 추어탕이라도 한 그릇 먹을 수 있을 것 같았는데….

서운함을 접고 서울로 돌아오는 무궁화호 열차에 올랐다. 피곤하여 눈을 감으니 지리산에 인접해 있는 남원만의 아름다운 자연경관과 수많은 문화예술의 유물 · 유적지, 뼈아픈 역사의 흔적이 곳곳에 박혀 있는 유서 깊은 고장임을 새삼 인식하였다. 호남제일의 관광도시로 크게 발전하길 고대해 본다.

11) 무안 회산 백련지 白蓮池

전남 '무안' 하면 바로 반 년 전, 태안반도 유조선 기름유출 사건(2007. 12)으로 특별재난 지역으로 선포된 곳으로 상기된다. 전남과 해남반도는 지리적으로 돌출 돼 있어서 사고지점에서 100km 떨어진 영광, 무안, 신안, 함평, 진도 등지에서 더 피해를 입었다. 2008년 7월 말에 전남일대를 관광하려고 떠나는 길에서 수많은 자원봉사대원들의 빨간 장갑 낀 손길들, 찬 바닷바람에 마스크를 끼고 옷을 동여 입었던 형제들, 추위에 벌겋게 익은 얼굴들이 떠올랐다.

무안 회산 백련지는 10만 5천 평 호수가 하얀 연꽃 밭이라니, 설레는 기대감으로 지기 6명이 봉고차로 전남 무안 회산백련지로 아침 7시에 떠났다. 우리일행은 오늘 무안 백련지를 보고, 함평 나비공원을 들릴 예정이다. 전국적으로 흐리고 비가 온다는 일기예보와 함께 남녁에는 비가 5~30mm 가량 올 예정이랬다. 넓은 연잎에 비 듣는 소리 또한 낭만이 있을 것 같았다. 예로부터 시인묵객들은 서재 앞의 넓은 파초 잎이나

오동잎, 그리고 지당 언저리에서 연잎에 비 듣는 소리를 좋아했다.

중복 한 더위에 비가 뿌리다 말다하니 차창 밖으로 스치는 풍경을 바라보기에 눈부시지 않아서 좋고, 장마에 푸르디푸른 산야와 벼가 물씬물씬 자라는 무논을 보는 것 또한 마음까지 푸르게 물들이는 듯, 퍽 즐거웠다. 고속도로변 군데군데 무성하게 핀 목백일홍 군락이 보였다. 성삼문은 "지난 저녁 꽃 한 송이 떨어지고 오늘 아침 한 송이 피어, 서로 백일을 바라보니 너를 대하여 한 잔 마다하랴"라고 읊었다. 목백일홍 옆에 따오기가 무논에서 날개 쳐 오르는데, 푸른 들녘 너머 나지막한 산자락에 목화송이처럼 부풀고 있는 양떼구름이 여름의 시를 읊고 있다.

행담도 휴게소에서 잔치국수와 커피로 아침을…

아침 8시 30분, 한 때 시끄럽던 행담도 개발은 아직도 기척이 없는데 중복 때라 휴가철의 절정을 이루는 여행객들로 부풀고 있었다. 일행은 잔치국수와 커피로 아침을 먹었다. 장마에 우리들의 우정도 파랗게 자라났을까. 오랜만에 지기들과 눈빛을 마주하며 먹는 아침은 꿀맛이다. 일행이 준비해온 떡과 과자가 커피의 향과 맛을 돋운다. 우리일행은 15번 국도를 타고 남으로 다시 차를 몰았다. 무안의 연화동 마을 입구 도로변에는 큰 접시만한 크기의 짙은 자주색, 분홍색, 하양 부용화芙蓉花가 우리를 위하여 사열식을 벌리고 있었다. 무궁화와 접시꽃을 닮은 부용화, 꽃말은 '섬세한 아름다움'이지만, 함빡 웃음으로 맞아주는 부용화의 인상은 넉넉하고 화려하며, 탐스런 표정이었다.

회산 백련지

10만 5천 평에 이르는 동양 최대의 흰 연꽃 밭, 놀라움에 입이 절로 벌어졌다. 일제 때는 농업용 저수지였는데 60여 년 전, 이 저수지 근처에 살고 있던 주민이 백련 12포기를 심었던 데서 유래하였다고 한다. 이곳의 백련은 꽃과 잎이 다른 지역보다 훨씬 크며, 물높이와 시비施肥 조절로 개화시기를 앞당길 수도 있다고 하였다. 연꽃은 7월에서 9월 사이에 계속 피고 지는데, 8월 초에 가장 많이 핀다고 한다. 연잎 하나면 충분히 한사람의 양산이나 우산 역할을 할 것 같았다.

푸름으로 너울대는 백련호수! 인도와 이집트가 원산지라지만, 어쩌면 전남 무안이 원산지 같은 착각을 안겨준다. 참으로 탐스럽게 무성하다. 호면에 쟁반 같은 잎을 펴고 그 위에 동그마니 올라 앉아 있는 수련睡蓮을 상상했었는데 아니다. 참으로 무성하게 키도 크고, 잎도 넓으며, 꽃도 우람하다. 아아. 청아한 연꽃의 표정! 하루 중에서도 잠에서 깨어난 새벽이나, 오전시간은 더 없이 깨끗하고 단정하다.

백련지 가장자리에는 연꽃을 못 속에서 완상할 수 있게 여러 채의 정각이 세워져 있고, 백련지 호수 가운데에는 길이 280m에 이르는 백련교 나무다리가 놓여있다. 짙은 녹음에선 매미의 합창이 더욱 여름의 정취를 불러일으킨다. 우리는 백련지 호수 속에 놓인 길을 따라 정각을 거닐며 가까이에서 연을 감상하였다. 어떤 정각에는 연에 대한 시화작품들이 열댓 점 전시되어 있었다. 필시 이 지방의 연 애호가들이나 아니면 전국 시인들이 연을 테마로 하여 쓴 시들이리라. 필자의 졸저『시화詩畵에서 꿈꾸기』란 시집에 있는 「연(蓮)」에 대한 시다.

　　이슬 맺힌 연잎에 산뜻이 단장하고 / 봉곳이 올라앉아 새벽 예불을 올리네
　　스쳐오는 맑은 향에 나도 한 송이 인연으로 / 가슴속 검불을 쓸어내니
　　온 세상이 밝아오네.

　우리 일행은 한 정각을 차지하여 광활한 연 밭을 완상하며 그 맑은 향에 취해갔다. 나는 평소에 문인화를 그리며 즐겨 읊곤 하던 중국 송나라 주무숙의 「애련설(愛蓮說)」을 읊었다. 일행이 경청해 주니 더욱 기분이 경쾌해졌다. 「애련설」의 일부이다.

　　진흙 속에서 자라도 더러움에 물들지 않고 / 맑은 물에 씻기어 요염하지 않고 / 가운데는 비었고, 밖은 꼿꼿하며 / 덩굴도 뻗지 않고 가지도 치지 않으며
　　향기는 멀리서 더욱 맑고 / 꼿꼿하고 조촐하게 서 있으니 / 멀리 지당 언저리에서 완상할 수는 있어도 / 가까이에서 함부로 매만질 수는 없다.

　애련설 중에서도 시인묵객들은 '연의 향기가 멀리서 더욱 맑다, 향원익청香遠益靑'이란 말을 서화작품에 많이 애용한다. 동양최대의 백련지 한 가운데서 애련설을 읊으니 흥취가 유별했다.

우리는 연 호수 한 가운데로 난 나무다리 건너 수상유리온실 건물에 들어갔다. 유리온실 건물은 꼭 연꽃봉오리 형상 같았다. 그 속에서 연차를 마시며 사방으로 툭- 트인 백련지, 건너편 나지막한 산들과 넉넉하게 피어오르는 흰 구름을 완상하였다. 다산 정약용의 '더위를 식힐 여덟 가지 방법' 중에 있는 말이다. '서쪽 연못에서 연꽃 구경을 하면서 동쪽 숲에서 울어대는 매미소리를 들으며 더위를 이긴다.' 라고 하였다. 꼭 오늘 우리일행을 두고 한 말 같기도 하다.

호수에서 조금 떨어진 복용촌 마을에 연간 100t의 연잎을 가공 할 수 있는 백련차 공장이 있는데, 백련 잎차, 연꽃으로 만든 연화차, 연뿌리로 만든 연근차, 백련 미용비누, 백련차 다기세트, 등 다양한 선을 보인다고 하는데 들리지는 못하였다. 함평 생태공원까지 들릴 예정이어서 시간적 여유를 갖지 못하였다.

수상유리온실

백련지에서 아주 가까운 곳에 있는 「연 음식 전문점」으로 소개 받아 찾아갔는데, 마침 「연 산업축제 겸 학술회의」가 열리고 있었다. 10몇 개의 업체가 30가지 연 가공식품을 만들고 있다고 한다. 백련은 벼 재배의 3배가량 소득을 올린다고 하는데, 의학적으로 백연은 혈당과 혈중 콜레스테롤을 떨어뜨리고 비만 등 신진대사질환 개선, 피부노화에 효과가 있다고 한다.

우리 일행은 연특정식을 먹기로 했다. 연 맥주, 찹쌀 연 쌈밥, 연근 피클, 연근 골뱅이 무침, 연 삼겹살, 연 돈가스, 연 김치, 후식으로 연 떡 등 상차림은 다양하였다. 오후 2시가 지나서 우리는 백련지를 뒤로하며 사진을 몇 장 찍었다. 음식점 뜰을 빠져 나오는데 자그마한 화분 물동이에 심어진 '청련靑蓮' 꽃 두 송이를 보았다. 청련은 희귀하다. 그 놀라운 광경을 홀로 보기에는 너무 아까웠다. 벌써 일행은 차에 오르는데 청련을 와서 보라고 소리 지를 수는 없었다. 시인 이백은 자기의 호를 청련거사靑蓮居士라고 했다던가! 워낙 날씨가 더워서 아깝지만 홀로 보고 뒤따라 차에 올랐다.

우리일행은 지난달(2008. 6)에 개통한 목포와 압해 간에 시원하게 걸쳐진 압해대교(押海大橋, 3563m)와 압해 섬을 둘러보았다. 압해 섬은 꾀나 잘 생긴 큰 섬으로, 교회도 얼른 보아 몇 개 정도 있으며, 중학교와 고등학교도 있었다. 그리고 무화과, 포도, 깨, 과수원, 그리고 밭농사도 짓고 있었다. 푸른 들판 너머로 바위섬들이 보인다. 어디로 가는 배인지 오수를 즐기고 있었다.

12) 함평 자연생태공원 (Ecology Park)

2008년 7월 마지막 날 오후, 찌는 불볕더위를 가르며 무안 회산 백련지와 압해押海섬을 거쳐, 전라남도 함평군 「함평 나비공원」에 도착했을 때는 늦은 오후였다. 함평에 들어서자 가로등 위에는 조형물나비로 장식되어 있었고, 도로변 산기슭과 언덕에도 거대한 장수풍뎅이 모형에서부터 나비, 곤충의 조형물이 눈길을 끌었다. 도로변 넓은 풀밭에 폐고철을 이용하여 만든 거대한 조형물, 나비, 곤충은 아이디어가 신선한 감동을 주었다.

경로우대로 우리일행은 「나비공원」을 무료로 관람하였다. 생태계공원에 들어서니 왼쪽에 생태학 파크 안내도, 오른 쪽에는 시원하게 쏟아져 내리는 벽천폭포가 더위를 달래주는 듯 하고, 화강석에 새긴 김남조金南祚 시인의 시「나비의 노래」와 곧 개최될 장수풍뎅이 체험학습 축제 행사기간 알림 현수막이 걸려 있었다. 나비예찬 시「나비의 노래」의 일부이다.

나직이/ 꽃의 키 높이로 날면서/ 고요하여라 사랑하여 라고
마음의 복음 / 순하게 울려주는 / 나비여라 나비여라

루비 사파이어 / 현란한 보석들은 못 가진 / 아프게 어여쁜 생명들이어라
애벌레 고치이던 허물을 벗고 / 마침내 눈부시게 날아오른
초능력의 날개 짓이어라 / 순열한 기쁨이어라(…)

2006년 7월에 개관한 함평 자연생태계공원은 국내최대규모의 탐방학습과 자연생태체험공간이다. 이 공원은 50여 만평부지에 8년간에 걸쳐 220억 원 들어 조성되었다. 이곳에는 우리 꽃 생태학습장, 장미원, 수목원, 생태녹지 섬, 반달가슴곰 관찰원, 나비·곤충표본전시관 등 다양한 체험장으로 구성되어 있다. 또 이곳에서는 나비·곤충 관련 행사 외에도 천연 염색 체험코너, 국제 화훼전시회가 열린다고 한다. 5월이

오면 함평천 수변공원 약 1천5백만 평에는 노란 유채꽃과 자운영이 아름다움을 다투고, 그 화려한 들녘위로 수 만 마리 나비 떼가 나풀거린다. 이런 천혜의 자연환경 속에 자연생태공원이 자리하고 있으니 얼마나 친환경적 어울리는 구상인가.

함평나비대축제 전경

우리 일행은 기암괴석이 드문드문 서 있는 장미정원을 거쳐 나비 곤충표본전시관에 들렀다. 현관에 이승모(李承模, 1923~2008) 곤충학자의 흉상과 업적을 새긴 비가 있었다. 이승모 선생님은 평양출신으로 1.4후퇴 때 월남하여 국립중앙과학관에서 20년간 연구하였으며, 함평곤충연구소 상임고문을 역임하였다. 2002년 4월에 60여 년간 채집한 15과 5000종, 5만 마리의 나비·곤충표본을 조건 없이 함평군에 기증하였다. 한 사람의 꿈과 계획이 이토록 위대한 결과를 낳을 수 있구나 하고 생각했을 때 절로 고개가 숙여졌다. 「나비표본 전시관」내부에는 나비의 기원에서부터 일생, 식물과 곤충, 그리고 나비에 관한 모든 지식과 표본들이 예쁘게 진열되어 있었다. 참으로 훌륭한 생태계 지식공원이라 생각되었다.

뜰에는 조롱박 덩굴이 있었는데 조롱박이 많이 달려 있어서 고향집을 떠올리게 하였다. 생태계 정원을 돌아 나오다가 노무현 전 대통령이 (2008. 7. 3) 식수했다는 소나무를 보았다. 큼지막한 밀짚모자를 눌러 쓰고, 보호인단을 거느리고, 폼을 잡고 걷는 그분의 소박한 모습이 떠올라 미소를 짓게 했다.

전시관은 이외에도 여러 채 있었다. 풍란관, 동양란관, 자생란관, 아열대식물관 등이 있고, 체험시설도 장수풍뎅이 체험장을 비롯하여 생태연못, 나비 곤충애벌레생태관이 있었다. 사계절 탐방 학습과 생태체험이 가능하도록 조성된 친환경 생태체험관광 센터로 크게 발전하리라 여겨졌다.

우리는 '백수해안 드라이브 길'을 달려 법성포, 법성포 남도음식 1번지에서 굴비백반을 먹고 밤 7시 경 서울로 향했다. 국토의 특성에 따라 잘 개발하면 이토록 아름다워질 수 있는 곳, 창의력과 부지런함을 타고난 우리 국민은 참으로 멋있는 민족이라고 생각되었다. 달리는 차창 밖으로 여름밤이 깊어가고 있었다.

13) 영광 불갑사佛甲寺 · 백제불교의 도래지

전남 영광군 모악산(母岳山, 佛甲山, 516m) 기슭에 위치한 불갑사는 백제 침류왕(枕流王, 384) 때 인도의 고승 마라난타(摩羅難陀) 존자가 남중국 동진(東晋)을 거쳐 해로로 영광 법성포에 첫발을 들여놓은 후 최초로 창설

한 불법도량이다. '불사의 으뜸이 되는 절'이란 뜻에서 「불갑사(佛甲寺)」라 불렀다. '영광靈光'이란 지명 또한 '깨달음의 빛'이라는 뜻에서 유래했으니, 불교 역사적으로 말한다면 '불갑사'는 한국의 사찰 중에서도 가장 유서 깊은 백제시대의 최초의 사찰이다. 불갑산은 원래 모악산이었는데, 불갑사가 들어선 후 불갑산이라 불렀다. 일주문 앞 큰 돌에는 '모악산 불갑사'라 새겨져 있다.

불갑사 천왕문(전남 유형문화재 제159호)의 사천왕상(전남 유형문화제 제159호)은 신라 진흥왕 때 연기조사烟起祖師가 목조로 조각했다. 이 사천왕상은 고종7년(1870)에 설두선사가 불갑사를 중수할 때 폐사된 전북 무장 연기사에서 불갑사로 옮겨졌다고 한다. (2012.『月刊 海印』)

불갑사에는 불복장 전적(佛腹藏 典籍, 보물 제1470호)이 봉안되어 있는데, 이는 사천왕상에서 나왔다. 불복장은 불상조성 시에 신성神性을 위해 불상 안에 발원문, 불경, 사리, 향, 보석, 거울 등 부장물을 넣는다고 한다. 불 복장전적에는 몇 권의 고려본과 조선 초기에 간행된 법화경과 금강경 등의 대승경전들과 사집과四集科교재, 선종禪宗관련 이론서 등의 귀중한 자료와 31건의 나한상, 발원문, 그리고 중국에서 수입한 불교문헌 등 한국의 불교사상과 문화연구에 귀중한 자료가 나왔다고 한다. (문화재청)

금강문과 천왕문 지나 대웅전 가기 전에 만세루(萬歲樓, 전남문화재자료 제166호)가 있는데, 정면5칸, 측면4칸, 맞배지붕으로 법회장소 및 강학講學 공간으로 사용된다. 불갑사의 대웅전(보물 제830호)건물은 정면3칸 측면3칸에 다포식 겹처마 팔작지붕이다. 지붕 용마루 한가운데 귀면형 보탑鬼面形 寶塔의 장식물이 얹혀있는 것이 특이하다. 대웅전의 문살무늬는 연꽃과 국화 그리고 보리수 무늬로 섬세하고 아름답게 조각되어 있다. 대웅전은 석가모니를 본존으로 아미타불과 약사불의 목조 삼존불좌상(보물 제1377호)이 봉안되어 있다.

불갑사 경내에는 극락왕생을 기원하는 명부전冥府殿, 서방정토 극락세계를 주관하는 아미타불을 모신 무량수전無量壽殿, 승당으로 사용하는 일광당一光堂, 템플스테이 수행관인 백운당, 향로전, 칠성각, 그리고 세심정, 요사채 등이 있으며, 이 외에도 여러 건물을 복원했다. 기록에 의하면 불갑사는 고려말기에 각진국사覺眞國師가 크게 중창하였는데, 정유재란 때 모두 소실되었다. 그 후 불갑사는 여러 번 중수·중창되었다고 한다.

불갑사 대웅전

불갑사「수다라 성보박물관」

불갑사 내의「수다라 성보박물관」은 2002년부터 2009년에 걸쳐 총사업비 54억 원을 투자하여 불교유물을 보존할 수 있는 지하 수장고와 지상 전시실 각 2개실을 완공했다. 이 박물관에는 불갑사 불복장 전적(보물 제1470호) 259점과 사천왕탱화, 목어, 소통疏筒, 업경대業鏡臺 등 총 500여 점의 유물들이 보존·전시되고 있다. 소통은 불교의식 때 신도들의 발원문을 넣어두는 통이며, 업경대는 죽은 후 명부에 다다랐을 때 살았을 때의 죄업을 비춰준다는 거울을 말한다.

성보박물관에는 파키스탄 간다라지역에서 꽃피운 불교조형예술인 간다라 황금 소탑을 비롯하여 보물, 전남 시도유형문화재, 문화재자료 등 불상 불화 공예 전적을 보유하고 있다. 영광 불갑사는 한국관광공사 가 추천하는 문화유적 답사 11선에 선정된, 한국에서 가장 유서 깊은 가람중의 한 곳이다.

불갑사 수다라 박물관

불갑산 자락에는 천연기념물인 참식나무(천연기념물 제112호) 군락 지와 우리나라 최대 규모의 꽃무릇(일명 상사화) 군락지가 있다. 우리 나라 꽃무릇 3대 군락지는 모두 전라도인데 영광불갑사, 함평 용천사, 그리고 고창 선운사 일대이다. 9월 중순경부터 9월 말 사이에 남한 최 대 규모의 꽃무릇이 불갑산 자락에 만개할 때면 축제가 열리는데 많은 여행객들이 이곳을 찾는다.

필자의 시부모님은 영광 불갑면이 고향이었고, 독실한 불교신자였 다. 무문 정근모無門 鄭根謨 시부님은 평생 교육계에서 큰 직책을 맡아 일

하셨는데, 방학 때면 자비로 준비물을 구비하여 광주 원각사 고등부학생들에게 설법說法하는 등 보시布施에 열정을 쏟으신 분이셨다. 1970년대 말 여름방학 때, 아이들을 데리고 영광 선산에 성묘한 후, 귀가 길에 시부모님은 아이들을 인솔하여 불갑사로 갔다. 필자의 남편과 시동생은 학창시절에 불갑사에 머물면서 큰 시험공부를 한 곳이기도 하기에 더욱 정감이 가는 사찰이다.

백수해안 드라이브 길

매년 10월에는 전남 광주에서 거주하는 그이의 여동생들 부부와 서울에서 내려가는 형제부부와 함께 영광불갑선산에서 성묘한 후, 준비해간 음식으로 간단한 소풍을 즐겼다. 추석 때 교통대란을 피해 해마다 택일하여 성묘한다. 서해안 고속도로가 개통됨에 따라 그 지선의 하나인 2006년에 영광에 백수해안 드라이브 길(17km)도 새롭게 단장되었다. 백수해안 길은 2005년 한국도로교통협회가 선정한 '한국의 아름다운 길 100선' 중에 9번째로 선정된 대표적인 해안드라이브 코스다. 이 길은 꾀나 높은 언덕을 따라 굽이돌기 때문에 영광 칠산 앞 바다를 조망할 수 있다. 형제들은 성묘 후, 백수해안 드라이브 코스를 지나 법성포法聖浦에서 굴비한정식으로 이른 저녁을 먹고 서울로 올라오곤 했다.

영광군은 서남해안 뱃길의 거점으로서 고려시대에는 남쪽지방의 조창祖倉인 부용창芙蓉倉이 있었으며, 수군기지를 둔 전라도 최대의 포구였다. 잘 알려진 바와 같이 '영광굴비'의 본고장이기도 하다. 법성포를 향해 핸들을 잡은 셋째 시누 남편이 '영광굴비의 내력'에 대하여 재미있게 이야기하였다. 고려 때 척신 이자겸李資謙은 그의 셋째 딸과 넷째 딸을 인종과 결혼시킨 후 월권행위를 하다가 인종4년에 영광으로 유배되었다. 법성포 굴비가 너무 맛이 있어서 인종에게 보내기는 했는데, 비겁하게 목

숨을 구걸하기 위한 행위가 아니라는 의미로 건어물의 이름을 '굴비屈非'
라고 했단다.

올해는 성묘 후 법성포 언덕에 자리한「마라난타 사(摩羅難陀 寺)」를
함께 관람하였다. 법성포에 진입하자 교통의 중심부에 굴비 몇 마리를
하얀 돌로 조각한 조형물이 세워져 있어서 이곳이 굴비의 고장임을 읽
을 수 있었다. 기발한 아이디어라고 생각했다.

14) 법성포 마라난타 사摩羅難陀 寺

전라남도 영광군 법성포는 백제불교의 첫 도래지이다. 백제 침류왕
沈流王 원년(AD384)에 실크로드와 중국 동진東晉을 거쳐 온 인도의 고승
마라난타가 백제 땅에 불교를 처음으로 전파했다. 영광군청의 기록에
의하면 이 '법성포'란 뜻은 불법이 들어온 성스러운 포구란 뜻으로, 법
法은 불교, 성聖은 마라난타 성인을 뜻한다. 백제시대에는 법성포를 '나
무아미타불'에서 따와서 아무포阿無浦, 고려시대에는 연꽃을 상징하는
부용포芙蓉浦, 고려 말 이후부터는 법성포로 불러왔다.

영광 법성포 언덕 넓은 부지에 1998년부터 2006년까지 국비, 지방비,
민자 등 42억 원 들여 간다라(Gandhara)식「마라난타 사」를 완공하였
다. 절의 입구건물(정문)부터가 간다라 식 건축형태라 매우 독특하다.

간다라왕국(BC6세기~AD11세기)은 대승불교의 발원지로서 인도의
서북부, 오늘 날 파키스탄 북부와 아프가니스탄 동부 사이의 변경지역에
자리했던 고대왕국의 하나였다. 1세기에서 5세기 사이, 불교도였던 쿠샨
Kushan왕조 때 가장 번창했다. 이곳은 중앙아시아를 가로지르는 실크로
드에 인접한 지역이며, 실크로드를 통해서 불교가 전파되었다고 한다.

법당 부용루芙蓉樓와 4면 대불

부용루 4면 대불

정문에서 중앙 쪽 조금 낮은 지역에 만다라광장이 있고, 그 한 가운데는 보리수菩提樹가 심어져 있다. 석가모니가 보리수 아래에서 깨달음을 얻었기 때문에 힌두교, 자이나이교, 불교에서는 보리수를 신성시 한다. 불교에서 성지聖地라면 룸비니(Lumbini, 탄생-현재 네팔), 인도의 부다가야 보리수(Bodhgaya, 성도), 녹야원(鹿野園, 설법), 인도 쿠시나가르(Kusinagara, 열반)를 4대 성지를 말한다.

만다라 광장 중앙에서 뒤편 계단으로 오르면 법당인 부용루芙蓉樓 2층
건물 앞에서 부처님의 흉상을 만난다. 오름 계단에 부처님의 족적을 형상
화한 양각부조가 있다. 필자가 수년전에 불교의 나라 태국에 여행 갔을
때 부처님의 족적을 크게 조각한 초대형 조형물을 보았을 때 신기했다.

마라난타사(부용루조각)

부용루 외벽에는 부처님의 일대기가 양각부조로 새겨져 있고, 내부
에는 불교문화에 관한 부조물과 마라난타 고승이 백제에 불교를 전하
게 된 경로를 보여주는 지도와 일본으로 전파된 경로 등도 전시되어 있
다. 부용루 건물 내면 벽에도 정교한 조각물이 세워져 있고, 단청 무늬
도 특이하며, 색채가 곱게 배합되어 있다.

부용루 뒤쪽으로 또다시 일곱 여덟 단계의 수많은 계단 끝에 2단 받
침대 위에 4면 대불상(23.7m)이 우람하게 세워져있다. 한마디로 한국
의 사찰 구조와는 판이하게 달라서 쉽게 묘사할 수가 없다. 건축 형식

과 내부의 구조가 생소하고 신기롭다. 이곳에 서면. 법성포 앞바다와 마라난타 사의 건축물 배치를 일목요연하게 조망할 수 있다.

간다라(Gandhara) 불교예술

정문에서 서쪽 방향으로 난 길을 따라 시계방향으로 올라가면 간다라 유물 전시관과 간다라 형식의 탑원塔園이 있다. "탑원은 불탑과 감실형 불당으로 구성되어 있으며, 감실형 불당은 불상과 소탑을 봉안하는 감실이다"란 설명 판이 세워져있다. 유물관에는 부조와 불상, 간다라 불교예술의 특징을 볼 수 있다.

초기 불교시대(BC6세기~AD1세기)에는 불상佛像이 없었다. 석가모니의 사리를 모신 탑塔, 석가모니가 깨달음을 이룩했을 때 앉았던 자리인 금강보좌, 붓다Buddha를 상징하는 보리수, 불족적, 부처님의 말씀 즉 설법인 보륜寶輪 또는 법륜法輪 등이 경배의 대상이었다. 석가모니의 입멸 후 500년 동안은 불상이 없었기에 이때를 '무 불상시대無 佛像時代'라고 한다. 그러다가 AD 1세기에 간다라지역에서 불상이 만들어 지기 시작하였다.

알렉산더 대왕(Alexander the Great)의 침략과 헬레니즘 문화의 영향

그리스 마케도니아 왕국을 세운 헬레니즘 제국의 창시자 알렉산더(BC356~BC323)대왕의 침략으로 간다라 미술과 불상은 헬레니즘(그리스 로마)예술의 영향을 받아 인간적이고, 사실적이며, 개성적이 되었다. 그러다가 차츰 추상적인 동양식 방식으로 변모되었다고 한다.

석가는 보리수 아래에서 깨달음을 이룩할 때까지 온갖 고행을 했으며, 깨달은 후, 대부분의 생애를 설법하고, 제자들을 가르쳤으며, 소분의糞衣를 걸치고 나무 밑에 거처하며 끼니 때 경문을 외우며 집집마다 동냥하는 탁발托鉢로 생활했다. 석가모니의 『법화경』 설법장소인 인도의 영취산은 그 당시 시체를 버리는 바위산이었다. '소분의'는 시신에 입혔던 기운 가사를 걸치고 나무 밑 암석 위에 거처하며 설법하고 제자들을 가르쳤다.(구글, 불상 — 이선교 중에서.) 이러한 석가모니를 입멸 후, 후세 불교 신도들이 불상을 만들지 않았던 것은 부처의 신성神性에 대한 모독이라고 생각해서였다고 한다. 생각이 이에 이르면 '무 불상시대'가 오히려 더 심오하고 신성하게 생각되기도 한다.

백제불교의 최초 도래지인 법성포에 불교 문화적 역사성과 대성불교의 시원지인 간다라 사원양식을 보고 배울 수 있도록 관광명소로 성역화한 것은 훌륭한 대업大業이라고 생각된다. 영광 법성포에 들리는 여행객이라면 불교신도가 아니더라도 이곳 간다라 미술과 예술을 이해하는 차원에서 「마라난타 사」를 한번 탐방하시라고 강하게 추천하고 싶다.

15) 홍도紅島

그이의 동향 지기부부 두 쌍과 함께 전라남도 신안군의 홍도紅島·흑산도黑山島로 2006년 7월 초, 아침 8시 25분에 서울 용산역을 출발하였다. 신안군은 우리나라 섬의 25%에 달하는 820여 개의 섬으로 이루어진 국내 최다 다도해 지역으로 청정갯벌 등 '해양의 보고'라 불린다. 그 중에서도 홍도는 섬전체가 천연기념물로 지정된 홍갈색 규암 바위섬들이다. 장마 중이라 우리가 탄 KTX고속열차 칸에는 우리 일행 여섯 명 뿐이었다. 태풍이 북상하고 있어서 불안정한 기류이지만, 운이 따른다면 비를 피할 수도 있을 것 같았고, 또 오래 전에 계획한 일이라 예정대로 출발했다.

안개비에 젖고 있는 7월의 짙푸른 들녘은 평화롭게 누워있고, 머리에 하얀 수건을 쓰고 밭 매는 여인들 옆에 따오기가 외발로 서 있다. 모심기를 끝낸 무논엔 산 그림자가 아른거린다. 흙에서 자란 내 마음은 상상의 남녘바다에서 어느새 유년의 들녘, 경북 경주를 쏘다닌다. 인간이 일반 동물과는 다른 축복을 받은 것이 있다면, 그 중의 하나는 상상의 세계를 순간적으로 넘나들 수 있다는 점일 것이다. 구성진 옛「논 매기」가락이 들려오는 듯하다. 흙과 함께하는 선한 사람들, 가뭄에는 모포기와 함께 가슴이 타들어가고, 태풍이 오는 장마철엔 모포기와 함께 흙탕물에 떠내려가는 농심, 올해는 또 어떠할까? 부디 가을이면 황금들녘이길 빌었다.

목포에서 쾌속선(시속 60~70km)을 타고…

예정대로 우리일행은 낮12시경 선선한 바닷바람이 맞아주는 목포항에 도착하였다. 오후 1시 30분에 홍도로 가는 쾌속선에 탑승하기 위해 목포항을 바라보며 대중음식점에서 해물찌게로 점심을 먹었다. 목포 앞 바다를 바라보니 일제강압시대의 어두웠던 역사의 한 페이지가 떠오른다. 조선은 일본의 강압에 의해 1876년 강화도조약을 채결한 후 인천과 부산 그리고 원산을 개항했다. 그러나 일본은 전남곡창지대와 목포지역 농산물을 수탈해가기 위하여 이 목포에 눈독을 들였다. 목포를 개항(1897)하자 일본인들이 이곳에 거주지로 점령·확산해나갔다. 옛날에는 목포에서 나주까지 영산강을 이용하여 해상 교통이 발달하였다.

천혜의 비경 홍도

홍도는 행정구역상 신안군 흑산면에 속하며, 1965년에 홍도섬 전체가 천연기념물(제170호)로 지정되었다. 우리일행은 시속60~70km로 파도 위를 나르는 쾌속선으로 흑산도를 거쳐 2시간 30분 만에 홍도 뒷마을 선착장에 닿았다. 평소에 차멀미를 하지 않지만 워낙 빠른 속력으로 파도를 가르는 바람에 속이 울렁거렸다. 아무도 특별히 배 멀미를 앓지는 않았다.

장마도 태풍도 없었다. 오후 4시, 해는 붉은 바위섬들을 투명하게 비추고, 둥글둥글한 붉은 색깔의 몽돌이 깔려있는 해안선엔 파도가 잔잔하다. 몽돌해안가 '대한여관'에 짐을 내려놓고, 바로 2시간가량 소요되는 홍도일주 해상관광 유람선에 올랐다. 홍도는 주위에 20여개의 무인도가 있는데, 석양이 비낄 때 풍광이 더욱 매혹적이다. 장마 중이라 20~30명 탈수 있는 유람선에는 우리 일행 여섯 명 뿐이었다. 장마 중, 태풍이 온다는데 바다를 찾을 리 없었다. 우리일행은 서남해 제일의 해상명승지인 홍도를 독차지하였다. 홍도는 조그만 섬이지만 연간 20만 명이 찾는 경승지로서, 남해의 소금강이라 일컫기도 한다.

홍갈색의 규암 바위섬들이 수 만년 파도와 바람에 의해 만들어진 자연동굴과 바위섬들의 표정들을 어떻게 묘사할까. 백문 불여일견이라 했던가. 고금에 한국의 산수화가들이 화폭에 즐겨 담았던 기기묘묘한 바위섬들이 바로 이곳의 풍광이었음을 이제야 알게 되었다. 나무 등걸이 천년 비바람에 곰삭아 누워있는 것 같은 형상의 바위, 크게 썬 인절미떡판을 한 덩어리로 세워 만든 것 같은 병풍석, 지층의 단면을 뚝 잘라 45도 경사로 세워두었는데 곧 물속에 쓰러질 것 같은 자세, 제전祭典에 무지개떡을 쌓아 올려놓은 듯한 형상, 지하의 용이 승천도중에 잠깐 쉬면서 하늘을 우러르고 있는 것 같은 형태, 여성의 궁전을 상징하는 듯한 동굴, 그 속에서 거꾸로 매달려 살아가는 나무, 불끈 솟은 남근 바위, 백발신령이 꿈속에 현몽하여 공덕을 올린 결과 자녀를 갖게 되었다는 전설의 부부바위, 거북바위 등 다양한데, 이 바위들의 공통점은 표면에 가로 세로 잔금들이 거미줄처럼 그어져 있는 것이었다.

산에 있는 바위가 아닌 파도 속에 서있는 바위여서 그러하리라. 태풍이 몰아치면 이 바위섬들을 사정없이 때리고 부수고 물보라를 뒤집어 씌우는 바다의 횡포에 맨몸으로 견뎌내야 한다. 파도에 할퀸 저 자국들! 그 험한 시련을 겪었기 때문에 저토록 불가사의한 모습이 되었을까. 태풍이 오면 바위섬을 뒤덮는 파도를 보려고 일부러 이곳을 찾아오는 관광객들도 있다고 한다. 여행가이드가 필요 없었다. 관광객이 없다보니 선장이 해설가요, 우리의 일행인 듯 다정하게 느껴졌다. 바위절벽 끝에서 멀리 바다를 바라보는 갈매기 한 마리가 조각처럼 앉아있다. 왜 무리를 떠나 홀로 있을까? 고독해 보인다. 홍도에는 흑비둘기가 있는데 길조로 여긴다고 한다.

홍도 (7남매 바위)

홍도 33경중 가장 아름다운 경치를 배경으로 단체사진을…

유람선은 거북바위, 독립문 바위, 기둥바위, 등등을 가까이에서 돌아가다가 홍도 33경중 가장 아름다운 배경이라며, 선장은 배를 멈춘 채 기념사진 찍을 것을 권유하였다. 우리 일행은 독립문 바위 배경으로 6명 단체사진을 한 장 찍었는데 20~30분 후에 22cm×17cm의 액자 속에 넣어 주었다. 가격은 1만원, 우리들은 기대하지 않았던 기념사진에 모두 기뻐하였다. 관광객이 많으면 여기서 기념사진을 찍는데 많은 시간을 보내야 하지만 지금은 단 한 컷 뿐이라고 말하는 선장에게 좀 미안한 생각도 들었다. 선장은 어제도 이곳에 비가 많이 내렸으며, 내일 또한 비가 온다는 보도가 있다고 하였다. 관광객이 가장 많은 성수기인데….

7남매바위(슬픈 여)

'7남매 바위'라는 군락이 있는데, 다른 이름으로는 '슬픈 여'라고 했다. 이 7남매 바위에 얽힌 전설이다. 옛날에 7남매가 행복하게 살았다. 그런데 어느 명절이 오자 제사지낼 물건과 아이들의 옷을 사려고 뭍으로 간 부모님을 몹시 기다렸다. 부모님이 오신다든 날 7남매는 바닷가로 나가 부모님이 오실 돛단배를 멀리서 보고 기뻐하였다. 그런데 때마침 거센 돌풍에 파도가 덮쳐 배가 파산되었다. 그 광경을 본 7남매는 부모님 오시던 깊은 바다 길로 걸어 들어가다가 그 자리에 굳어 바위섬이 되었다고 한다. 해서 바위이름은 '7남매바위', 혹은 '슬픈여'라고 불린다고 한다. 이야기를 듣고 보니 7남매의 울부짖는 상상이 그려져, 크고 작을 바위군락이 바다를 향해 늘어선 광경이 무척 슬프게 또 아름답게 보였다. 절해고도絶海孤島 보다는 늘어선 바위군락이 서로 끝없는 이야기를 나누는 같기도 하고…….

노을 속에 눈을 감는 홍도의 풍광은 실로 산수화가들이 빠져들 멋진 동양화 그 자체였다. 홍도의 비경 중에서도 가장 아름답다는 제1경이 노을 속의 홍도라는데, 우리일행은 바로 그 홍비단 같은 노을 배경에 점점이 떠있는 바위들을 감상하고 있는 것이었다.

홍도 몽돌해변

홍도 바위섬들을 돌아 몽돌해수욕장에 닿았다. 큰 바위섬 옆에 작은 어선 십여 채가 쉬고 있었다. 모래가 없는 해변이다. 붉은 색깔의 어른 주먹에서 머리통만한 크기의 둥글둥글한 몽돌들이 저녁노을에 물든다. 이곳에 즐비한 횟집 한 천막아래 우리일행은 둘러앉아 홍도의 낙조를 완상했다. 음식을 시켜 놓고 밀려 오가는 파도를 본다. 시원한 바닷바람에 실려 오는 파래냄새가 고려속요「청산별곡(靑山別曲)」을 떠오르게 했다. 필자는 남편의 눈치도 살피지 않은 채 좔좔 시를 읊기 시작하였다. "살으리 살으리로다. 바다에 살으리로다./ 나문재풀과 굴 조개랑 먹고 바다에 살으리로다. / 얄리 얄리 얄랑셩, 얄라리 얄라"(청산별곡 중에서)

큰 부담 없이 시퍼렇게 펄떡이는 남해바다를 식탁위에 올려볼 수 있는 절호의 기회가 아닌가. 현지의 싼 가격에 모처럼 호사했다. 전복, 해삼, 멍게, 소라를 곁들인 회로 저녁을 먹으며 노산 이은상의 '천지송'과 '가고파' 운율을 철썩이는 파도소리에 화음을 이루게 했다. 모두 기뻐하며 막걸리 잔을 든다. 고희古稀를 앞 둔 나이에 몇 번 더 다정한 벗들과 이런 곳에서 술잔을 들 수 있을까? 어둠의 물결에 섬마을이 잠드는데 우리들의 이야기는 끝이 길었다.

홍도의 여관은 어수룩했다. 하루 밤을 지나기에는 큰 어려움이 없었다. TV도 없으니, 모기향을 피워놓고 남편과 담화를 나누었다. 필자는 서남해안의 공도정책空島政策에 대하여 남편에게 물었다. 그이는 왜구의 잦은 침략과 약탈을 막기 위해 조정에서 군대를 파견할 힘이 없었다고 했다. 그래서 고려 말기에서 조선 초 · 중기에 걸쳐 외딴 작은 섬 거주민을 본토로 이주시켰으며, 18세기 초부터 거주할 수 있었다고 한다.

일본은 언제부터 강력한 제국으로 변모했느냐고 물었다. 처음에는 미국의 강요에 의하여 불평등 조약을 맺고 개항하기 시작했다고 했다. 미국의 매슈 페리Matthew Perry제독은 1853년에 4척의 군함을 이끌고 일본의 요코하마에 도착하여 개항을 요구했고, 일본의 막부정권은 1854년에 미 · 일 간에 불평등 화친조약을 맺었다. 그리고 연이어 영국 · 러시아 · 네덜란드 · 프랑스와도 불평등 통상조약을 맺었다. 그러나 일본은 쇄국정치에서 벗어나 과감하게 서구열강의 앞선 문물과 과학을 받아들였다고 했다.

혁신적인 개화기는 메이지유신(1867~1868)때였다고 했다. 그리하여 일본은 청일전쟁(1894~1895)과 러일전쟁(1904~1905)에서 승리하여 많은 이권을 획득했다. 세계역사를 보면 어느 나라고 잘 되는 나라는 국가존망의 위기상황에서 그 나라에 꼭 필요한 훌륭한 지도자가 많이 나왔다고 역설했다. 일본도 개혁이 필요한 시기에 일본열도의 서남쪽에서 많은 지도자들이 출현하였다고 했다.

그 과정에서 대규모로 사절단을 파견하여 서양의 선진문물과 과학 그리고 예술을 적극적으로 배워오게 하였고, 서구 근대국가를 모델로 하여 개혁을 단행했다고 했다. 일본은 청나라와 영국간의 아편전쟁(阿片戰爭, 1839~1842, 1856~1860)을 보고, 청나라처럼 처참하게 되지 않으려면 서구 열강들에서 과학과 교육제도를 배워야 한다고 절실하게 깨달았다고 강조했다. 필자는 우리나라에도 백마 탄 초인이 나타나 무혈로 남북통일을 이루어주기를 바란다고 하며 함께 웃었다.

다음날 아침(2006. 7. 3), 홍도의 바다는 10m 밖을 볼 수 없는 짙은 안개바다였다. 실로 아무 것도 보이지 않는 흰 안개바다였다. 어제 오후에 홍도를 둘러본 것은 정말 잘한 일이었다. 예정대로 오늘 아침에 보려고 했으면 아무것도 볼 수 없었을 것이다.

풍란전시관

우리일행은 홍도에서 자생하는 풍란전시관을 찾았다. 다른 식물들은 흙속에 뿌리를 감추는데 어찌하여 이 난들은 바위틈이나 고목등걸에 뿌리를 노출하고 살아가는 걸까? 어디서 영양분을 흡수하며, 그토록 강한 바닷바람을 이기며 생명력을 유지할 수 있단 말인가? 옛날에 문인화화가가 난초를 그릴 때 뿌리를 노출하여 그리고는 나라 잃은 슬픔을 은유하기도 했었다. 그 뜻은 땅 속에 있어야할 뿌리를 노출시키는 것은 생명이 끝남을 상징했기 때문이다.

여기 홍도풍란은 선비들의 서재에서 기르는 섬섬옥수의 가녀린 잎새와 대공을 빼어 올리고 다소곳이 피는 난초 꽃! 공주 같은 자태가 아니다. 바위섬에서 자생하는 풍란은 잎이 넓고 억세다. 강한 삶의 의지를 내비치는 듯하다. 이 풍란은 고요한 곳에 전시되어 있지만, 저 바다의 바람과 물결소리를 그리워하고 있으리라. 프랑스의 시인 쟝 콕도 Jean Cocteau 시처럼 "내 귀는 한 개의 조개껍데기, 그리운 바다의 물결소리여!" 할지도 모른다고 생각했다. 이곳 바다 바위틈에 자라는 풍란은 바다의 거친 바람과 물결처럼 억세고 강하다.

우리일행은 풍난 전시관을 둘러본 후, 전시관 뒤 언덕을 끼고 난 좁은 길을 따라 등산코스에 올랐다. 홍도의 바위산 자락을 장식하고 있는 노란 원추리 꽃 군락, 동백나무와 치자나무가 많다고 하니 등산코스를 택하여도 홍도바다와 기암괴석을 배경으로 퍽 멋있을 것 같다. 홍도는 전체가 천연기념물이다. 어느 바위산 자락이고 간에 뿌리내릴 곳이 마땅참은데도 나무와 야생화가 아름답다.

억년 비바람 속에 끊임없이 이어오는 식물의 생명력, 홍도의 비밀을
낱낱이 꿰고 있을 법한 고목등걸 옆에 군데군데 나무 벤치가 놓여 있었
으나 며칠 간 장마에 흠뻑 젖어있었고, 나무 사이에 거미줄이 걸려있었
다. 안개비가 내리는 듯 숲속은 눅눅하고 숨이 막혔다. 분명히 사람의
발길이 드문 등산코스 같았다. 그나마 날씨가 좋았으면 이 고갯길을 한
바퀴 돌았을 텐데…. 아쉬움을 남긴 채 뒤돌아섰다. 우리는 쾌속선을
타고 흑산도로 향하며, 천연기념물 홍도는 창조주가 우리나라에 준 귀
한 선물임에 틀림없다는 생각이 들었다.

16) 흑산도黑山島

흑산도는 전라남도 신안군에 있는 섬이다. '남해호' 쾌속선으로 2006
년 7월 3일, 오전 11시에 홍도를 출발하여 22km 떨어진 흑산도에 30분
만에 도착하였다. 흑산도는 바다 물빛이 푸르다 못해 검게 보인다고 해
서 붙여진 이름이다. 흑산도는 삼국시대부터 동아시아 횡단항로의 중
간 기착지로서 통일신라시대 해상 왕 장보고張保皐가 한국, 중국, 일본
과의 해외무역기지를 오갈 때 머물렀던 중간 거점이었다. 장보고가 완
도에 청해진을 설치(828)한 후 주민이 흑산도에 정착하여 살았다고 한
다. 공도정책 때 흑산도 주민들은 배를 타고 목포를 거쳐 영산강을 거
슬러 올라가 나주에 정착해 살다가, 왜구가 잠잠해지면 다시 흑산도로
돌아가곤 했다. 조선 숙종 때는 흑산진(1679)을 설치하여 서남해안의
해상기지로 활용했다.

흑산도는 조선시대 한성에서 관리들을 유배 보낸 옥섬獄島이기도 했

다. 천주교를 받아들였다는 죄 몫으로 신유박해 때 황사영 백서帛書사건에 연루되어 정약용은 전남 강진으로, 형 손암 정약전(巽庵 丁若銓, 1760~1816)은 신안군 흑산도로 유배되었다. 면암 최익현(勉庵 崔益鉉, 1834~1907)선생도 강화도조약(江華島條約, 1876)때 '개항 오불가 開港 五不可'를 주장하며 '병자척화소丙子斥和疏를 올렸다가 흑산도로 유배되었다.

　흑산도는 홍어의 본고장이다. 흑산도 연근해에서 홍어가 많이 잡힌다. 흑산도 인근해역은 수심이 80m 이상으로 깊고 뻘이 많아 홍어의 산란장으로 적당하다고 한다. 그리하여 알을 낳기 위하여 영양이 좋은 홍어가 몰려들기 때문에 흑산도 홍어 맛은 살이 보드라우면서도 쫄깃쫄깃하고, 씹을수록 차진 맛이 살아나며, 칠레산이나 중국산과 달리 살이 붉은 빛을 띤다고 한다.

　흑산도 홍어는 미끼도 없는, '7'자와 같이 생긴 낚시 바늘을 거꾸로 여러 개 매단 주낙을 홍어가 잘 다니는 길목에 바닥에서 일정한 높이로 덫을 매달아놓으면, 물살에 따라 일렁인다. 이때 홍어가 그 얇고 넓은 날개를 펄럭이며 헤엄쳐 다니다가 걸린다고 한다. 흑산도에는 홍어뿐만 아니라 전복양식장으로도 유명하다. 쇠창살문 같이 생긴 직사각형 전복양식장이 해면에 넓게 떠있었다.

　안내원이 인도한 음식점은 이 마을 이장 댁인데 아주머니의 나이를 묻자 '6학년 7반'이라고 했다. 우리와 또래인 이 순박한 바다할머니가 마음에 들어 금방 사귀게 되었다. 좀 이른 시간이지만 홍어회와 막걸리로 점심을 먹기로 했다. '홍어삼합'이란 홍어와 삶은 돼지고기를 묵은 김치에 싸먹는 것을 말하는데, 여기에다 잘 익은 쌀막걸리를 곁들이면 '홍탁삼합'이라 한다.

흑산도에서는 홍어를 생으로, 목포에서는 반쯤 삭힌 것으로, 영산강을 거슬러 올라온 나주항구에서는 완전히 삭힌 홍어를 먹었다고 한다. 그래서 나주, 광주 등지에서는 삭힌 홍어를 좋아한다. 흑산도 사람들은 삭힌 홍어를 잘 먹지 않는다고 한다. 그 옛날, 흑산도에서 홍어를 잡아 목포를 통해 나주까지 갈 때면 냉동시설이 없었던 시절에 자연히 발효되었다고 한다. 생선 중에서 홍어는 유일하게 삭혀서 먹어도 배탈이 나지 않으며, 오히려 소화불량을 돕고, 기침가래도 삭히는 효험도 있다고 한다.

점심을 먹은 후, 봉고차를 대절하여 흑산도 일주여행을 하기로 하였다. 2시간 남짓 걸린다고 했다. 아기자기하고 여성적인 홍도의 바위섬들은 유람선을 타고 가까이 돌면서 구경하는 것이 바람직하고, 남성적인 흑산도는 차를 타고 돌면서 산허리와 능선에서 아래로 굽어보는 전망이 훨씬 아름답다는 가이드의 말에 따르기로 하였다.

흑산도 상라산성(上羅山城 · 半月城)

흑산도의 순환도로 28km 중 반 가량이 포장이 완전히 되지 않은 자갈길이었다. '흑산도아가씨 노래비'가 있는 상라산성에 오르는 길은 구절양장九折羊腸이었다. 상라산성은 통일신라시대의 산성이다. 정상에 있는 '흑산도아가씨'의 노래비에 가까이 다가가니 이미자 가수의 '흑산도 아가씨' 노래가 크게 흘러나왔다. "남몰래 서러운 세월은 가고, 물결은 천만 번 밀려오는데, 못 견디게 그리운 아득한 저 육지를 바라보다가, 검게 타버린, 검게 타버린 흑산도 아가씨" 란 멜로디가 섬 언덕을 번져간다.

우리일행은 상라산 누각에 올랐다. 이곳에는 일출과 일몰을 관망할 수 있는 전망대이기도 하다. 이곳에는 봉화대, 해적을 막기 위해 쌓았다는 반월성半月城이 있는 곳이다. 지난날 고기가 많이 잡히는 성어기에는 파시波市가 열렸다고 하는 예리항이 평화로워 보인다. 흑산도와 홍도지구는 1981년에 해상국립공원으로 지정되었다. 양식어장과 어촌마을, 신라 때 장보고가 당나라와 교역할 때 등대구실을 했다는 등대바위, 고운 백사장, 특별한 이름을 가진 바위들과 나무군락들이 어우러져 퍽 아름답다. 2003년 7월에 이탈리아 카프리 섬 정상에서 내려다본 나폴리만의 에메랄드 빛 바다를 연상케 하였다. 그래서 흑산도는 한국의 소렌토란 애칭까지 생겼다.

흑산도 아가씨 노래비

누각에 앉아 검푸른 바다를 내려다보며 남편에게 삼면이 바다인데 왜 우리의 조상들은 좁은 반도 내에 갇혀서 집안싸움에만 충혈이 되었을까요? 그 중요한 시기에 시야를 넓히고, 외국의 정세를 살피며, 바다를 상대로 삶의 터전을 넓힐 생각은 왜 못했을까요? 하며 엉뚱한 질문을 던졌다. 그랬더니 그이의 대답은 의외로 길었다. 이탈리아의 베네치아 출신 마르코 폴로Marco Polo가 『동방견문록(東方見聞錄)』을 통해 동양에서 금金과 향신료, 보석과 비단이 많이 나는 나라들이 있다고 서양에 알려졌다고 했다. 또 '중국의 항해용 계측기 나침반(Compass)' 발명이 아라비아를 통해 유럽인의 항해에 도움을 주었다고 지적했다. 저 유럽의 변방에 있는 포르투갈과 스페인은 어처구니없게도 세계를 상대로 발견하는 섬이나 대륙에 대하여 식민지 개척에 '땅따먹기'를 위해 바다에 줄(Tratado de Tordesillas)을 긋는 조약까지 맺었다는 기상천외의 이야기를 들려주었다.

포르투갈은 15세기에 서아프리카 최남단까지 진출하였고, 카브랄P. Cabral은 1500년에 브라질을 발견했다. 스페인의 콜럼버스C. Columbus는 1492년에 바하마와 아메리카대륙을 발견했다. 16세기 중후반에 스페인은 필리핀을 식민지화 했고, 잉카제국을 식민지로 만드는 과정에서 잉카문명과 원주민을 잔인한 방법으로 파괴 · 학살하였다.

필자는 남편에게 '그리스 로마 신화'를 읽어보면 유럽인들은 대서양을 '죽음의 바다'로 인식하고 있었고, 지구는 평평하며, 서쪽 끝으로 나가면 큰 절벽이 있어서 지구 밖으로 떨어져 죽는 줄로 인식하고 있었는데?…하였다. 그이는 마젤란F. Magellan선단이 세계 일주항해를 마치고 스페인으로 돌아옴으로써 '지구는 둥글다'는 것이 증명되었다. 그 후 유럽 해양 국가들은 다투어 바다탐사에 열을 올렸다고 했다. 그리하여 1600년대에는 아시아의 지하자원과 향신료 무역을 독점하기 위하여 영국, 프랑스, 포르투갈, 네덜란드, 덴마크, 스웨덴이 다투어 동인도회사東印度會社를 설립하고, 엄청난 부를 축적하였다고 했다. 그 때 가이드 겸 운전기사는 투어 떠나자고 했다. 우리는 말잘 듣는 초등학생들처럼 자리에서 툴툴 털고 일어나 차에 올랐다.

면암 최익현선생 적려유허비謫廬遺墟碑

흑산도 천촌리에 「면암 최선생 적려유허비」가 있다. 이곳 천촌 마을 지장암指掌巖 바위에 최익현 선생의 필체로 쓴 '기봉강산 홍무일월箕封江山 洪武日月'이 보전되고 있다. 전문가에 의하면 글귀의 뜻은 '우리나라는 아득한 옛날부터 있었고, 독립된 나라임을 강조하는 뜻'이라고 한다. 최익현선생의 문하생들이 1924년에 지장암(손바닥 바위) 앞에 유허비를 세웠다.

면암은 성리학의 거두 화서 이항로華西 李恒老의 문인이었다. 최익현선생은 고종의 아버지 흥선대원군이 경복궁을 중건(1868)하려 했을 때 국가재정과 민생파탄을 지적하며 강하게 비판했다가 파직되었다. 대원군이 난립한 서원들의 폐단을 없애기 위해 서원철폐령(1871)을 내렸을 때 더욱 강하게 반대했다. 면암선생은 또 고종이 성인이 되었으니 대원군의 섭정이 의미가 없음을 직간하는 '계유상소癸酉上疏'를 올려 1873년에 대원군을 실각시켰다. 이에 상소 내용이 과격하다고 탄핵받아 잠간 제주도에 유배되었다가 곧 해배되었다.

면암 최선생 적려유허비

최익현 선생은 조선이 일본의 강압에 의해 1876년 강화도조약丙子修護條約을 맺고, 개항하기로 했을 때, 면암은 '개항 오불가'를 부르짖으며, 도끼를 메고 광화문에 엎드려 상소를 올렸다가 흑산도로 2년여(1876~1878)간 유배되었다. 면암선생은 흑산도 진리 마을에 일신당日新堂이란 서당을 세워 후학들을 가르쳤고, 천촌 마을로 옮겨서도 서당에서 후학들을 양성했다. 면암선생은 유배지에서 풀려나 조정에 제수除授되었으나 관직을 거절했다.

1905년에 을사조약이 체결되자 조약을 체결한 다섯 매국노를 처단하라며 '청토오적소請討五賊疏'를 올리고, 8도민에게 항일투쟁을 호소하며, 의병을 일으켜 항일운동을 공개적으로 전개하다가 체포되어 대마도(쓰시마 섬)로 압송되었다. 면암선생이 압송된 날 대마도 도주는 일본식 단발斷髮을 하려하자 면암은 결사반대하며 단식투쟁에 들어갔다. 대마도주의 사과로 단식은 중단되었으나 후유증 등으로 1907년 1월에 대마도에서 옥사하였다. 1928년 종묘에 배향되었으며, 1962년에 건국훈장이 추서되었다. 임금에게 직간을 할 수 있는 신하가 동서고금을 통하여 몇 명이나 될까? 고개가 숙여졌다.

자산어보玆山魚譜의 산실 사촌서당(복성재)

조선시대에는 성리학(유교)에 반대되는 학문을 요사스럽고 간사한 학문으로 여겨 '사문난적斯文亂賊'으로 몰았다. '사문'은 유교(성리학)나 유교의 이념을 말한다. 영조와 정조 시대에 천주고, 동학, 실학의 물결이 밀려왔으나, 젊은 지식층과 민중을 중심으로 받아들여진 새로운 사상과 학문은 변화를 거부하는 노장파에 의하여 강하게 배척되었다.

정조임금이 승하하자 순조1년(1801)에 남인南人파에 대한 천주교 탄압정치가 본격화되기 시작했다. 재집권한 노론파에 의해 서학(천주교)을 받아들였다는 이유로 겨우 사형을 면한 다산 정약용은 전남 강진으로, 형 손암 정약전巽庵 丁若銓은 흑산도로 유배되었다. 정약용 형제가 유배를 떠나는 길에 나주 율정의 한 주막에서 하룻밤을 함께 보내고 다음날 두 형제는 각자 유배지 따라 갈림길에서 헤어졌다. 끝내 형제는 해후상봉하지 못했다. 그때 정약용이 쓴 「율정별(栗亭別)」의 한 구절이다.

초가주막 새벽등불 푸르스름 가물거리는데
새벽에 일어나 별을 보니 이별할일 참담해라
둘 다 서로 쳐다볼 뿐 할 말을 잃어
애써 말을 하려하나 울음이 북 바치네.(생략)

두 형제는 이렇게 헤어진 후, 유배지에서 불후의 명작들을 낳았다. 정약용은 『목민심서(牧民心書)』, 『흠흠신서(欽欽新書)』, 『경세유표(經世遺表)』 등을 남겼고, 정약전은 『자산어보(玆山魚譜)』란 해양생물서적을 남겼다. 정약전은 흑산도로 유배되어 사리(沙里)마을 언덕에 「사촌서당(沙邨書堂)」복성재復性齋라는 서당을 지어 후학들을 지도했다. 정약전은 흑산도 주변의 해양생태계를 자세히 관찰하고 기록했다. 이 책은 당대 최고의 어류박물지로 평가받는다. 정약전은 다시 고향으로 돌아가지 못하고 15년간 검푸른 파도에 한을 실어 보내다가 흑산도에서 타계했다. 동생 정약용은 형이 죽고난 2년 후에 해배解配되어 고향으로 돌아갔다. 아무리 불우한 환경에 처해도 뜻이 고매한 사람은 위대한 족적을 남길 수 있음을 깊이 깨달았다.

사촌서당 현판

흑산도를 떠나올 때 싼 값에 전복 활어 한 상자씩 구입하기로 하였는데, 그이의 친구 분이 한사코 모두의 값을 지불했다. 흑산도에는 홍어, 전복, 가리비, 미역, 다시마 등이 특산물이다. 오후 4시 30분에 쾌속선에 올랐다. 목포에서 미리 주문한 도시락을 찾아들고 목포역에서 저녁 7시 10분 출발, 서울행 KTX에 올랐다. 쾌속으로 달리는 차창에 밤비가 기하학적인 무늬를 수놓는다. 눈을 감으니 홍도 몽돌해안에서 띄워 보낸 우리들의 수많은 이야기가 미역 냄새를 싣고 다시 불어오는 것 같았다. 여름밤은 깊어가고 있었다.

17) 진도珍島

남편의 동향의 부부 2쌍과 더불어 2009년 7월 2일 아침 7시 20분에 서울 용산역 KTX편으로 나주羅州로 향했다. 우리일행은 진도, 완도, 청산도를 둘러보고, 돌아오는 길에 나주 영산강에서 황포돛배도 타볼 계획이다. 이번 여행은 그야말로 바다가 그리워지는 계절에 바다와 섬을 위주로 한 다도해 해상국립공원을 집중적으로 여행하게 되었다.

오전 10시가 좀 지나서 나주역에 도착했을 때 산야에 얕은안개가 드리웠을 뿐 날씨가 좋았다. 진도는 전라남도 서남부 모서리에 위치하고 있는 섬이다. 진도는 해남군과 좁은 수로(울돌목)인 명량해협을 사이에 두고 있으며, 바로 이곳이 임진왜란 때 이순신장군이 「명량대첩」을 거둔 곳이다. 진도는 한반도의 남해와 서해를 잇는 주요 해상교통로의 길목에 놓여있다.

진도와 해남군 사이에 제1진도대교가 1984년에 건립되었고, 제2진도대교가 2005년 12월에 옆에 붙어서 완공되었다. 진도군은 45개의 유인도와 256개의 무인도 섬으로 이루어졌으며, 리아스식 해안이라 경관이 아름답다. 진도는 신비의 바닷길(명승지 제9호)이 열리는 명승지이다. 남도판소리와 진도아리랑, 회화적으로 전통 남화南畵의 거두 소치 허유小癡 許維선생의 운림산방(雲林山房, 명승지 제80호), 소전 손재형素筌 孫在馨과 장전 하남호長田 河南鎬의 미술관이 있다. 진도는 진돗개(천연기념물 제53호)와 특산물인 홍주紅酒, 진도 울금鬱金, 참전복과 돌김 · 돌미역 등이 유명한 보배로운 섬이다.

이 보배로운 섬에 왜구의 잦은 침략과 약탈로 고려 충정왕2년(1350)에는 '공도정책'을 시행했으며, 80년간 진도에는 행정구역을 두지 않았다고 한다. 진도에는 고려시대 항몽투쟁의 근거지로 삼았던 용장산성지(龍藏山城址, 사적 제126호)와 남도진성(사적 제127호)이 있다. 참으로 불행하게도 2014년 4월 16일에 진도의 서남단에 위치하고 있는 팽목항에서 '세월호' 참사가 일어났다.

진도의 무궁화 가로수

나주역에서 현지가이드가 우리 6명을 반갑게 맞아주었다. 가이드는 중년을 넘은 나이에 체격도 듬직한 남성인데 긴 머리를 뒤로 단정하게 묶은 차림새가 예술인 같았다. 가이드는 우리를 먼저 진도 '울돌목' 충무공 이순신 장군의 명량해협 유적지로 인도하였다. 진도에 들어서자 도로가의 무궁화 가로수가 해맑은 웃음으로 반겨준다. 일행이 진도 사람들은 애국자들이구나! 하면서 나라꽃에 대한 예를 표했다. 관광가이드는 차를 몰면서 진도에 대하여 안내해주었다.

진도사람들이 자랑하는 3가지 보물이란 진도 개(천연기념물 제53호), 구기자, 돌미역을 말하며, 진도의 3대 즐거움이라면 유네스코 인류문화유산인「진도 아리랑」과「강강술래」, 그리고「남도들 노래」(중요무형문화제 제 51호)라고 하였다. 민속놀이 강강술래는 해남, 무안, 진도, 완도 등지에서 많이 불렀는데, 강강수월래强羌水越來는 '강한 오랑캐가 강을 건너온다.' 라는 뜻이라고 했다. 임진왜란 때 이순신장군이 해남 우수영에서 왜군과 대치할 때 부녀자들로 하여금 남장을 하고 옥매산(玉埋山, 173m)에 올라가 강강술래를 하며 빙글빙글 돌게 했다고 한다. 군병의 숫자가 엄청 많은 것으로 보여, 왜군은 두려워 물러갔다고 했다.

진도각 휴게소

우리일행은 오전 11시 30분이 좀 지나서 진도각 휴게소에 도착하였다. 이곳이 울돌목 명량대첩 옛 전장이다. 새로 건축된 쌍 진도대교가 시원스레 뻗어있다. 빠른 유속 때문에 물속에 교각을 세울 수 없어서 양쪽 해안에 교각을 세워 강철 케이블로 다리를 묶었다고 했다. 진도는 독립된 섬이었으나, 진도대교의 건설로 해남군과 연결돼 있다. 휴게소 광장 한 쪽에는 진도대교 기념조각이 설치되어 있고, 그 옆 고개에는 녹진 전망대가 있으며, 진도대교 건너편에는 이충무공의 기념관이 자리하고 있다. 우리일행은 이곳에서 점심을 먹었다. 식당에 진도 홍주紅酒에 대한 선전이 대단했다. 진도홍주를 일명 지초주芝草酒라고도 하는데. 고려 때부터 빚어왔다고 하며, 쌀과 보리 같은 순 곡물증류주에 지초 약뿌리를 가미하고 가향한 약용주藥用酒라고 했다. 이 술을 합환주合歡酒로 부각시키기 위하여 연인끼리 마신다는 7월7석에 행사를 준비하고 있다고 한다.

울돌목과 진도대교 아래 조류발전소

전남 해남군과 진도군 사이에 있는 울돌목은 빠른 물살이 부딪혀 나는 파도소리가 우는 소리 같다 하여 '명량'鳴梁이란 이름이 생겼다. 2005년에 진도대교 아래에 1단계 시험조류발전소를 건설하였다. 바닷물의 흐름이 빠른 지역에 수차를 설치해 전기를 생산하는 방식이다. 2년간 실험한 후 상용조류발전소를 세울 예정이라고 한다. 해양 에너지 3가지 형태는 빠른 조류를 이용한 조류발전, 조수간만의 차이를 이용한 조력발전, 그리고 파도의 힘을 전기로 바꾸는 파력발전이다. 그린에너지Green Energy 생산이 성공적으로 추진되길 비는 마음이었다.

망금산(望金山: 115m) 팔각정

진도각 휴게소에서 진도군 망금산 정상에 있는 팔각정으로 향했다. 가이드는 높지 않는 산비탈을 휘돌면서 우리에게 「진도아리랑」을 불러야 차가 서지 않고 고개를 잘 넘어간다고 하였다. 우리는 말 잘 듣는 초등학생처럼 합창을 하였다. '아리 아리랑 쓰리 쓰리랑 아라리가 났네~, 아리랑 음 음 음 아라리가 났네-, 후렴을 되풀이 했다. 솔직히 아무도 가사를 제대로 아는 벗이 없었다. 해서 자꾸만 '아리 아리랑 쓰리 쓰리랑 아라리가 났네~'를 되풀이 하였는데도 가이드는 차가 굽이굽이 고개를 잘도 넘어간다고 받아주어 한 바탕 웃었다.

「녹진 전망대」는 높지 않지만 사방이 훤히 트여있어서 진도대교와 주위 풍광을 시원히 관망할 수 있으며, 도로포장이 잘 정비되어 있어서 짧은 일정에도 쉽게 둘러 볼 수 있었다. 이곳 녹진 전망대 일대는 왜군에게 위장전술로 강강술래를 했다는 역사적인 곳이다. 또한 명량대첩의 전장, 이충무공의 동상, 쌍둥이 진도대교, 그 아래로 흐르는 울돌목 전경이 한 눈에 들어오는 아름다운 곳이다.

운림산방雲林山房

진도휴게소에서 차로 30분소요, 진도군의 첨찰산(尖察山, 485m)기슭에 자리하고 있는 운림산방에 도착하였다. '운림산방'은 조선 후기의 서화가 소치 허련 선생이 말년을 보내며 그림을 그린 화실의 이름이다. 소치는 추사 김정희秋史 金正喜 선생에게 서화를 배웠는데, 글, 그림, 글씨에 뛰어나 삼절三絶이라 불렀다고 한다.

운림산방의 당호는 이 일원에 조석으로 안개와 구름이 자주 피어오르는 것을 보고 지었다고 한다. 이곳은 1982년에 소치선생의 손자 남농 허건南農 許楗 선생이 재건하였고, 1992년에 보수했다고 한다. 이곳에서 한국의 남화풍이 이루어졌다. 조선의 대 화가들인 소치, 미산, 남농, 임전, 허문으로 이어졌다. 호남 서화계의 거목 의재 허백련毅齊 許百鍊이 미산에게서 사군자와 묵화를 배웠던 곳이기도 하다.

중국의 화론에는 남종화南宗畵는 중국 당나라 왕유(王維, 699~759)를 시조로 보는데, 수묵 담채를 기조로 하여 산수화를 그리고 채색은 아주 엷게 사용했다. 북종화北宗畵는 그림의 성격상 사실주의적으로 묘사하며 기교와 색채를 많이 사용했으며, 그림이 화려하다. 보통 채색화彩色畵라고 불렀다.

운림산방 목백일홍 핀 정원

　문인화文人畵 중에서도 사군자는 단숨에 일필휘지로 치는 그림이다. 사실적으로 대상물을 그린다기 보다는 작가의 생각과 꿈을 표출했다고 볼 수 있다. 필자는 젊은 시절에 30년간 문인화를 집중적으로 공부하였다. 사군자를 수련하던 초기 때 소치선생의 묵매墨梅 그림을 보고 많이 그렸다. 소치선생은 농담濃淡과 비백飛白의 묘미를 살려 힘찬 필력으로 매화의 고목등치를 그렸는데, 참으로 멋있다고 생각했다. 물기를 적게 머금은 붓이 날아갈듯이 빠른 속도로 스쳐간 흔적이 비백으로 남아 자연의 기운생동氣運生動함을 힘 있게 표출한 것이었다.

　남농의 소나무 그림은 보통 솔잎을 차륜車輪이나 반 차륜 법으로 그리는데, 남농선생은 붓을 갈필로 가로로(동서) 가볍게 친 후 푸른 담색을 입혔다. 그래서 솔잎 사이로 바람이 스쳐오는 듯, 감상자가 시원한 느낌을 가지도록 하는 것이었다. 한 때 필자는 남농의 소나무 그림을 흉내 내어 그려볼 때도 있었다.

배롱나무(목 백일홍)꽃이 피고지고…

운림산방의 위치는 풍수지리에 문외한인데도 명당자리 같이 보였다. 뒤로는 나지막한 산들이 병풍처럼 가리었고, 앞으로 툭 트인 들녘이었다. 잘 가꾸어진 운림산방 넓은 정원 여기저기에 설치해둔 기이한 수석들, 뜰 앞에 연못 가운데 작은 섬에는 소치 선생이 손수 심었다는 배롱나무(목 백일홍)에 빨간 꽃이 피어 있다. 따뜻한 남쪽이 원산지인 배롱나무, 7월부터 9월까지 100일간 피고진다. 연잎 아래에는 금붕어 떼가 숨바꼭질 하고 있었다. 운림산방은 'ㄷ'자형 한식 기와집인데 우측 3칸은 화실이고 나머지는 방이다. 우리는 정원과 가옥들을 둘러보고, 묵향이 풍기는 기념관을 관람하였다. 기념관에는 그림들의 복제화, 수석, 단지, 그릇 등이 전시되어 있었다. 필자의 집에도 남농 선생이 그린 소나무 그림 몇 점이 있다. 여기서 낯익은 서화를 보니 더욱 반가웠다. 대가들은 갔어도 그들의 묵향은 150여년을 이어오고 있다. 아니. 앞으로도 영원히….

신비의 바닷길

우리는 석양이 비꼈을 때 진도 고군면 회동리回洞里와 의신면 모도리茅島里 사이(약 2.8km), 해마다 음력 2월 보름쯤에 조수간만의 차이로 수심이 낮아지면서 약 1시간가량 바닷길이 40여m의 폭으로 열린다는 곳을 찾아갔다. 오늘은 바닷길이 열리는 날이 아니지만, TV에서 수많은 사람들이 호미 들고 바닷길 갯벌에서 바지락, 고막, 낙지, 소라 등을 잡으며 바닷길을 메우던 곳이라, 특별한 기분이었다. 영화장면 '모세의 기적' 장면이 생각나기도 하였다.

진도 신비의 바닷길

　1975년에 주한 프랑스대사(피오르 랑디)가 진도로 여행 왔다가 신비의 바닷길이 열리는 광경을 목격하고 프랑스 신문에 기고하면서 세계적으로 알려지게 되었다고 한다. 여름방학이 2~3주 남아 있어서인지, 관광객이 많지는 않았다. 이곳에는 직사각형 높은 기단위에 한 할머니가 큰 호랑이 옆에 서 있는 하얀 돌 조각상이 바닷길 쪽을 바라보며 서 있었다.

　도로변에는 천막을 친 포장마차 간식점이 두 세 곳 있었다. 우리일행은 해풍에 그을린 피부에 함박웃음을 머금은 중년 아주머니의 천막 아래 앉아서 삶은 고등에 맥주 한잔씩을 들었다. 아주머니의 인상이 바다물빛만큼이나 싱그러웠다. 밀려 오가는 파도를 타고 불어오는 해풍을 온 몸에 맞으며 가이드가 들려주는 전설에 귀를 세웠다. '뽕 할머니와 호랑이' 돌 조각상(2000년 건립)에 얽힌 전설이다.

옛날에 이곳에 호랑이가 자주 출몰하자, 호동리 사람들은 모도리 섬으로 피신하였다. 뽕할머니는 미처 따라가지 못하고 이곳에 홀로 남겨졌다. 할머니는 가족이 그리워 주야로 용왕님께 가족을 보게 해 달라고 기도하자, 어느 날 밤 꿈에 용왕이 "내일 바다 위에 무지개다리를 세울 테니 건너가라"고 하였다. 다음날 진짜 바다가 열리자 모도의 사람들이 뽕할머니를 찾으려 일제히 징과 꽹과리를 치며 달려왔다. 이때 뽕할머니는 "나의 기도로 바다가 열려, 보고 싶은 식구들을 만났으니, 더 바랄 것이 없다"는 말을 남기고 그 자리에서 숨을 거두었다고 한다. 그 때부터 바닷길이 열릴 때는 축제가 열렸고, 이 마을의 이름은 호동(범마을)에서 돌아왔다 하여 회동(回洞)마을이 되었다고 한다.

정유재란丁酉再亂

명나라와 일본은 1593년 3월에 본격적인 강화교섭에 들어갔다. 명나라와 일본 간의 강화(講和, 1593. 7)협의 조건들은 조선과 명나라에서 받아들일 수 없었다. 일본의 도요토미 히데요시가 제시한 강화조건 7가지이다. 명나라 공주를 일본천황의 후비로 보낼 것, 명·일 양국 간에 무역 재개할 것, 명·일 양국의 통교서약문을 교환할 것, 조선8도 중 4도(경기도, 경상도, 충청도, 전라도)를 일본에 할양할 것, 조선은 왕자와 대신 한 두 명을 일본에 볼모로 보낼 것, 일본은 포로인 조선의 두 왕자(임해군·순화군)와 대신을 송환한다, 그리고 조선은 일본에 영원한 항복을 서약할 것이었다. 명·일간에 강화교섭은 실패했고, 도요토미 히데요시는 한반도의 하삼도下三道를 점령할 것을 명령하였고, 왜군 14만여 명이 남해로 재침략하였다. 정유재란(1597년 1월~2월)이 일어났다.

이 때 왜군의 거짓정보와 서인 일부의 모함에 의해 정부의 출동명령을 이행하지 않았다하여 이순신은 삭탈관직 당하고, 모진 고문을 받았다. 이때 청백리로 추앙받던 판중추부사判中樞府事 정탁鄭琢은 위험을 무릅쓰고 이순신의 구명을 위하여 장문의 신구차伸救箚 상소문을 올렸다.

신구차 상소는 죄 없는 사람을 사실대로 변호하여 목숨을 구하는 것을 말한다. 사형을 면한 이순신은 권율의 휘하에서 백의종군하였다.

삼도수군통제사로 원균元均장군이 임명되었다. 이때부터 도요토미는 전리품으로 조선인의 코베기, 귀베기를 지시했다. 전 한나라당 대표 정몽준 씨의 「일본은 좋은 이웃인가?」란 제목(2015. 4. 27.『동아일보』)에 "우리 한국인들에게 일본하면 연상되는 단어는 임진왜란 수십만 조선인의 코무덤, 귀무덤, 명성황후 시해, 안중근의사, 위안부, 징용, 징병 등이다"라고 했는데, 맞는 말이다.

조선에 재침략(정유재란)을 명령한 도요토미 히데요시는 전라도를 비롯한 하삼도를 공략하라고 명령했다. 이때 거제도 인근, 칠천량漆川梁 해전(1597. 8)에서 조선수군 대부분은 궤멸되었고, 수군통제사 원균은 거제도로 퇴각했다가 왜적에게 사살되었다. 백의종군 길에서 이순신은 선조임금의 교지를 받고, 다시 수군통제사가 되어 전라도를 바탕으로 하여 조선수군을 재건했다.

아래 내용은 전라남도 관광과 팸플릿에 실린 내용이다. 이순신은 전라도 곳곳을 찾아다니며 관아창고에서 남아있는 무기를 모으고, 군량미를 확보했으며, 경상우수사 배설에게 배를 인수하고, 병선을 모으게 했다. 호남백성들의 호국정신으로 군사, 무기, 군량미를 확보하며, 조선수군을 재건했다. 이때 호남백성들은 이순신장군에 대한 절대적인 믿음이 있었다. 이순신은 호남은 나라의 울타리요, 만약 호남(백성)이 없으면 곧 나라가 없어진다는 뜻으로 '호남국가지보장 약무호남 시무국가湖南國家之保障 若無湖南, 是無國家'라고 칭송하였다고 했다.

진도 '울돌목' 명량대첩(鳴梁大捷, 1597. 10. 25)

칠천량해전에서 제해권은 잃어버렸고, 12척의 전선밖에 남은 것이 없었다. 이순신이 호남백성과 더불어 수군을 재건하고 있을 때 선조임금은 '조선수군이 취약하니 수군을 패하고, 육군과 합세하여 육지에서 싸우라'는 유지를 내렸다. 이 때 이순신은 눈물겨운 장계를 올렸다. "지금 신에게는 아직도 12척의 전선戰船이 있습니다. 죽을 힘을 다하여 막아 싸운다면 능히 대적할 수 있아옵니다. 비록 전선이 적다하나 신이 죽지 않는 한 적이 감히 우리를 업신여기지는 못할 것입니다"하였다.

이순신은 8월 말경에 진도 벽파진으로 진영을 옮겼고, 9월 15일에 해남우수영으로 진을 옮기며 병사들을 독려했다. "죽고자하면 살고, 살고자하면 죽을 것이다(必生卽死, 死必卽生)." "또 한 사람이 길목을 지키면, 천명도 두렵게 할 수 있을 것이다"했다. 명량해협은 좁고 해류는 가장 빠른 수로이다. 때마침 해조가 역조로 바뀌는 순간에 조선 수근은 13척의 전선으로 왜군 적선 133척을 물리치고, 31척을 격파했다. 기적의 명량대첩을 거두었다.

노량해전(露粱海戰, 1598. 11. 19)

일본군의 2차 침입 때 병력은 14여만 명에 이르렀다. 명나라로부터 2차 원병 10만 명이 왔다. 일본의 도요토미 히데요시의 병사(1598. 9)로 왜군은 철수하기 위하여 1598년 11월 18일 일본의 수군과 함선이 노량에 진입했다. 다음날 새벽에 매복해 있던 이순신과 조선수군은 퇴진하는 일본 수군을 일제히 공격했다. 이때 명나라 제독 진린陳璘의 지휘 하에 있는 병사와 연합하여 추격했다. 왜선 400여 척이 파손, 격파되었다. 이 때 이순신은 왼쪽가슴 겨드랑이에 총탄을 맞고 쓰러지면서 "지금 싸움이 급하니 나의 죽음을 병사들에게 알리지 말라"는 유언을 남겼다. 이것이 임진왜란 최후의 결전인 노량해전이었다. 명나라 부총병 등자룡鄧子龍 장군도 전사했다.

임진왜란을 말할 때 유성룡의 「징비록(懲毖錄)」, 명나라 장수의 「금토패문(禁討牌文)」, 그리고 이순신 장군의 인물평人物評을 살펴볼 필요가 있다. 필자는 지난날, 치악산 자락에 있던 박경리 여사를 두 차례 만난 이후, 감명을 받아 나도 글 쓸 기회가 온다면 역사에 대하여 관심 있게 조명하리라, 가슴 속 깊이 맹세했다. 아래 내용들은 백과사전이나 국사책, 그리고 인터넷 등에서 읽은 내용을 필자가 나름대로 정리하여 옮겼음을 밝힌다.

임진왜란 때 도체찰사였던 유성룡은 임진왜란 때 겪은 후회와 교훈을 후세에 남기기 위하여 『징비록』(국보 132호)을 저술했다. 『징비록』은 조선 선조 25~31년(1592~1598) 7년 동안의 전쟁을 수기手記한 책이다. '징비'란 『시경(詩經)』에 나오는 말로서 '미리 징계하여 후환을 경계한다'라는 뜻이다. 『징비록』에 있는 몇 구절이다.

> …이때 유독 판중추부사 정탁만은 이순신이 명장이니 죽여서는 안 되며, 군사상의 이롭고 해로운 것은 먼 곳에서 미루어 헤아릴 수 없으니, 그가 나가지(출전) 않은 것은 무슨 짐작이 있었을 것입니다. 청컨대 너그럽게 용서하시어 뒷날에 공을 이루도록 하시옵소서. 조정에서는 한 차례 고문을 가한 후 사형을 감하고, 관직을 삭탈한 채, 그대로 군대에 편입하도록 했다. 이순신의 늙은 어머니는 아산에서 이순신의 하옥 소식에 충격 받아 두려워한 끝에 세상을 떠났고, 이순신은 백의종군했다.

명나라 장수의 「금토패문(禁討牌文)」

「금토패문(1594. 3. 6)」이란 명나라 장수 담종인譚宗仁이 이순신 장군에게 보낸 명령문으로 조선수군의 출전을 금지시킨 내용이다. "왜군 장수들이 마음을 돌려 모두들 무기를 거두고, 군사들을 휴식시키면서 그들 나라로 돌아가려고 하니 조선의 함대도 각각 제 고장으로 돌아가고,

왜의 진영에 가까이 하여 트집을 일으키지 말도록 하라"였다. 명나라
장수의 명령에 대한 이순신의 답신 내용의 일부이다.

> … 조선신하 삼도수군통제사 이순신은 삼가 명나라 선유도사(宣喩都
> 司) 대인 앞에 답서를 올리나이다. (중략)… 패문의 말씀가운데 "일본
> 장수들이 마음을 돌려 모두 병기를 거두어 저의 나라로 돌아 가려하
> 니, 너희들 모든 병선들은 속히 각각 제고장으로 돌아가고, 일본진영
> 에 가까이 하여 트집을 일으키지 말도록 하라하심은 무슨 말씀이며,
> 또 우리더러 속히 제고장으로 돌아가라 하니 제고장이란 또한 어디
> 있는 것인지 알 길이 없고, 또 트집을 일으킨 자는 우리가 아니고 왜적
> 들입니다.… 왜적들이 바닷가에 진을 친 채 해가 바뀌도록 물러가지
> 아니하고, 여러 곳을 쳐들어와 살인하고 약탈하기를 전일보다 갑절이
> 나 더 하온데, 병기를 거두어 바다를 건너 돌아가려는 뜻이 과연 어디
> 에 있다하오리까? 이제 강화한다는 것은 실로 속임과 거짓밖에 아니
> 옵니다. 그러나 대인의 뜻을 감히 어기기 어려워 잠깐 얼마쯤 두고 보
> 려하오며, 또 그대로 우리 임금께 아뢰려하오니 대인은 이 뜻을 널리
> 살피시어 놈들에게 역천과 순천의 도리가 무엇인지 알게 하시오면 천
> 만다행이겠습니다. 삼가 죽음을 무릅쓰고 답서를 올리나이다.

명나라의 원병이 임진왜란과 정유재란 때 조선을 도와주었으며, 평
양과 서울의 탈환 등 풍전등화와도 같은 전세의 판도를 바꾼 것은 분명
하다. 임진왜란은 애초에 일본이 명나라를 치려하니, 조선은 길을 내어
달라는 '정명가도征明假道'였다. 그러니 명나라는 '순망치한脣亡齒寒'을 생
각하며 조선에 대대적인 원군을 파송했다. 명나라와 일본은 자국의 입
장에서 강화협상을 추진했기 때문에 조선은 자주적 주권을 행사할 수
없었다. 전시작전권도 명군이 가지고 있었다.

이순신 장군의 인물평 人物評

임진왜란 7년간의 마지막 해전인 노량해전에서 이순신과 함께 싸운 명나라 진린 장군은 이순신의 전사 소식을 접하고 한탄하며 "동서고금을 통하여 이순신장군 같은 인물은 다시없다"고 눈물을 글썽이었다고 한다. 세계 여러 나라에서 해군사관생들에게 세계4대 해전을 가르칠 때 그리스의 데미스토클레스Themistocles 제독의 살라미스 해전(Salamis, BC480), 영국의 하워드Howard제독의 칼레해전(Calais, 1588), 이순신 장군의 거북선 앞세워 싸운 한산대첩(1592), 그리고 영국의 넬슨(H. Nelson)제독의 트라팔가 해전(Trapalgar, 1805)을 친다고 한다.

임진왜란 후 일본에선 '이순신의 전략전술'에 대하여 본격적인 연구·분석을 하였다고 한다. 적국인 일본에서 영국의 넬슨제독과 조선의 이순신장군을 비교·평가할 때 인간성이나 인격적인 면에서는 이순신을 한수 위로 평가했다고 한다.

러·일 전쟁 때 쓰시마 해전(1905. 5. 27~28)에서 러시아 제국의 발틱함대를 격파시킨 일본의 연합함대사령관 도고 헤이하치로는 승전축하연 답사에서 '나를 넬슨에 비하는 것은 가하나 이순신에 비하는 것은 감당할 수 없는 일이다'라고 했다한다.(구글, 「이순신의 세계인들의 평가」중에서 발췌)

1920년대 일본의 해군전략 연구가 가와다 고오(川田功)는 '한국인들은 이순신 장군을 성웅으로 떠받들기만 할 뿐 진정으로 얼마나 위대한지에 대해선 일본인보다 모르는 것 같다'고 했다. '이순신에게 넬슨과 같은 거국적 지원과 풍부한 무기와 함선을 주었다면, 우리 일본은 하루아침에 점령당하고 말았을 것'이라고 했다. (『중앙일보』)

21세기에 기업을 경영하는 CEO들도 이순신의 리더십을 연구한다는 글을 자주 접한다. 기업도 경쟁에서 살아남아야 하니 일종의 전쟁터이기 때문일까. 이순신장군의 리더십의 특징은 부하들보다 먼저 행동으로 솔선수범率先垂範하는 것과 유비무환有備無患의 미리 내다보는 준비성과 관습을 돌파하는 개혁의지改革意志 등을 꼽는다고 한다. 진도는 우리나라의 역사를 돌아보며, 호국과 애국의 정신을 새삼 가다듬을 수 있는 산교육의 현장임을 절실히 느꼈다.

18) 완도莞島

완도군은 전라남도 최남단에 있으며, 완도와 남해상의 265개의 섬으로 이루어져 있다. 완도군의 섬들이 다도해 해상국립공원에 속한다. 완도는 연안 섬을 오가는 정기연락선의 기항지이며, 제주도와 내륙을 연결하는 가장 가까운 위치에 있다. 신 완도대교 개통으로 국도와 통하여 완도에서 해남까지 30분이면 도달한다.

2009년 7월 초, 진도를 둘러 완도에 진입하자 멀리서도 청해진淸海鎭 들녘에 우뚝 솟은 해상무역 왕 장보고張保皐의 철제동상을 볼 수 있었다. 그의 동상은 오른손으로 칼을 들어 바다를 가리키고, 왼손에는 두루마리를 들고 호령하고 있는데, 참으로 우람하다. 높이 15.5m, 통일신라시대 무역선 형태의 철근 좌대건축물의 높이를 합하면 지상에서 31.7m 나 된다.

청해진 대사大使로써 군사 1만여 명을 거느리고 해적을 소탕했던 명장 장보고! 그의 출생연도와 고향은 분명하지 않다. 『삼국사기』에 본명을 궁복弓福 또는 궁파弓巴라 했고, 일찍부터 승마와 창술에 능했다고 한다. 장보고는 일찍이 당나라 서주徐州로 건너가 군인으로서 능력을 인정받아 무령군중소장武寧軍中小將이 되어, 828년 통일신라시대에 신라로 돌아왔다. 장보고는 신라인들이 해적들에게 납치되어 노예로 팔리는 참상을 신라 제42대 홍덕왕(興德王: 재위826~836)께 알리고, 완도에 군영軍營을 세워줄 것을 요청했다. 왕은 장보고를 828년에 청해진 대사로 임명했다. 완도는 해산물이 풍부한 섬이라 해적이 자주 출몰하였다.

중고등학교 역사시간에 배웠다. 장보고는 신라인들이 이주하여 많이 사는 중국 산동성에 불교사찰인 법화원法華院을 건립할 때 거액을 지원했으며, 재당 신라인들을 결속시켜 신라방新羅坊과 신라원新羅院을 만들어 동포들을 단합했다. 장보고는 신라인 노예들을 사들이고, 혹은 주인에게 되돌려 받아 석방시켰다. 중국 산동성 법화원에는 장보고 유적지가 남아있다.

완도의 동쪽 장좌리 앞 바다에 청해진 본거지였던 장도가 있다. 완도에서 180m 정도 떨어져 있는데, 썰물 때는 걸어갈 수 있다. 이 일대를 1990년대에 발굴했을 때 통일신라시대 문양의 기와와 중국의 도자기들이 출토되었다. 그 당시 신라는 당나라와 일본 등과 국제무역을 했음을 말한다. 아라비아반도-페르시아-동남아시아 등지에서 중국 당나라로 들어오는 무역품을 신라로 들어오게 하는, 동서무역의 장이었다.

불행히도 장보고는 신라의 왕위옹립과 연계되어 자객에 의해 841년(?)에 암살되었고, 청해진은 851년에 폐쇄되었다. 그러나 장보고의 생몰연대는 명확하지 않다. 2008년에 완도읍 청해진로에「장보고기념관」이 건립되었다.

완도 타워전망대

우리일행이 다도해 해상국립공원의 중심에 위치하고 있는「완도타워」에 도착했을 때는 오후 4시경이었다. 완도타워는 2008년 9월에 준공되었는데, 높이 76m로 언덕 위에 세워져 있어서 위용이 대단하며,

참으로 멋있다. 서울의 남산타워를 연상케 한다. 타워로 오르는 산책로와 광장이 멋있었다. 완도타워는 지상 2층과 전망대로 구성되어 있다. 1층에는 특산물 전시장과 매점, 음식점 등이 보였다. 2층에는 완도의 인물인 장보고 대사와 골프선수 최경주의 인형이 외부와 연결된 데크에 설치되어 있어서 포토존 역할을 했다. 영상모니터와 조망 쌍안경이 설치되어 있다. 원형의 건물 내에서 유리벽을 통하여 360도를 둘러보는 건물디자인은 신선한 감을 주었다. 전망대 높이는 50m 정도, 완도 시내와 주위 섬까지 시야에 들어온다.

완도타워전망대

무성한 상록수림이 주위의 섬들과 어우러져 환상적인 아름다움을 창출하고 있는 것을 내려다 볼 수 있다. 조선시대 가사문학의 대가 송강 정철과 시조문학의 대가 고산 윤선도(孤山 尹善道 1587~1671)는 쌍벽을 이루었다. 윤선도가 고령으로 타계할 때까지 자연 경관에 매료된 곳이 완도군 보길도가 아니던가. 윤선도는 조선 중기의 문신이자 시인이었다. 완도·보길도의 자연경관에 심취하여 여생을 안빈낙도하면서 남긴 시문이 그 유명한 「오우가(五友歌)」와 「어부사시사(漁父四時

詞)」 등이다. 당파싸움의 회오리 속에서 상소를 올렸다가 유배되었고, 해배되자 해남으로 낙향했다. 조정에 다시 부름을 받았으나 벼슬을 거절하고 보길도로 돌아왔다. 은둔생활을 하면서 지은 시「내 성(性)이 게으르더니」이다.

> 내 성이 게으르더니 하늘이 아르시사
> 인간 만사를 한 일도 아니 맏겨
> 다만당 다툴 이 없는 江山을 지키라 하도다

완도에는 자연생태 원시림과 야생화 단지가 있는 곳이며, 좋은 어장들이 있는 남해의 보고다. 완도의 해산물은 김, 다시마, 전복 등이 우수 품질로 알려져 있다. 청정바다 완도는 전복의 고장이다. 완도의 농축산물 공동브랜드는 '완도 자연그대로' 개발이다.

우리일행은 완도 스카이 모텔에 들었다. 객실은 깨끗하고, 침대도 반반하며, 에어컨, 텔레비전, 냉·온수 정수기 및 목욕탕 등이 설치되어 있었다. 이제 우리나라 어딜 가도 웬만한 모텔에 기본시설은 갖추어졌다고 생각했다. 경비를 많이 들여 외국여행을 꼭 갈 필요가 없다. 뜻이 통하는 벗과 국내 명승 유적지를 찾는 것도 삶의 여유와 멋을 즐기는 좋은 방도라고 생각했다. 모텔 옆에 해물 요리점이 많았다. 우리는 전복과 해삼 멍게를 비롯하여 신선한 완도 바다를 식탁 위에 올려놓고 담화를 나누었다. 내일 새벽에 청산도 가는 배를 타기 위하여 완도항의 밤바다와 고깃배들, 그리고 해변의 아름다운 야경을 구경한 후 밤10시경에 모텔로 돌아왔다.

19) 청산도靑山島 · 슬로시티(Slow City)

　우리일행은 아침 7시경에 완도의 특식 전복죽을 아침으로 먹고, 청산도행 배에 올랐다. 청산도의 행정구역은 전라남도 완도군 청산면이다. 청산도는 임권택 감독의 영화『서편제(西便制)』(1993년)와 KBS드라마『봄의 왈츠』(2006년) 촬영지로 잘 알려져 있다.

　2009년 7월 초, 바다가 그리워지는 계절, 하늘도 바다도 산야도 온통 푸르다. 배는 관광객과 수많은 차를 싣고 하얀 파도거품 꼬리를 끌며 쾌속으로 달린다. 마음은 은빛날개를 달고 청산도 해안을 날아오른다. 완도를 출발하여 50분 정도 소요되었다. 청산도 관문이자 면 소재지인 도청항에서 내렸다. 가이드는 차를 몰면서 대뜸 하는 소리, "여기에서는 어떤 내용의 전화도 모두 도청됩니다."라고 하자 모두 일제히 예? 하며, 긴장된 어조로 물었다. "왜냐하면 이곳이 도청리입니다."하여 폭소를 터뜨렸다.

　돌담길과 돌담 벽 집들이 있는 마을을 둘러보았다. 가이드는 한 때 포장도로였는데 관광객들의 성화에 시멘트 바닥을 걷어내고 황톳길로 다시 복원하였다고 한다. 청산도는 '느림미학'과 슬로시티Slow City로 인증된 지역이다. '슬로시티 운동'은 산업화와 대도시화로 인해 잃어버린 옛 생활모습, 마을환경을 본래의 모습을 보전하고자하는 의식이 1999년 이탈리아의 작은 도시 시장들의 모임에서 발단되었다고 한다.

　천천히 개발되는, 저탄소, 녹색성장의 시범 체험학습장이라 해 볼까. 무엇이고 빨리빨리, 스피드Speed와 시간을 따지는 효율적 생활방식에서 인간 중심으로 돌아가자는 운동의 일환이다. 인간은 자연에 가해자로 너무 오래, 너무 멀리 온 것 같다. 어떻게 보면 현대문명을 등진 곳 같은 개념으로 옛 토속적인 풍광을 지키고 싶은 감성이 강해지고 있는 것일까. 인간에게 바람직한 자성自省이 일어나고 있는 것이다.

고유한 자연경관을 유지하면서, 전통생활 방식과 전통음식을 체험할 수 있도록 담양군 창평면, 완도군 청산면, 장흥군 유치면, 그리고 신안군 중도면 등을 슬로시티를 지정하여 육성하고 있다. 목적달성을 위해서는 그 지역주민의 이해와 협조가 절실하다고 생각하였다. 이를테면 청산도에는 포장도로를 걷어내고 돌 자갈이나 황토 길로 복원하였으며, 가옥의 벽도 시멘트를 헐고 돌로 축조하였다. 대부분의 도시사람들은 다투어 최신식 가구며 문명의 이기로 더욱 효율적으로 시간을 경영하려하는데, 이곳은 문명의 혜택을 가장 적게, 가장 늦게 미치게 하려는 것이었다.

청산도, 보길도, 추자도 노화도 등은 임진왜란 이전부터 왜구와 해적들이 수시로 침범하여 어선과 곡식을 빼앗고, 사람을 죽이고 상처 내는 등 시달리다 못해 공도정책으로 무인도를 만들었다가 임진왜란 후 주민거주를 다시 허락하였다고 한다. 치안이 닿지 않은 곳이라 조선후기에도 양반관료와 아전들의 수탈이 심했다. 제주도 부근에서 큰 어선들이 물고기를 싹쓸이 하는 바람에 어획이 줄어들어 작은 어선으로 벌이하기는 점차 어려워지고 있는 실정이라니, 유채꽃과 청보리가 필 때면 더 없이 아름다운 청산도이지만 섬 주민들의 생활은 봄 수채화처럼 화사하지 않을 것 같았다.

도청리 마을 도로변에 고인돌(전남 문화재 116호) 3기를 보았다. 나무막대로 낮게 조그만 울타리처럼 둘렀는데 그 안에는 고인돌 3기와 자연석에 보살상 같은 희미한 상이 있고, 하마비(전남문화재 자료 108호)라고 적혀있다.

청산도 초분草墳과 구들장 논밭

가이드는 언덕 아래 밭 귀퉁이에 있는 초분草墳 몇 기를 가리키며 간략하게 설명해 주었다. 초분은 바닷가나 섬사람이 죽으면 군대에 갔거나 멀리 출항한 자식이 미처 보지도 못하고 장사를 지내게 되는데, 보름이고 몇 달 후고 돌아와서 부모의 시체를 볼 수 있게끔 산자락이나 들녘 밭 한 쪽에 임시 묘를 만드는 것을 말한다. 관에 시체를 누이고, 비가 들어가지 않게 비닐을 덮고, 멍석으로 감싸 새끼줄로 묶는다. 그 위에 솔가지와 억새풀을 덮고 짚으로 엮은 이엉을 두르고, 바람에 날려가지 않게 새끼줄로 돌을 매달아 둔다고 한다. 한 3년 후에 뼈를 추려서 매장을 한다고 한다. 초분은 바람이 세게 불어 날려갈 수도 있고, 소가 풀을 뜯다가 해칠 수도 있기 때문에 관리하는데 신경을 써야한다고 한다.

청산도에 농지는 없다. 산비탈 층층이 계단식 구들장 논을 다랑이라 하는데, 산비탈에 축을 쌓아 평평하게 만든 뒤, 구들장처럼 얇고 넓적한 돌을 깔고 개흙으로 구멍을 메우고 그 위에 흙을 붓고 물을 부어 논을 만들었다. 그기에 보리와 마늘을 재배하는 것이라고 했다. 이것이 청산도의 자랑거리일 게다. 돌담길과 꼬부랑 황토길, 주위로 구들장 논밭이 펼쳐져 있다. 시골에서 자랐기 때문에 휘 굽은 논과 밭둑길은 긴 장대들고 무논에서 새떼를 훑는 시골 아이로 돌아가게 했다.

마을의 전설이 포도송이처럼 달린 당산나무와 허름한 정자, 황톳길, 초가집과 흙 마당, 울타리와 사립문, 우물과 두엄더미, 헛간에 걸린 농기구와 개울 등이 정겹게 다가선다. 그 옛날 마을사람들은 풍어豊漁를 빌며 정월대보름이면 제를 올렸으리라.

KBS드라마 『봄의 왈츠』와 영화 『서편제(西便制)』 촬영지

청산도는 영화 『서편제』와 KBS드라마 『봄의 왈츠』 촬영지다. 『봄의 왈츠』에는 푸른 보리밭 길로 유채꽃다발을 뭉쳐들고 사랑하는 소녀의 뒤를 쫓아가던 소년, 끝없는 바다 저편에 솟아 있는 섬들, 그리고 동화속의 집 같은 마을배경이 그대로 재현되어 있다. 입구 뜰에는 주인공 4명의 등신대 크기의 사진판이 관광객을 맞아주었다. 드라마 속 서구풍의 2층집은 나지막한 언덕 위에 자리하고 있는데 봄이면 유채꽃 들녘과 보리들녘, 멀리 내려다보이는 포구와 바다 등 환상적인 풍광이리라.

유럽풍의 집 유리문 커턴 색깔이 짙은 옥색인데 집의 바람벽 색깔과 썩 잘 어울렸다. 가이드는 때로는 사람이 있어 차를 마실 수도 있다며 현관문을 흔들어 보았으나 잠겨있었다. 드라마 촬영시에 지역주민과 팬들, 그리고 멀리서 찾아오는 인파들로 한 때 촬영이 중단되기도 했다는 드라마 세트장은 동화나라에 나오는 집같이 귀여웠다. 좋은 관광자원이 되고 있었다.

임권택 감독의 영화 『서편제』를 촬영했던 초가집에 갔는데, 옛 모습 그대로 남아있었다. 방 하나를 가운데 두고 한쪽은 부엌, 다른 쪽은 광으로서, 좁은 마루에는 동호가 북을 안고, 송화가 머리에 볏짚 똬리를 얹고 마주앉아 있고, 유봉은 마루 옆 흙바닥에 주저앉아있는 등신대 크기의 인형을 보았다. 영화의 한 장면을 재현하고 있었다. 수년 전에 청산도 당리마을 흙길로 유봉, 송화, 동호가 진도아리랑을 부르며 너풀너풀 춤을 추고 가던 영화 『서편제(西便制)』의 돌담길과 황토 길을 떠올려본다.

참으로 찢어지게 가난했던 살림살이, 굶주린 배를 움켜쥐고 의붓아버지에게 혹독하게 고수鼓手가 되는 수련을 쌓다가도, "소리하면 밥이 생기나?" 하며 의붓아버지를 떠나가던 동호의 뒷모습이 아른거린다. 동호가 떠난 후 송화 역시 득음得音의 경지를 포기한 듯하자 송화마저 떠난다면? 하는 무서움에 봉화를 장님으로 만들었다. 그 때 꽃다운 송

화에게 보약이라 속이고 봉사가 되게 하는 '부자'가 든 극약을 마시게
하던 의붓아버지의 비정에 울었던 기억이 새롭다.

청산도 흙길

또 필자가 읽었던 중국 고전의 이야기가 생각났다. 옛날 중국 어느
궁정에서 노래하는 어린아이를 찾기 위하여 물색하다가 음색이 고운
아이를 발견하면 궁궐에 데려와 며칠간 잘 먹인다. 그러다가 어느 날
어린 아이가 잠들면 화로에 인두를 달구어 자는 아이의 눈을 지져 기절
을 시키고 봉사를 만든다. 그리하여 아이가 깨어나면 슬픔과 한을 품게
하여 명창을 만들었다는 고사를 읽은 적이 있다.

우리는 뒷골목에 두엄을 쌓아 거름을 만드는 그 동네 일대를 걸어서
고개를 넘었다. 한여름 두엄 썩는 냄새가 강하였다. 흙은 두엄을 받아
기적의 열매를 인간에게 돌려준다. 푹푹 썩고 쉬는 계절에 흙과 자연은
식물을 쉼 없이 길러낸다. 그럼과 흙은 끝없이 창조하고 생산하며, 열매
를 맺게 하고 살아있는 땅으로써 정화한다. 썩음이 창조로 이어지는 사

이클의 기적을 생각하며 88세의 나이를 미수米壽로 부르는 이유를 떠올렸다. 농부에게 감사하는 마음이 생기자 두엄 냄새가 격하지 않았다.

청산도 해송 숲과 잔잔한 파도

수령이 오래된 해송海松 숲이 백사장 따라 무성하게 조성된 청산도 지리해수욕장은 모래사장도 넓고, 깨끗하였다. 아직 개장되지 않아서 백사장을 드나드는 파도소리만 바람을 부르고 있었다. 우리일행은 햇볕을 등지고 손자 소녀들 줄 예쁜 조개껍질을 잠시 주웠다. 청산도 여행은 4, 5월 보리밭과 유채꽃이 들녘을 물들일 때 풍광이 절정에 달한다고 하지만, 바다가 그리워지는 7월초, 어느 쪽을 둘러보아도 바다가 푸르고, 해송이 푸르고, 구들장 논밭들이 푸른 여름도 좋다고 생각되었다.

완도행 돌아가는 배에 오르기 전에 휴식처가 가장 잘 설치된 곳이 있다며 가이드는 우리를 아름드리 해송海松 숲에 통나무 탁자와 의자까지 구비된 다른 곳으로 안내하였다. 일행 중 한 부부가 완도 새벽 산책길에서 사온 큰 수박을 청산도 솔바람 스치는 통나무 탁자 위에 올려놓았다. 때깔 짙고 탐스런 수박을 남정네 두 사람이 힘겹게 갈랐다. 빨갛게 잘 익은 속살에 까만 씨가 송송 박힌 먹음직스런 수박이 탁자에 가득하다. 풍성한 과즙이 줄줄 흘러내리는 수박을 보기만 해도 가슴 속까지 시원해진다. 바람을 쐬러 나온 마을 노인과 환경미화 아주머니까지 불러들여 잘 익은 수박을 함께 실컷 먹었다. 한쪽은 해송이 일렁이고, 또 한 쪽에는 잔잔히 물결치는 청산도 해안 솔숲에서…. 이런 기회를 갖기 위하여 미리 생각하고 준비한 벗의 정성이 풍성한 수박의 단물 같다. 모두를 행복하게 해주었다. 바닷바람이 싱그러운 청산도!

어딜 향해 고개를 돌려도 우리의 감성을 옭아맨다. 참으로 아름다운 곳이다. 우리일행은 오후 1시에 완도행 배를 타기 위하여 자리에서 일어나야 했다. 배에는 대형트럭, 대형 관광버스와 작은 차량들, 그리고 관광객들을 싣고 완도를 향해 정각에 출발하였다. 배의 뒷전에는 옥빛 파도길이 시원히 펼쳐진다. 서울에 돌아가면, 올여름 이 옥빛 파도 길이 생각나리라 여겨지니 물빛이 더욱 고왔다.

20) 나주 영산강羅州 榮山江 황포돛배

우리일행은 2009년 7월 3일, 청산도에서 오후 2시경에 완도에 도착했다. 해물요리로 점심을 먹은 후, 나주 영산강으로 황포돛배를 타러갔다. 영산강 다야뜰 승선장에서 출발하여 영산나루를 돌아오는 6km 약 40분 소요되는 코스라고 하였다. 영산강은 전라남도 담양 용추봉에서 시원(始源)하여 나주를 지나면서 비옥한 나주평야를 품고, 목포 앞바다에서 황해로 흘러든다. 선사시대부터 영산강 유역에 인류가 정착하였다. 예부터 전라남도 나주는 호남곡창지대의 상징이었고, 교통과 행정의 중심지로써 약 1000년간 나주목사羅州牧使가 호남을 다스렸다. 나주는 천년의 역사를 지닌 고장이다.

고려 태조 왕건王建이 건국할 때 나주를 발판으로 삼았다. 왕건의 두 번째 부인 장화왕후莊和王后도 나주의 토착 호족세력집안의 딸이었다. 나주에는 고려 왕건과 그의 아내 장화왕후의 만남에 얽힌 「옹달샘 완사천」 전설이 있는 곳이기도 하다.

나주는 내륙이지만 영산강을 통해 전남 신안군 일대와도 통하는 해상도시이다. 옛날 영산포榮山浦는 소금배, 옹기배, 젓갈배 홍어배들이 물때마다 빈번히 영산강을 따라 드나들어 성시를 이루었다. 개화기에 목포개항과 더불어 나주는 밤늦도록 불을 밝힌 번창한 항구도시였다.

1970년대 까지만 하더라도 목포항에서 나주 영산포로 흑산도에서 들어오는 홍어와 젓갈 등 어물을 나르는 어선과 황포돛배가 오갔는데, 강에 모래가 쌓여서 얕아지고 좁아져 이제는 영산포란 이름만 남았다고 젊음 사공이 안타깝게 토로했다. 1981년 12월에 영산강 하구둑 축조로 홍수와 가뭄의 문제를 해결했으나, 25년 후 수질이 악화되어 농업용수로도 부적한 것으로 밝혀졌다. 동시에 육로교통이 발달 되면서 항구로서의 역할은 줄어들었다.

영산강 다야뜰 승선장

황포돛배(길이 12.5m, 폭 2.5m, 돛대 7m)에 올랐다. 강바람이 갈대숲을 헤집고, 돛배에 꽂힌 깃발을 장난스럽게 흔든다. 흔들리는 돛배에 오르자 배가 무게 중심을 잡느라 기웃 뚱 거렸다. 한 번에 12명 정도 탈 수 있다고 하는데, 우리멤버 7명은 얼른 배의 이곳저곳으로 흩어져 균형을 잡았다.

신선한 공기에 몸과 기분이 가벼워져 신선이 된 것 같다. 사공의 말에 의하면 갈대와 소나무 그리고 강이 어우러지면 공기가 최상으로 맑아진다 하였다. 우리는 병에 담아갈 수도 없는 맑은 공기를 폐에 욕심껏 담으려고 심호흡을 하였다. 돛대는 두 개 높다랗게 솟았는데 돛은 접혀있었다. 돛에 바람을 싣고 밀려가는 게 아니라 동력으로 배가 움직였다. 강의 하구가 막혀 있어서 강의 유속과 흐름이 없기 때문이라고 하였다. 하여 승객이 3명 이하면 돛배를 운용할 수가 없다 하였다.

강변왼쪽, 나주시 공산면 강변 높은 언덕위에는 MBC역사드라마 『주몽(朱蒙)』의 촬영지 '삼한지 테마파크'가 늘어선 전경이 보이고, 언덕 끝자리에 팔각정이 우뚝하다. 촬영장 규모는 4만5천 평이라고 한다. 『주몽』은 고구려의 건국신화(BC108~BC37)를 토대로 한, 고대역사를 다

룬 첫 드라마다. 가이드는 5, 6월이면 드라마 세트장 내에 관상용으로
가꾼 양귀비꽃이 흐드러지게 피어 장관을 이룬다고 하였다. 봄 되면 과
일 배의 고장이라, 배꽃이 나주를 장식할 것이고, 영산강변의 유채꽃과
짝하여 양귀비꽃이 다투어 피어오를 것을 상상만 해보아도 나주는 요
염한 색깔의 도시 같기도 하다.

영산강 어느 젊은 사공의 하소연

농업용수와 공업용수를 위하여 영산강 하구를 막았으나, 20여 년 후
수질검사 결과 퇴적된 영산강 하구의 하상토河床土에는 생물이 살 수 없
는 무 산소 층으로 나타났다. 오늘날 영산강 유역 주민들은 옛날로 돌
아가는 것이 숙원이라 하였다. 사공은 40대 초반으로 보이는 미남이었
다. 아버지 때부터 이 영산강에서 사공노릇을 했다는데, 영산강 하구언
을 열고, 옛날처럼 목포에서 나주 영산포까지 배가 드나들 수 있도록
물길을 여는 것이 영산강유역 주민이 원하는 바라고 했다. 이명박 정부
가 추진하는 4대강 사업을 적극 환영한다고 부연했다. 흐름이 없는 강
이란 죽음을 의미하며, 정지된 물이 썩는 것은 당연하지 않느냐고 젊은
사공은 힘주어 말하였다.

영산나루에서 배를 돌려 돌아오는 길에 사공은 모터를 끄고 접어두었
던 돛을 올렸다. 돛배는 전진하지 못하고 길을 잃었다. 우리는 잠시 돛배
의 기분만 체험하고는 다시 돛을 접고 모터로 승선장까지 돌아왔다.

이명박 정부(2008~2013)는 4대강(한강 · 낙동강 · 금강 · 영산강)을
준설하고, 보를 설치해 하천의 저수량을 늘려서 하천생태계를 복원한
다는 마스터플랜을 2009년 6월에 확정했다. 홍수와 가뭄의 피해를 줄
이고, 수질을 개선하며, 수변 복합 공간 조성을 목표로 하였다. 그리하
여 2009년 7월에 영산강 유역을 본격적으로 착공했다.

영산강 황포돛배를 탄지도 7년이 흘렀다. 2016년에 책을 내면서 몇 줄 보충한다. 4대강 살리기 사업은 정치적 논란이 되기도 했다. 그러나 수해예방과 수자원 확보에는 성공했다. 나주 영산강의 죽산보(통선문)가 영상테마파크에서 10분 거리에 있으며, 죽산보에서 무안 방향으로 황포돛배가 운항한다. 강 주변 따라 자전거 도로 건설로 주민들의 문화·휴식 공간이 상쾌해졌으리라 상상해본다.

오후 6시에 나주시에 도착하여 한식으로 저녁을 먹었다. 이 음식점의 내부 곳곳은 벽마다 대형 연꽃그림이 벽화처럼 장식되어 있어서 퍽 고상한 분위기를 창출하고 있었다. 방 이름도 우리 고유의 향기를 풍기는 이름을 붙여 놓았는데 남도 예향의 멋을 한껏 고취시켰다고 생각했다. 과일 배의 고장인 나주, 배나무에 대한 대화를 하다가 시인 김동환金東煥의 「산 너머 남촌에는」라는 시 3수를 연달아 읊어보았다. 산 너머 남촌에는 누가 살기에, 봄이면 아련한 그리움이 남으로부터 오는 것일까?

> 산 너머 남촌에는 배나무 있고, 배나무 꽃 아래엔 누가 섰다기,
> 그리운 생각에 영(嶺)에 오르니, 구름에 가리어 아니 보이네.
> 끊었다 이어오는 가느단 노래, 바람을 타고서 고이 들리네.(제3수)

우리일행이 나주를 떠나오기 전에 이틀간 함께해온 가이드가 영산강변 일대를 곱게 물들였던 양귀비 꽃, 마약종류가 아닌 양귀비 꽃씨라며 한 봉지 씩 선물로 주었다. 서울에 가서 며칠간 바짝 말렸다가 내년 봄에 뿌리라고 하였다. 가이드는 잘 알려진 모 합창단 단원이었는데 역시 예술인답게 멋과 여운을 남기는 분이었다.

우리는 영산강변, 갈대숲 위를 천리마처럼 휘달리던 맑은 강바람을 가슴 가득 싣고 19:26분에 KTX로 나주역을 뒤로했다. 1천만 명이 넘

는 인파가 굽이치는 불야성의 고도 서울 용산역에 22:26분에 도착하였다. 누군가 남도여행이 어떠했느냐고 묻는다면, 신선이 되고 싶으면 단 이틀간이라도 진도·완도·청산도를 한 번 다녀오시라 하리라.

제3장

삼다도(三多島) · 세계자연유산

1) 옛 탐라왕국耽羅王國

제주도는 한반도의 서남단에서 남쪽으로 90km가량 떨어져 있는 대륙붕 위, 하나의 한라산체로 이루어진 섬이다. 제주섬의 옛 이름은 탐라였다. '탐라'는 '섬나라'란 뜻이다. 제주도는 대한민국의 최남단인 마라도馬羅島를 비롯하여 유인도 8개, 무인도 55개를 거느리고 있다. 신석기시대에 현생 인류가 거주했다. 탐라의 건국신화에는 고을나高乙那, 양을나梁乙那, 부을나夫乙那가 삼성혈三姓穴에서 솟아나 사냥하며 살았다는 삼성신화三姓神話가 있다.

제주도에는 고려 때 애월에 항파두리성을 쌓고, 여·몽연합군에 대항했던 삼별초의 유적지가 있다. 또한 제주도에는 태평양 전쟁 때 일본의 자폭특공대인 '가미카제(Kamikaze, 神風) 발진기지'가 있었다. 카미카제는 세계 2차 대전 말기(태평양 전쟁 당시)에 일본의 10대 소년 한사람이 타는 비행기에 폭탄을 싣고 미국적함에 충돌하여 폭발하는 특공대였다. 제주도 전역에는 자연동굴이 아닌 일본군의 땅굴기지(Japanese Military grotto) 120여 개가 산재해 있다.

제주도는 전라남도의 부속 도서로 있다가 1946년에 제주도로 승격하였다. 1958년에 제주비행장이 설립되었고, 1968년에 국제공항으로 승격되었다. 2002년에는 국내최초로 내국인이 이용하는 면세점이 생겼다. 2006년 7월 1일에 제주시와 서귀포시의 2개의 행정시를 갖춘 제주특별자치도로 출범했다.

제주도는 동서 73km, 남북 41km의 타원형이며, 넓이는 1833 평방킬로미터, 일주도로 길이는 181km이다. 제주도에는 360여 개의 기생화산이 있으며, 일부지방의 점사질 토양을 제외하면 전체면적의 90%이상이 퇴적암, 현무암 등 흑갈색의 화산회토로 덮여있다. 제주도 한라산, 성산일출봉, 거문오름 용암동굴계가 학술 · 문화 · 관광 · 생태 등의 중요성을 인정받아 2007년 6월에 세계자연유산으로 등록되었다. 제주도는 유네스코 생물권보전지역(2002), 세계자연유산(2007), 세계지질공원(2010)으로 인증되었다. 국제사설단체인 스위스의 「뉴세븐원더스(New 7 Wonders of Nature)재단은 2011년 11월에 제주도를 '세계7대자연경관'으로 선정하였다.

세계문화유산 · 영주십경

선조들은 '영주십경瀛州十景'이라 하여 아득한 옛날부터 성산일출城山日出의 해돋이 광경, 한라산자락 초원에서 말이 한가롭게 풀을 뜯는 고수목마古藪牧馬, 가을에 현무암 돌담으로 둘러친 밭에 무르익은 금빛 감귤 귤림추색橘林秋色, 제주공항에서 가까운 곳에 있는 사라봉(148m)의 저녁노을 사봉낙조紗峯落照, 제주시 방선문 계곡의 봄꽃 영구춘화瀛邱春花, 서귀포 여름의 정방폭포 정방하폭正房夏瀑, 한라산 백록담의 설경 녹담만설鹿潭滿雪, 한라산 남서쪽의 기암괴석 계곡 영실기암靈室奇巖, 산방산 중턱에 있는 산방굴사山房窟寺, 그리고 제주 산간포구에서의 고기잡이 산포조어山浦釣魚 등을 예찬해 왔다.

섬 중앙에 우뚝 솟은 한라산(漢拏山, 1950m)에서 선조들은 국태민안

(國泰民安)을 기원하며 산제를 지냈다. 한라산은 남한에서 제일 높은 산이며, 이름 자체도 '은하수를 손으로 잡는다'는 신비로운 뜻이 담겨있다. 그래서 「조선팔경가(朝鮮八景歌)」에서도 "에~ 금강산 일만 이천 봉, 봉마다 기암이요, 한라산 높아 높아 속세를 떠났구나"라며 제일 먼저 예찬해 왔다.

제주도의 별칭은 '삼다도三多島' 또는 '삼다삼무도三多三無島'이다. '삼다三多'는 돌, 바람, 여자가 많다는 뜻이고, '삼무三無'는 도둑, 거지, 대문이 없다는 말이다. 제주도는 삼려(三麗)란 별칭도 가지고 있다. 아름다운 자연, 특용작물, 그리고 따뜻한 마음씨를 말한다. 우리국민의 의식 속에 '제주도'하면 떠오르는 아이콘이미지는 무엇일까? 영주십경 외에도 느긋한 미소로 맞아주는 돌하르방, 봄이면 화가가 실수로 노란색 물감을 쏟아버린 듯한 유채꽃 향연, 뉴스시간이면 TV화면을 장식하는 제주의 철쭉꽃 축제, 바다가 그리워지는 여름이면 짙푸른 파도가 하얀 백마白馬떼를 몰고 와 서귀포 주상절리대 일원에 풀어놓는 비경, 가을이면 현무암 산비탈에 억새군락의 은빛 군무! 이렇게 계절 따라 변신하는 제주도의 신비로운 풍광은 4철 내내 육지를 향해 손짓한다.

세계의 관광객을 맞이하는 제주도는 각종 박물관 천국이다. 소인국 테마파크에서부터 제주민속촌 박물관, 해녀 박물관, 민속자연사 박물관, 돌하르방 박물관, 자동차 박물관, 영화박물관, 초콜릿박물관, 건강과 성 박물관, 테디베어 뮤지엄, 닥종이 인형박물관, 트릭아트Trick Art뮤지엄, 오설록 티뮤지엄Osulloc Tea Museum, 분재공원, 수림공원, 서귀포 감귤박물관 등 볼거리도 많은 국제자유도시이다. 대한민국 국민 치고 제주도를 사랑하지 않을 사람이 어디 있겠는가마는, 필자는 제주도를 너무 사랑하는 것 같다. 이번 국내 여행기 맨 끝에는 제주문화원 주관 『문학속의 제주』수필선편에 게재된「서귀포의 선상조어(船上釣魚)」를 실었다.

우리가족이 제주도를 여행했을 때는 서귀포 KAL호텔에 주로 머물렀다. 아직 가족이 잠든 새벽, 응접실 커턴 사이로 바다에서 솟아오르는 태양을 보고 황홀감에 지은 졸시拙詩 「서귀포 해돋이」이다. 졸저 『시화(詩畵)에서 꿈꾸기』 중에서.

온누리 보석상자가 한꺼번에 쏟아지는가 / 천만 물이랑이 반짝이고
왈츠로 출렁이는 축제의 마당에 / 타는 눈빛으로 솟아오르는 초인
눈부신 빛의 길을 달려가면 / 두 팔로 덥석 안을 것만 같네
나는 부나비 되어 뛰어들고 싶네.

2) 차귀도遮歸島 배낚시

1986년 7월, 여름방학 동안 우리가족은 2박3일간 제주도로 여행할 행운을 가졌다. 지난겨울 크리스마스 때 Y대학 보직교수들의 망년회 때 동문회에서 상품으로 내놓은 제주도 부부동반 왕복 항공권을 필자가 제비뽑기에서 당첨되는 행운을 가졌다. 대학에 재학 중인 장녀는 영국에 하기교육 프로그램에 참여 중이라, 중·고등학교에 다니는 아들들을 데리고 제주도에 왔다. 제주공항에서 차를 대여하여, 남편이 몰고 서귀포 KAL호텔에 접수한 후, 오후에 제주시 한경면에 위치한 차귀도에 배낚시를 하러갔다.

차귀도는 한경면 고산리에 있는 무인도로서 대한민국의 천연보호구역으로 지정되어 있다. 날씨는 더 없이 좋았고, 파도는 잔잔하였다. 달리는 동안 「바다로 가자」, 「산타루치아」를 합창하였다. 노래를 부르며 세대차를 느낀다. 필자는 칠십 중반대의 노파다. 필자의 젊은 시절에

크게 유행했던 노래는 「서귀포 70리」다. "바닷물이 철석철석 파도치는 서귀포, 진주 캐는 아가씨는 어디로 갔나. 휘파람도 그리워라, 쌍돛대도 그리워라. 서귀포 70리에 물새가 운다." 필자의 부모세대라면 「산타루치아」 대신에 「서귀포 70리」를 불렀을 것이다.

　작은 배를 타고 2시간가량 배낚시를 하였는데, 우리가족 뿐이라 더욱 자유롭고 한적하였다. 온통 바다를 통째로 차지한 것 같은 기분이었다. 낚시와 미끼(갯지렁이나 크릴새우)는 배에 준비되어 있었기 때문에 준비할 것이 없었다. 6월에서 12월까지는 고기가 많이 잡힌다고 한다. 선장은 파도에 단련된 구리 빛 중년 아저씨로 마음씨가 넉넉해 보였고, 친절하였으며, 날씨와 물고기의 입질이 좋아서 재미있을 것이라고 했다.

　남편은 어린 시절에 물고기를 잡아본 경험이 많았고, 미국에서 유학하던 시절에도 논문을 구상하며, 어린 딸을 데리고 학교 뒤 호숫가에서 낚시를 할 때도 있었다. 아이들은 갯지렁이 보다는 크릴새우를 미끼로 선호하였다. 남편은 아들들에게 낚시 바늘에 미끼 꿰는 방법을 자상하게 가르쳐 주었고, 낚싯대를 사용하는 것은 선장이 간단하게 설명해주었다. 아이들은 쉽게 따라했다.

　물고기의 입질이 잦아서 아이들은 정말 좋아하였다. 한 낚시에 두 마리가 매달려 올라올 때도 있었다. 옆에서 보기에는 물고기 치고는 조그마하지만, 낚시 대가 휘고, 은빛 비늘을 요동치며 물 위로 끌려나오는 광경에 아이들은 몹시 기뻐하였다. 소리소리 지르며 신통해 하였고, 몇 마리 모이자 대견스럽게 들여다보곤 했다. 물고기의 이름도 모르며, 잡히는 물고기는 크기가 대부분 고만고만하였으나, 물고기의 색깔은 은빛, 검은색, 붉은 색 등 다양하였다. 아이들의 연령대와 잘 어울리는 바다놀이였다.

낚시를 마치고 배에서 내려올 때, 선장은 잡은 물고기를 음식점에 부탁하면 손님의 요구대로 생선매운탕이나 튀김요리를 해준다고 하였다. 우리는 정한 메뉴 외에 우리가 잡은 생선을 튀김요리 하여 저녁상에 곁들였다. 호텔로 돌아올 때는 밤의 대화시간을 위해 아이들이 좋아하는 과자랑 음료수를 사왔다.

3) 추사 유배지 秋史 流配址

「추사 적거지(秋史 謫居址)」(사적 제487호)는 조선 헌종6년(憲宗, 1840)에 추사 김정희金正喜선생이 55세 때 윤상도의 옥사에 연루되어 1848년까지 8년간 남제주군 대정읍에 위리안치圍籬安置 되었던 곳이다. 1986년 7월, 제주도 서귀포의 여름아침은 상쾌하고, 물빛은 더 없이 짙푸르며 반짝였다. 어제 오후에는 차귀도 배낚시로 무척 즐거웠다. 오늘은 호텔 조식후, 남편이 차를 몰고, 두 아들들은 유적지 지도를 펼쳐들고 추사 적거지를 찾아 나섰다. 길이 복잡하지 않아서 쉽게 목적지에 도달했다.

추사 적거지의 단층으로 지어진 허술한 전시관에는 추사의 글씨와 그림 영인본影印本 수십 점과 생활유물들이 전시되어 있었다. 그 당시 기념관은 고인의 높은 예술의 경지에 비하면 참으로 빈약하다고 여겨졌다. 추사는 일반 예술인과는 달리 여러 개의 아호雅號를 사용하였다. 작품을 완성할 때마다 별칭을 사용했다. 추사, 완당, 예당, 시암, 과파, 노과 …, 별칭은 참으로 여러 개였으며, 그 중에서 널리 알려진 호는 완당院堂과 추사秋史였다.

추사 유배지는 1948년 「제주 4·3사건」 때 불타버렸다. 제주 4·3 사건은 8·15광복 후, 남한에서 단독정부수립을 위한 5.10 총선에 반

대하고, 미군철수를 주장하는 제주도 남로당 당원350여 명이 1948년 4월 3일 일으킨 무장봉기를 말한다. 무장유격대는 한라산을 근거지로 삼았다. '제주 4·3특별법' 조사결과 사망자 수는 1만4천여 명이었다. 희생자 넋을 기리기 위해 '제주4.3평화공원'이 조성되었으며, 2014년에는 「4·3희생자 추념일」이 국가기념일로 지정되었다.

'추사적거지'는 빈터만 남았다가 지금 집(지방기념물 제58호)은 1984년에 고증에 따라 초옥 네 채를 지었다. 어디고 고요와 가난이 쌓여 있었다. 제주도에선 안채(안거리), 사랑채 바깥채(밖거리), 별채(모거리), 화장실(통시), 그리고 통나무 막대기 3개를 높이 1m도 안 되는 양쪽 받침대에 걸어둔 설치물이 대문이다. 추사선생은 바깥채에서 제자들을 가르쳤으며, 작은 방 모거리에서 생활하였다. 그러나 여기서 추사체와 세한도가 탄생했다. 여행객들도 뜸한데, 넓은 흙 마당에 차고 넘치는 것은 따가운 여름 햇살뿐이었다.

추사 김선생 적려유허비

추사체秋史體와 세한도歲寒圖

기록에 의하면 추사는 24세(1809년) 때 동지부사冬至副使로 청나라 연행燕行길에 오른 친부 김노경 씨를 따라 자제군관 자격으로 청나라에 갔다. 이때 청나라 최고의 금석학자요 실학자며, 서예가요 경학자인 완원(阮元 1764~1849)과 옹방강(翁方綱 1733~1818)을 만났다. 며칠간 추사와 필담筆談으로 대화를 나눈 완원과 옹방강은 김정희를 '학문과 문장이 해동제일海東第一'이라 칭찬하였다. 추사는 16세 때부터 실학자요 외교관이며 통역관이었던 박제가(朴齊家 1750~1805)의 문하생이었다. 스승에 의하여 익숙히 들어왔던 청나라의 대가들을 스승으로 삼게 되었다. 이는 추사선생의 삶과 학문예술세계에 지대한 영향을 끼친 획기적인 계기였다. 귀국한 후 추사는 조선과 중국의 비문碑文을 비교·연구했다. 추사는 1819년에 병과에 급제, 효명세자의 사부, 1836년에는 성균관 대사성, 병조참판, 이조참판을 지냈다.

김정희 선생은 중국의 옛 비문과 조선의 비문을 공부하여 예서와 행서에 새로운 경지 즉 붓글씨「추사체」를 완성하였다.「세한도(歲寒圖, 국보 제180호)」를 비롯하여 많은 문인화를 남겼으며, 제주 유생들에게 서예와 학문을 가르쳤다.

추사의 필체는 힘이 있고, 운필이 생동하며, 관례나 격식에서 벗어난 파격미破格美를 가졌다. 추사체의 특징은 자유분방한 조형미에 있는데, 어떻게 보면 글씨의 획이 고르지 못하고, 어떤 획은 흔들리며 빼빼하게 여위었고, 한 글자 속에서도 어떤 획은 몽둥이처럼 굵고, 종횡의 긋기가 비뚜름하고, 비틀어졌고, 어떤 합쳐진 글자는 눈 위에 혹처럼 보기 어색하게 얹혀있는가 하면, 어떤 획은 힘이 넘쳐 빠른 속도로 쓰는 바람에 비백飛白이 생겨 껄껄하고 메말라서 괴상하게 보일수도 있다. 글씨가 일정하고 가지런하며, 부드럽지 않고 각角지다. 또 어떤 글씨는 비딱하게 거의 가로로 누워있는 것도 있다. 그런데 자유분방한 가운데 규칙이 있고, 조화가 있으며, 작품전체의 무게중심에 기울어짐이 없다. 그리하여 안목 높은 서예가가보면 변화무상하고, 자유분방한 조형미와 생동하는 기운에 입을 다물 수가 없다.

그림에서도 추사는 문기文氣를 중시했는데, 사물을 있는 그대로, 사실적으로 그리기 보다는 작가의 내면세계 표출을 중시했다. 책을 많이 읽고, 만권의 독서량이 축적되어 가슴 속 정신세계에서 풍겨 나오는 문자향文字香 서권기書卷氣를 강조했다. 그리하여 세필과 짙은 채색을 이용하여 정교하게 다듬은 그림이 아니라, 간략한 구도의 그림에 담채색을 가하여 고아한 선비의 품격을 표출하려고 했다.

그림 세한도는 유배생활을 하는 동안(1840~48) 제자 이상적李尙迪이 역관으로 중국에 왕래하면서 아주 귀한 책을 어렵게 구하여 바다 밖 유배지에 있는 옛 스승 김정희 선생에게 보내주었다. 권세와 이익을 쫓는 무리들은 고관 집 앞뜰의 석로石路라도 닳을 듯이 찾아다니지만, 권력이 없어지면 뜰에 풀이 돋을 정도로 찾아 오가는 발길이 끊어지는 것이 염량세태炎凉世態가 아니던가. 그런데 추사와 제자 사이에는 한결같았다.

추사는 1844년 자신의 고독하고 곤궁한 처지를 세한도에 그리고, 화제로 공자께서 송백松柏을 다른 일반나무에 비교하여 다르다는 것을 예찬한 시문을 인용했다. 귀한 책 선물에 대한 답례로 수묵으로 간략하게 창고같이 그린 그림에, 잣나무 두 그루와 소나무 두 그루를 집 양 모퉁이에 그리고, 여기에 고마움을 발문跋文에 적은 것이 「세한도(歲寒圖)」이다.

천만리나 먼 곳에서 구하여 몇 년이 걸려 얻었으니 한 순간의 일이 아니다. 도도한 세상은 오직 권세와 이익만을 쫓는데 마음과 노력함이 이와 같아, 권세와 이익을 찾지 않고 바다 멀리 초췌한 사람 따르기를 세상의 권세와 이익을 따르는 것처럼 했구나. 공자(孔子)께서 날씨가 추워진 뒤에야 소나무와 잣나무가 늦게 시듦을 안다(세한연후, 지송백지후조: 歲寒然後 知松柏之後凋)라고 하셨다. 소나무와 잣나무는 사계절을 지내도 시들지 않는 것으로서 날씨가 추워지기 전에도, 추워진 후에도 한결같은 소나무 잣나무다. 그런데도 성인께서는 특별히 날씨가 추워진 뒤를 칭찬하셨다. (성인특칭지어 세한이후: 聖人特稱之於 歲寒以後)

이상적은 북경 갈 때 이 세한도를 가져가서 초대받은 자리에서 청나라 문사들에게 보였다. 이때 감격한 문사들이 그림에 발문을 달았다. 우여곡절 끝에 이 작품은 일제강점기에 일본으로 건너간 것을 서예대가 소전 손재형素筌 孫在馨 선생이 1944년에 세한도를 다시 고국으로 돌아오게 한 일등공신이었다. 이때 대한민국의 역사가와 독립운동가, 정치인들이 세한도에 감회를 첨부했다. 그래서 「세한도」는 원래 조그마한 그림(세로23 · 가로109cm)이었는데 수많은 발문으로 인하여 거대한 두루마리 형태가 되었다.

우리는 마루에 걸터앉아 주위를 둘러보았다. 구석마다 가난이 묻어있다. 추사선생의 유배생활을 그려보니 오로지 문방사우文房四友를 벗삼아 유배생활의 고독을 달랬으리라. '필작생애筆作生涯'란 화두가 생각난다. 붓과 먹으로 생애를 경작했으며, 서화작품을 농사했다. 이런 상황에서 추사체란 대업을 완성할 수 있었던 것은 오직 쉴 줄 모르는 예술에의 열정이었을 것이다.

유배지에서 맞은 아내의 죽음

추사선생은 15살 때 결혼하였으나 20세에 부인을 잃었다. 23세에 예산 이씨를 재취로 맞았는데 불행히도 추사가 제주도 유배지에 있는 동안에 타계했다. 추사는 이 빈한한 처소에서 세찬 바닷바람과 구슬픈 파도소리를 들으며 멀리 두고 온 처자식을 그리워했으리라. 고락을 같이 한 아내가 떠나는 마지막 순간에도 물 한 사발, 손 한 번 잡아주지 못하였다. 유배지에 있는 동안 추사는 부인의 병세를 걱정하며, 자주 안부를 전했다고 하지만 정작 부인의 부음소식을 받은 것은 타계 후 한 달여 지난 다음이었다고 한다.

추사는 이 슬픔과 아픔을 간략한 몇 줄의 시「배소만처상(配所輓妻喪)」'유배지에서 아내의 상을 애도하다'란 도망시悼亡詩로 읊었다. 부인의 영전에 바친 만시輓詩의 내용이다. "월하노인月下老人 통해서 염라국에 하소연해 / 내세에는 그대와 나 서로 바꿔 부부되어 / 천리 밖에 이별한 뒤 내가 죽고 그대 살아 / 지금 내 마음의 비애를 그대가 알게 했으면" 하고 가슴앓이를 했다. 여기서 월하노인은 부부의 인연을 맺어주는 전설 속의 인물을 말한다.

신축한 추사기념관

추사적거지 복원에 얽힌 일화逸話가 있다. 1982년 5월에 제주에서 열린 예총전국지회장 70~80명이 참석한 회의를 가진 후, 추사 김정희 선생의 유배지를 방문하기로 계획을 세웠다. 그러나 그 당시에 추사 유적지가 없었다. 밭 가운데 비석하나 세워진 게 전부였다고 한다. 추사선생이 9년간 유배생활을 하였던 강도순姜道淳씨 집은 1948년 4.3봉기(4·3 제주사건) 때 불타버렸다. 그때부터 예술가들은 추사 적거지 복원모금운동의 일환으로 도 내외 작가 초대전을 기획했으며, 1983년 12월 29일에 기공식을 가졌다고 한다. 그리고「문화예술진흥원」에 정부가 지원하는 예산확대를 위하여 청와대에 건의문을 올렸다고 한다.

추사기념관 사진

　신축한 추사기념관(사적 제487호)은 2010년 5월에 대정읍 안성리에
서 지하2층, 지상 1층의 연면적 1,192평방미터 규모에 75억 원을 들여
신축하여 개관식을 가졌다. 건물 형태는 추사가 유배시절에 그린 「세
한도(歲寒圖, 국보 제180호)」와 비슷하게 재현시키는데 노력하였다.
따라서 신축한 추사기념관 주위에 소나무 몇 그루를 심었다고 한다.
2007년에 '추사적거지'에서 '추사유배지'로 명칭을 바꾸었고, 국가지정
사적 제 487호로 승격하였다. 추사기념관에는 3개의 전시실, 교육실,
수장고 등의 시설을 갖추었다.

　추사선생은 오랜 유배생활 속에서 고독과 아픔을 독서와 차茶, 그림
과 글씨로 승화한 것이리라. 추사와 다승茶僧 초의선사草衣禪師는 동갑네
기로 우정이 깊었다. 초의선사는 강진에서 매년 손수 키운 이른 봄 햇
차를 추사에게 보냈고, 추사는 '차향 가득한 방(서재)'이란 뜻으로 「일
로향(一爐香)」이란 초의선사의 방 당호를 쓴 서예작품을 보냈다고 한
다. 추사선생의 고매한 인품과 예술의 향기는 우리 후손들의 예술세계
에 길이 풍길 것이다.

4) 제주도 만장굴萬丈窟

　호텔 조식 후 그이는 아들들과 오늘의 관광일정을 다시 살펴보았다. 오늘은 제주시 구좌읍에 있는 만장굴, 제주도의 동쪽 끝 성산읍에 있는 일출봉과 성읍민속마을을 둘러볼 예정이었다. 1986년 7월, 제주도의 날씨는 눈이 부셨다.

　만장굴은 30만 년 전 형성된 용암동굴로서 총길이 7.4km나 되는 세계적으로 큰 규모이다. 이 동굴은 제주시 조천읍 선교로에 위치하고 있는 거문오름(해발 456m, 천연기념물 제444호)에서 분출한 용암류가 해안까지 흘러가면서 형성되었다. 만장굴 중에서 굴천장이 무너져 내려 3개의 구멍문(Skylight)이 생겼다. 그 굴의 중간 부분이 개방되고 있다. 동굴 형성과정의 흔적을 생생히 볼 수 있어서 지질학적·학술적·자연유산으로서의 가치가 매우 높다고 평가되어 세계자연유산으로 등재되었다. 정식이름은「제주화산섬과 용암동굴」이다.

　동굴의 주된 통로의 폭이 18m, 높이 23m 나 된다. 동굴바닥에는 용암이 흘렀던 모양이 그대로 굳어져 있다. 동굴 속 용암이 굳은 바닥표면을 밀어 올려 부푼 지형도 있고, 바닥에 거북모양처럼 생긴 바위도 있다. 천장에서 떨어진 낙반, 거친 바닥 등을 감안하여 운동화 신발 착용은 필수이다. 동굴벽에는 용암이 흘러내렸던 자욱이 가로줄무늬, 즉 용암유선(溶岩流線, Lava Flowline)이 수도 없이 그어져있으며, 밧줄구조 등 다양하다. 동굴 형성과정의 흔적을 생생히 볼 수 있다.

　만장굴 개통구간 끝 부근에 거대한 용암석주(溶岩石柱, 높이 7.6m)가 있다. 굴천장에서 용암이 바닥으로 떨어져 쌓여 기둥모양을 이루었는가 하면, 반대로 천장 위로 우묵하게 높아진 큐폴라Cupola형태도 있다. 동굴 밖에는 만장굴 홍보관이 있어서 지식과 정보를 얻을 수 있다.

산굼부리 분화구 마르(marr)(천연기념물 제263호)

산굼부리는 제주시 조천읍 교래리에 위치하고 있는 분화구이다. 산 '굼부리'는 제주도 방언으로 화산체의 분화구를 말한다. 산굼부리는 해발400m 평지에 생긴 화구로서, 외부둘레는 2067m, 내부주위의 둘레는 756m, 깊이 132m, 넓이 약 30만 평방미터, 바닥넓이 8천 평에 달하는데, 화구의 남쪽은 해발 430m 정도의 언덕이다. 이 분화구는 한라산 정상의 백록담보다도 크다. 산굼부리 표지석에도 새겨져 있지만 분화구 내에는 원시상태의 식물군락이 보존되어 있다. 산굼부리의 학술적 가치는 높다. 산굼부리 표지석 내용이다.

> 제주도에 360여 개의 기생화산이 분포되어 있으며, 대부분의 기생화산은 분화구가 없거나 있어도 대접을 덮어놓은 듯한 형태 또는 발굽형의 형태를 하고 있는 것은 한국에서 단 한 곳뿐이며, 전 세계적으로도 희귀한 형태이다. 제주시, 조천읍, 교래리에 위치한 산굼부리 분화구는 용암이나 화산재의 분출 없이 폭발이 일어나 그 구멍만 남게 되는 마르(marr)형 분화구이다. 화구벽에 구멍이 숭숭 뚫린 현무암과 자갈층으로 이루어져 있어서 물이 고이지 않고 바다로 흘러든다. 이런 분화구를 마르(marr)라고 한다.

> 산굼부리 내에서 자라는 식물(450여 종)들은 한라산에 있는 식물들과도 격리된 상태에서 생존해왔기 때문에 식물분포연구에 귀중한 자료가 되며, 진귀한 형태의 분화구는 지질연구에 귀중한 자료가 됨으로 천연기념물로 지정하여 보호하고 있다. 산굼부리 내에는 노루와 오소리 등의 포유류와 조류 파충류 등의 야생동물의 서식처이다. (산굼부리 표지석)

가을에 산굼부리 일대는 억새군락이 장관을 연출한다. 근래 제1횡단도로에서 표선면 성읍리로 연결되는 포장도로가 개설되어 쉽게 탐방할 수 있다.

5) 성산일출봉城山日出峰

성산 일출봉(해발180m)은 제주도의 동쪽 끝, 서귀포시 성산읍 성산리에 있는 수성화산(천연기념물 제420호)이다. 약 5천 년 전, 수심이 얕은 해저에서 분출한 화산재와 잔 부스러기인 쇄설물瑣屑物이 쌓여서 굳어졌다고 한다. 정식이름은 '성산일출봉 응회구(凝灰口)'이다. 응회구는 화산 재가 쌓여서 굳어진 구덩이나 구멍을 뜻한다. 응회구의 지름 600m, 바닥면은 해발 90m되는 거대한 사발모양을 하고 있으며, 호수는 없고, 초지로 덮여있다. 마치 원형경기장 모양의 풀밭이다. 분화구 가장자리에는 90여개의 기암이 둘러져 있다. 옛날에는 이곳의 나무를 땔감으로 사용했으며, 방목지로도 쓰였다고 한다. 제주일원에 약360개의 기생화산 혹은 측화산側火山이 있으나 땅속 깊은 곳에 있는 마그마magma용암이 지반을 뚫고 분출한 분화구 들이라 성산일출봉하고는 다르다.

성산일출봉은 원래 독립된 화산이었는데, 주위에 모래와 자갈이 밀려와 사주沙州가 형성되어 서북쪽으로 본섬과 연결되었다. 성산일출봉 외벽의 해식애海蝕崖는 분화구가 형성되는 과정에서 생긴 지질구조를 관찰할 수 있어서 학술적으로 중요한 자료를 제공한다. 일출봉은 높지 않지만 계단이 많고, 정상에 도달하기 직전에는 가파른 계단도 있다. 2007년에 유네스코 자연유산으로 등재되었고, 2010년에는 세계지질공원 대표명소로 인증되었다. 성산일출봉을 멀리서 보면 푸른 신비의 성城처럼 보인다. 참으로 희귀한 인류의 자연유산이다.

성산 일출봉 최정상

6) 표선면 성읍城邑 민속마을

서귀포시 표선면 성읍 민속마을(민속자료 제188호)은 조선 태종 때 3
읍제(제주목, 정의현, 대정현)를 실시했을 때 1423부터 1941까지 성읍은
510여 년 동안 정의현청이 있었던 곳이다. 그래서 조선시대의 관아건물
이었던 일관헌, 정의향교, 정의현성(남문·서문·동문) 석성에는 성문
을 지키는 돌하르방이 양쪽 풀밭에 2개씩 세워져 있다. 성문을 지키고
선 돌하르방은 곳에 따라 크기와 얼굴표정이 다르며, 키도 각각이다. 조
각에 왼손이 위에, 오른손이 아래에 위치한다. 마을주민을 지켜주고, 타
지역과 경계를 표시하며, 액운과 질병으로부터 보호해주는 수호신적·
주술·종교적 역할을 해왔다. 육지의 장승과 유사한 역할을 하였다.

성읍 민속마을에는 전통적인 민가가 잘 보존되어 있으며, 주민이 살고 있다. 성읍민속마을에는 천연기념물 제161호인 수령 약 천년된 느티나무와 수령 약 6백년 추정되는 팽나무가 있다. 이 마을 어디서나 현무암 돌담위에 푸른 넝쿨이 무성하게 덮여있는 풍경은 이색적으로 아름답다.

관광객을 위하여 말과 흑돼지도 키우고 있다. 근래 표선면 가시리에는 조랑말체험공원이 생겼다. 「조랑말 박물관」과 승마장, 그리고 캠핑장 등 복합문화공간이 약 2만평 공동목장 부지에 마을 주민에 의해 조성되었다고 한다. 또한 마을에는 소나 말을 이용하여 연자매를 돌려 곡식을 찧었던 농기구도 있다.

바닷바람에 날리지 않게 초가지붕을 새끼줄로 가로와 세로로 촘촘히 엮어진 것은 제주도 전역의 특징이다. 가정집에는 대문격인 정주석과 정낭이 있다. 정주석에 구멍을 3개 뚫어 양 옆에 세우고, 그 구멍에 가느다란 통나무를 가로질러 걸어두고 집안에 주인의 유무를 암묵적으로 표시했다. 통나무 한 개를 가로 걸어두면 주인이 곧 돌아온다, 2개 걸어두면 오늘 내로 돌아온다, 3개 다 걸어두면 장기간 집을 비운다는 표시이다. 제주도에는 대문과 도둑과 거지가 없다하여 '삼무도三無島'란 별칭이 생겼음을 다시 확인하게 해 준다.

제주도 통시(뒷간)와 똥돼지(흑돼지)

화장실을 옛날에는 측간, 뒷간, 해우소(解憂所 절간), 통시(제주도), 통시간으로 불렀다. 옛날 우리나라 농촌 시골집에는 뒷간이 넓은 마당 담 밑, 집에서 좀 떨어진 으슥한 곳에 있었다. 그래서 한겨울 밤에는 요강을 사용했다. 옛날 말에 사돈집과 뒷간은 멀수록 좋다고 했다. 우리나라에는 아주 옛날부터 인분을 이용하여 농사짓기 위한 거름으로 사용했다. 화학비료가 없었던 시절, 영농법으로 볏짚이나 곡식 껍질, 풀 등을 모아둔 더미 위에 대소변을 퍼부어 발효한 다음 거름으로 활용했다. 퍼세식 변소였다. 그 때는 화장지가 없었다. 볏짚이나, 나뭇잎, 옥수수

수염이나 껍질, 나무토막, 새끼 등도 이용했다. 그 후에 신문지나 잡지 등을 사용했다.

제주도에서는 옛날에 인분을 이용하여 똥돼지를 기르기도 했었다. 제주도 민속마을에는 전설같이 들리는 똥돼지를 사육했던 통시깐의 잔재를 구경할 수 있다. 제주도 통시는 부엌 반대 쪽 밖거리 옆 담에 붙여 돌로 담장을 두르고, 지붕(돼지집)을 짚으로 덮었다. 통시는 돼지집과 사람이 사용하는 뒤간으로 구성되었다. 볼일 볼 때는 돼지 쫓는 막대기 지참은 필수이었다고 한다.

통시바닥에 보리짚이나 볏짚 같은 것을 깔아주어 돼지의 분뇨로 이 역시 양질의 거름이 되었다. 통시의 바닥은 평지보다 낮아서 밖으로 배설물이 흘러나오지 않았다. 돼지의 사료로 먹이통에는 음식물찌꺼기도 주었다. 제주도 토종돼지는 까만색 털로 덮였는데 육질과 맛이 좋기로 알려졌다. 이제는 제주도 민속촌에도 '똥돼지'는 없고, 전설처럼 이야기만 전해온다.

7) 서귀포 시西歸浦 市

서귀포시에는 경승지와 명승지가 너무 많아서 아이들의 연령대와 가족의 선호에 따라 계획을 세우면 효과적으로 관람할 수 있다. 서귀포의 지명유래 전설이다. 진시황秦始皇이 '서시(徐市 · 徐福)'에게 동양의 삼신산이 있는 제주도 한라산 일원에서 불로초를 구해 오라고 군단을 보냈는데, 서복이 서귀포 정방폭포正房瀑布까지 왔다가 서쪽으로 돌아갔다는 뜻에서 정방폭포 절벽에 서시과차지포西市過此之浦라고 새겨 놓은 글씨가 남아 있었다고 한다. 이러한 데서 서귀포의 지명이 유래했다는 전설이 있다.

정방폭포는 동양 유일의 해안 폭포로서 높이 23m, 너비 10m, 두 물줄기가 해안으로 직하한다. 햇볕에 반사되어 무지개라도 걸릴 때면 비경이다. 주위에는 주상절리柱狀節理가 형성되어 있다. 예로부터 영주십경의 한 곳으로 예찬해 왔다.

정방폭포와 가까운 곳에 서귀포 '외돌개(명승 제79호)'바위기둥이 있다. 높이 20여m, 폭7~10m, 화산폭발로 생긴 용암지대에 파도의 침식작용으로 생긴 바위기둥의 생성연대는 약 12만 년 전으로 추정한다. 이 바위는 구멍이 숭숭한 현무암이 아니라 구멍이 작고 조밀한 조면안산암이다. 외돌개 바위에 얽힌 역사적인 이야기가 전해진다. 고려말 최영장군이 목호세력(원나라)을 물리칠 때 범섬으로 달아난 잔여세력을 토벌하기 위하여 외돌개 바위를 장군모습으로 변장시켜 물리쳤다고 해서 '장군바위'라고 불린다고 한다.

또한 지척에 세계지질공원 보전지역으로 선정된 천지연天池淵 폭포가 있다. 천지연폭포는 높이 22m, 폭12m, 연못 수심은 20m가량 된다. 폭포의 절벽은 화산활동에 의해 조성된 안산암安山岩인데, 절벽의 배경이 벽돌로 쌓아올린 것 같다. 폭포근처에는 무태장어(천연기념물 제27호)가 서식하고, 계곡일대에는 천연기념물 담팔수(膽八樹, 천연기념물 제163호)가 서식한다.

가까운 거리에 감귤박물관이 있다. 노래「서귀포를 아시나요?」에도 "밀감향기 풍기는 가고 싶은 내 고향, …한라산 망아지들 한가로이 풀을 뜯고, 줄기줄기 폭포마다 무지개가 아름다운 그리운 내 고향 서귀포를…." 하며 자랑했다. 관광명소에도 감귤농장 견학코스가 포함되어있다. 제주도를 드라이브 하다보면 끝없이 이어지는 귤밭을 자주 보게 된다. 가지가 휘늘어지게 황금빛 귤을 달고 있는 귤밭! 어디고 달리다가 차를 세우고 배경으로 하여 사진을 찍으면 멋진 제주도 기념사진이 된다.

서귀포 중문동의 주상절리대柱狀節理帶

중문동에는 중문해수욕장, 옥황상제를 모시는 일곱 선녀가 내려와 목욕했다하여 천제연天帝淵 폭포, 여미지 식물원, 테디베어뮤지엄Teddy Bear Museum 등이 자리하고 있다. 그리고 해안 따라 약 3.5km에 펼쳐진 주상절리대(천연기념물 443호)가 있다. 주상절리는 용암이 식으면서 부피가 줄어들었고, 그 후 파도의 침식으로 인해 주로 4~6각형 수직 바위기둥을 만들었다. 25만년에서 14만 년 전에 형성된 것으로 추정하며, 석주石柱의 키가 큰 것은 20~25m에 이른다.

제주도 주상절리대

송강 정철은 강원도 통천 동행가의 총석정에서 주상절리를 보고 "공수(옛 중국의 명장)의 솜씨인가? 귀부(鬼斧: 귀신의 도끼)로 다듬었는가? 구태여 육면 돌기둥은 무엇을 형상화 했는가?" 라고 감탄했었다. 누구나 주상절리 해안에 서면 자연에 의한 조형예술에 입을 다물 수 없어 감탄하게 된다. 특히 파도가 높은 날엔 해안의 바위기둥 병풍엔 거대한 물보라가 부서지는 경관을 보게 된다. 이곳에 서면 육당 최남선 선생의 신체시「海에게서 少年에게」가 떠오른다. 일제강압시절에 민중계몽을 위한 종합잡지『소년』에 실었다. "철썩, 철썩, 척쏴아 철썩, 철썩, 척 투

르렁 콱. 때린다, 부순다, 무너버린다"(생략) 파도의 의성어는 일본치하의 치욕적인 세상을 은유했을까. 통쾌하게 외웠던 기억이 난다.

8) 산방산山房山 용머리해안

서귀포시 안덕면 사계리에 있는 산방산(山房山, 345m,명승 제77호)은 산자체가 조면암질 용암덩어리로 종모양으로 생겼는데, 산방산 중턱 서남쪽 절벽에 길이 10m, 너비와 높이가 약 5m되는 해식동굴이 있다. '산방'이란 산의 굴窟을 말하는데 이곳에 산방굴사와 보문사(普聞寺)가 자리하고 있다. 산방산은 연대 측정 결과 70~80만년에 이른다고 한다. 산방굴사 앞 400년된 노송이 고사하였는데 청동상으로 거듭난다고 한다. 서귀포시에 따르면 고사한 노송을 원형 그대로 본뜨는 작업을 통해 청동상으로 만든 뒤 원래 소나무가 있던 자리에 세운다고 한다. 1억원 예산을 확보했다고 한다.(2014. 4. 21 발표) 희귀한 자연관광 자원이 될 것으로 상상된다.

한라산 백록담과 산방산을 두고 재미있는 전설이 전해지고 있다. 하늘의 옥황상제가 화가 나서 한라산 정상의 바위산을 뽑아 던져버린 암봉이 산방산이고, 한라산 정상의 바위 뽑힌 자리에 생긴 것이 백록담이라 한다. 백록담 분화구 둘레와 산방산 둘레가 같다고 한다. 또한 신통하게도 산방산의 암질과 백록담 외벽의 암질이 같은 조면암질이라고 한다.(위키백과)

산방산의 굴은 약 100여 평 쯤 되는데 이곳에 부처를 모시고 있다. 산방굴사의 안쪽 천장에서 맑은 물방울이 떨어지는데 약수라고도 한다. 산방굴사에서 바다 쪽으로 내려다보면 참으로 아름답다. 예로부터 영주10경 중의 한 곳으로 예찬되어 왔다.

산방굴사

용머리 산방산 전경

산방산 앞 바다에 용머리 같이 생긴 바위가 있다. 누군가 바위이름을 잘 지은 것 같다. 용머리해안 입구에 하멜상선과 「하멜기념비」가 있다. 기록에 의하면 1653년 네덜란드의 헨드릭 하멜Hendrik Hamel을 포함하여 60여명이 타고 있던 상선이 타이완에서 일본 나가사키로 가던 도중 풍랑에 좌초되어 살아남은 38여명이 제주도에 닿았다. 이들은 제주도 관원에 붙잡혀 13년간 조선에 억류되었다가 8명이 일본으로 탈출하여 본국으로 돌아갔다. 『하멜표류기』를 통해 조선이 서양에 소개되었다고 한다. 네덜란드 출신 거스 히딩크Guus Hiddink 축구팀 감독은 2002년 FIFA월드컵에서 대한민국 축구팀을 세계4강에 끌어올린 신화를 달성했다.

9) 제주시濟州市

제주시는 제주특별자치도 북부에 있는 행정도시이자 도청소재지이며, 연간 1200만여 명의 세계 관광객(2014. 12 기준)이 드나드는 제주국제공항이 있다. 제주시에는 삼성혈, 관덕정(觀德亭, 보물 제322호), 제주국립박물관, 민속자연사박물관 등이 있고, 용두암, 해수욕장, 북촌 돌하르방공원, 거문오름 만장굴 등의 관광지가 자리하고 있다. 관덕정은 제주시 중앙에 자리하고 있는 조선시대의 누정이다.

오래전부터 큰아들 가족은 2009년 7월에 제주도에 간다며 부모님도 동행했으면 좋겠다고 몇 번 초청했었다. 7월 초에 전국에 장마가 계속되고 있었다. 오늘도 서울에는 새벽부터 비가 무섭게 내렸다. 비행기가 이륙할 수 있을까 걱정했는데 오전 10시 5분에 예정대로 아시아나항공으로 김포공항을 이륙하여 오전 11시 10분에 제주공항에 안착하였다. 기온은 32도, 해변에서 바다 물놀이하기에는 좋은 날씨였다. 오늘 우리나라 전역에 호우주의보가 내렸는데 제주도만 비가오지 않았다. '우리는 비사이로 막가파'라고 하자 모두 웃었다.

제주공항에서 차를 대여하여 10분 거리에 있는 제주 KAL호텔에 들었다. 호텔 정원이 바닷가에 열려있어서 전망이 좋고, 한라산을 바라볼 수 있어서 산책하기에도 더 없이 아름다운 곳이다.

돌하르방과 제주물동이 허벅

제주KAL호텔 정원에 제주 물동이 허벅을 등에 맨 조형물이 설치되어 있었다. 마치 제주도의 해조음海潮音을 싣고 와 이곳에 쏴아-하고 들어붓는 것 같은 기분을 선사한다. 제주도는 화산분출에 의해 생성된 섬이다보니 지질의 90%이상이 다공질 현무암多孔質 玄武岩이다. 비가 많이 와도 즉시 스며들어 바다로 흘러 들어가고, 땅을 파도 물이 나오지 않는다. 식수를 쉽게 구할 수 없다. 그리하여 먹는 물은 멀리 샘으로 가서 물을 길어 와야 했다. 이 일은 주로 여인들의 임무였다.

물동이 허벅은 제주에서만 채취되는 점성이 강한 점토로 만든 옹기였다. 물동이의 무게는 2~3kg정도, 등에 지고 걸을 때 출렁거려도 물이 넘쳐흐르거나 쏟아지지 않게 옹기입구(주둥이)를 작게 만들었다. 가사가 여인의 임무라, 해안가 샘물이 올라오는 곳에서 식수를 길어 여인들이 아침저녁으로 등에 지고 다녔다. 이 물동이를 새끼로 옭아매어 등에 매고 다녔다. 허벅은 제주에서 아주 중요한 생활용구라고 초등학교 1학년과 4학년인 손녀들에게 일러주었다. 그리고 '해녀海女'들은 방수복 같은 특수한 옷을 입고 바다 밑 수심10~20m 헤엄쳐 들어가 해산물을 채취한다고 설명해주었다. 물 허벅진 여인의 동상 아래에는 2개의 돌하르방이 멀리서 찾아온 손녀들을 맞아주는 듯 묘한 미소가 눈길을 끌었다. 제주도를 상징하는 대표적인 조형물이다. 호텔정원 장식물로 잘 어울렸다. 제주도 동쪽 끝으로 우도와 그 유명한 성산일출봉이 자리하고 있다. 제주도 중앙 쪽으로 들어가서「미니 랜드」와 산굼부리, 그리고 표선면 성읍 민속마을이 있다.

우리는 제주KAL호텔에서 해물찌개로 이른 점심을 먹은 후, 가까운 곳에 있는「북촌 돌하르방공원」을 둘러보고 나머지 시간을 가까이 있는「함덕 비치」에서 보내기로 했다. 대여한 차에 네비게이터가 설치되어 있어서 길 찾기가 쉬웠다.

10)「북촌 돌하르방 공원」

제주도의 별칭이 삼다도三多島이다. 돌, 바람, 여자가 많다는 말이다. 현무암은 화산에서 분출한 마그마가 식으면서 가스가 빠져나간 자리에 공동이 생겨 만들어진 돌이다.「북촌 돌하르방 공원」은 제주시 조천읍 북촌서1길에 위치하고 있다.「북촌돌하르방 공원」은 지난 10여 년 간 전업화가인 김남홍 원장이 일구어왔다. 2013년 2월에 문화체육관광부의 후원으로, 한국생태관광협회(Eco-tourism Korea)에서 실시한 심의회에서 제주의 건강한 자연, 문화, 예술을 통해 평화를 전하는 향토문화유산으로 제주도에서 처음으로 '자연관광 매력물'로 인증 받았다.

조각가는 동시에 화가인데, 현대적인 감각으로 다양한 형태의 돌하르방을 창출하였다. 공원 내에는 조형물 300여점이 야외에 수목들과 더불어 전시되어 있다. 꽃을 안고 있는 돌하르방, 담쟁이 넝쿨을 걸치고 있는 상, 연못가에서 휴식을 취하고 있는 상, 또는 배달겨레의 유구한 역사를 말하려는 듯, 크고 작은 돌하르방 군상이 나열해 있는 장면도 있다. 손녀들은 돌하르방이 원래의 목적과는 달리, 친구 같은 인상을 주는 조각상으로 여기는 것 같았다. 자연친화적으로 구상한 공원 내를 걷다 보면 숲과 돌하르방, 현무암 돌담 등이 어우러져 별세계를 만들었다.

돌하르방의 별칭

제주도 돌하르방의 기원에 대해서는 설이 분분하다. 고려시대의 석장 승과도 연관이 있다고 보는 설, 제주도 자생설, 몽고에서 기원했다는 설, 태평양 이스트 섬(Easter Island)의 '모아이Moai 석상'을 기원으로 보는 설도 있다.

제주도 돌하르방은 옛날 성문입구에 세워두었는데, 외부의 적으로부터 주민을 지켜주는 수호자로, 주술적 종교적 의미로, 그리고 외부 사람이 성 안에 함부로 들어오는 것을 금하는 위치 표식 및 금표禁標의 기능도 하였다.

화산돌이란 소재로 만든 돌하르방, 부리부리한 큰눈알, 크고 넓죽한 코, 버섯머리 혹은 벙거지 모양의 모자, 양팔은 배위에, 묘한 미소를 띤 공통점을 가졌지만 각 돌하르방이 전하는 메시지와 분위기는 참으로 다양하다. 입의 양 꼬리가 위로 올라가면 느긋한 미소 띤 얼굴이고, 가로로 일자를 그으면 근엄하게, 그리고 입꼬리가 아래로 내려오면 성난 표정이다. 돌하르방의 모자는 남성의 생식기를 본뜬 것이라는 설도 있다. 돌하르방의 별칭에는 벅수머리, 무석목武石木, 우석목偶石木 등 많다. 『탐라지(耽羅誌)』에는 조선시대에 옹중석翁仲石 또는 우형석禹形石이라 부르는 돌을 세웠다고 한 기록이 있다고 한다. 돌하르방은 이렇게 다양한 이름으로 불리다가 1971년에 지방민속자료 제2호로 지정되면서 정식명칭으로 정해졌다.

필자는 청록파 시인 조지훈趙芝薰이 말한 「돌의 미학(美學)」을 떠올린다. 석공명장은 "무미한 속에서 최상의 미를 맛보고, 적연부동한 가운데서 뇌성벽력을 듣기도 한다"는 말을⋯. 석공은 돌과 대화하고, 정을 통하며, 희노애락喜怒哀樂을 함께하는 것이리라. 돌과의 동반에는 배신이나 변함이 없는, 영원과 함께함을 뜻할 것이다.

돌의 크기와 형태에 맞게 서 있는 것, 누워있는 것, 쪼그리고 앉아 있는 것, 넙죽이 배를 깔고 엎드려 있는가하면, 명상에 잠긴 고요한 상도 있고, 쓰디쓴 인고의 세월을 견디며 수행하는 것 같은 엄숙한 상도 있다. 신기한 눈빛으로 무엇을 들여다보는 듯한 표정, 웃는 모습, 무엇인가 서럽고 슬픈 모습, 분노와 억울함으로 진노하여 괴성이라도 지를 것 같은 인상, 느긋하고 인자하며 손자 손녀들을 안아주려고 부르는 인상, 위대한 스승처럼 근엄하고 존귀한 인상, 그런가하면 어리석은 바보 같은 인상도 있다. 어쩌면 누군가에게 꽃다발을 안겨줄 것 같은 야릇한 미소의 얼굴⋯. 특히 어리석은 듯, 싱거운 미소를 띠고 서 있는 돌하르방은 보기에 따라서는 엄격한 체 하면서도 곧 너털웃음을 터뜨릴 것 같은 인자한 할아버지 상이기도 하다.

구멍 뚫린 현무암에 이 보다 더 어울리는 조각품이 또 있을까? 제주도의 바다 소리를 전하는데 돌하르방보다 더 어울리는 창작품이 어디 또 있을까? 실로 제주도의 대표적인 표상이라면 필자는 돌하르방을 꼽고 싶다. 서울 여의도 아파트로 하나 들고 가서 정원에 두고 제주도의 파도소리와 바람소리를 들었으면 좋겠다. 특히 바다가 그리워지는 계절에는⋯.

제주도의 돌하르방

일본 심수관 도요지에서 돌하르방을 만났다!

외국에서 돌하르방과 마주한다면 기분이 어떨까? 외국에서 마주쳤을 때는 제주도의 심벌(Symbol)이 대한민국을 상징함을 체험했다. 필자가 일본열도를 여행하다가 돌하르방과 마주쳤을 때 반가움에 소리까지 질렀다. 일본열도의 최남단, 심수관 도요지에서 돌하르방을 만났다. 2006년 2월에 필자는 그이의 Y대의 교수 지기부부들과 함께 일본열도의 최남단인 가고시마로 여행한 적이 있다. 그 때 미야마美山에 있는 심수관 도요지를 탐방했다. 정유재란 때 일본장수에 의하여, 남원에 살던 심당길(초대)선생을 비롯한 도공과 함께 우리 국민 8, 90명이 강제로 일본의 규슈九州남단 가고시마 현에 이주하게 되었다. 그때 얼마의 흙과 유약도 함께 약탈해갔다. 필자의 졸저『재미있고 신비로운 아시아 여행기』(새미 · 2010) 중에서 옮겨왔다.

… 도요지 입구엔 한국 태극기와 일장기가 나란히 펄럭이고 그 옆에 제주도 '돌하르방'이 묘한 웃음을 머금고 서 있었다. 현무암에 구멍이 송송 뚫린 돌하르방은 제주도의 상징물이 아니던가. 이곳에서 만나니 참으로 반가웠다. … 우리의 선조들은 슬픔을 딛고, 고국에 대한 그리움을 잊기 위하여 가마솥 아궁이에 불을 지폈고, 이 땅에서 도예의 꽃을 한(限)의 눈물로 피워냈으리라.

… 고국이 그리울 때는 저 돌하르방에게 하소연을 했는지도 모를 일이다. 그리운 내 조국의 물결소리여! 하며 말이다. 언제 어디서나 무척 반갑고 친근감이 드는 돌하르방!(…)

11) 함덕 서우봉犀牛峰 해수욕장

함덕 비치는 제주시에서 동북쪽으로 14km정도 떨어져 있는데, 바위섬이 불거져 나와 있어서 비치모양이 하트형이었다. 1984년에 국민관광지로 조성된 40만 평방미터의 유원지에는 피서객이 하루 5만 명 정도 다녀간다고 한다. 은모래 빛 고운 백사장 오른쪽에는 나지막한 서우봉(106m)이 있는데, 고려 때 삼별초三別抄의 마지막 항쟁지로써 몽고병과 최후항쟁을 벌인 곳이기도 하다. 이곳에선 배낚시도 할 수 있으며, 해변을 끼고 가로등이 예쁘게 서 있는 등 해변 산책로도 아름답게 조성되어 있었다. 주위에는 놀이시설과 민박시설, 무료 캠핑 촌, 그리고 각종 음식점도 즐비하였다. 김소월 시인은 동시에 "엄마야 누나야 강변 살자 / 뜰에는 반짝이는 금모래 빛 / 뒷문 밖에는 갈잎의 노래…"라고 했는데 필자는 제주도에 오면 바닷가에서 살고 싶은 생각이 든다.

함덕 비치는 해안선이 길지 않으나 백사장 너비가 매우 넓고, 물이 맑으며, 수심이 얕아서 가족피서지로는 안성맞춤이라고 생각되었다.

어린 아이들과 해수욕하기는 아주 이상적이었다. 아직 초·중·고등
학교 여름방학이 시작되기 전이라 비치는 한적하고 깨끗하였다. 비치
파라솔 한 개와 의자 4~5개를 빌리는데 2만원을 지불했다.

물이 맑아 바다 밑이 훤히 보였다. 작은 고기 떼와 파란 미역 조각이
떠다니고, 모래는 매우 고왔다. 남녀노소 모두 물고기 떼처럼 마냥 즐겁
게만 보였다. 손녀들은 둥근 고무튜브에 체중을 싣고 크고 작은 파도에
나풀거리며 즐겼다. 해변에서 멀리 떨어진 곳인데도 수심은 겨우 어른의
무릎정도였다. 어린이들을 마음 놓고 놀게 할 수 있었다. 손녀들은 튜브
와 함께 파도에 뒤집어져 허우적거리다가 스스로 툴툴 털고 일어서서 마
냥 깔깔거린다. 그 밝은 눈으로 물속에 모래를 뒤적이며 예쁜 조개껍질
을 캐어 올리기도 하고, 떠다니는 해초를 들고 보물이라도 건져올린 듯
소리소리 지른다. 가끔 무엇이 다리를 꼭꼭 찌르는 것 같다고 하였다.

지구의 온난화와 해파리(Jellyfish)

오후 5시경부터 썰물이 시작되었다. 바다가 모래 벌 바닥을 드러내
자, 모래밭 군데군데 해파리가 붙어있어서 깜짝 놀랐다. 해파리는 우산
의 지름이 30cm정도 누르스름한 반투명색이고, 우산 가에는 약간 갈색
빛을 띠고 있었다. 어떤 아빠들은 아이들과 해파리에 둘러앉아 손 데지
말라고 주의를 시키면서도 신기한 듯, 해파리 위에 모래를 쌓기도 하였
다. 꼬마들이 해파리에 쏘이지 않은 것이 천만 다행이었다. 지구의 온
난화와 수온상승으로 동남아시아 등지에서 서식하던 해파리가 우리나
라 해안까지 7월이면 올라오기 시작하여 점점 북상하여 8월이면 우리
나라 전 해역에 출현한다고 한다.

해파리에 쏘였을 때 주로 따끔거리고, 통증과 간지러움, 채찍에 맞은
듯 붉은 선이 상처에 생긴다. 흐르는 물에 몸에 붙어있는 해파리의 촉

수를 씻어낸 후, 식초로 씻어 독소를 중화하고, 발진이 심하거나 혈압 저하와 호흡곤란이 생기면 해독제, 진통제, 항히스타민제 등을 투여해 야 하기 때문에 신속히 병원에 가야한다고 한다. 상처를 손으로 비비거 나 마사지하거나 얼음찜질 같은 것도 상처를 악화시킬 수 있다고 한다. 민간요법으로는 베이킹파우더를 물에 개어 상처에 바르면 독을 중화 시키고 가려움과 부종을 막아준다고 한다.

우리는 함덕 비치 맞은편에 즐비한 생선구이 음식점에서 은대구구 이로 저녁을 먹고 늦은 시간에 호텔로 돌아왔다. 오늘 천둥번개를 동반 한 중부지방 호우로 서울행 비행기 17기가 결항하였고, 흙탕물이 서울 시 도로 곳곳을 휩쓸고 있는 광경을 저녁 뉴스에서 보았다. 낮에 자식 들이 서울에서 문안전화를 한 이유를 짐작할 수 있었다. 우리는 장마 중인데도 제주도에서 시간을 최대로 잘 활용하였다. 손녀들은 마냥 행 복해 하였다.

12) 차귀도遮歸島 배낚시 (II)

다음날 손녀 둘을 데리고 큰아들이 차를 몰았다. 오전 11시경, 차귀 도 배낚시를 하러갔다. 큰아들이 고등학생 때 이곳에서 가족 배낚시를 하며 즐거웠던 추억을 간직한 곳이다. 무심한 세월은 주야로 흘러 거의 4반세기가 지났지만, 젊은 날의 추억은 그 자리 그 곳에 머무는 것일까. 오늘은 큰아들의 딸들과 함께 옛 이야기를 재잘대며 같은 장소를 찾아 가는 길이다.

전국이 장마 중이다. 내일도 제주도에 비가 온다는 예보가 있었기 때 문에 취사선택이 별로 많지 않았다. 내비게이션의 지침 따라 서쪽 해안

길을 달렸다. 차귀도 배낚시는 포구에서 낚시도구가 갖춰진 소형어선을 빌려 배낚시를 할 수 있는데, 낚싯배 임대료는 5명이 한 시간에 7만5천 원 선이었다. 우리는 오후 2시에 배를 탈 계획이었다. 제주시의 하늘은 가벼운데 우리가 향하고 있는 제주도의 서쪽해안은 먹구름으로 덮여있었다. 예감은 좋지 않았지만, 열대지방의 소나기(스콜)처럼 잠시 퍼붓고 날씨가 개일 수도 있으리라 여겼다.

해안 드라이브 길은 참으로 아름다웠다. 옥빛 파도가 검은 갯바위에 힘껏 부딪쳐 일으키는 물보라는 보아도, 보아도 아름다웠고, 지나는 길에 아름다운 펜션도 많았다. 몽돌해변과 등대, 첨예한 해안굴곡 바위에 부서지는 파도, 해안가 정원에 세워둔 크고 작은 돌 조각품, 도로변 화단과 밭 사이에 세워둔 정주석과 정낭들은 제주 고유의 문화를 알리기에 충분하였다. 해안 바위위에 세워진 풍차는 등대처럼 아련한 그리움을 불러일으킨다. 풍력에 의하여 서서히 돌아가는 은빛 날개, 언제나 높이 치솟아 강한 해풍을 맞이하기 때문에 고독하게 보이는 것일까. 무공해 에너지 생산을 위하여 생산비가 비싸게 치이지만, 지구에서의 공해를 줄이기 위한 현대과학의 상징이기도 하다.

오후 1시 30분경에 달래식당 겸 차귀도 배낚시를 경영하는 곳에 도착했다. 그 옛날, 그 장소 같았다. 우선 오후 2시 배 출항을 위하여 식당에서 서둘러 해물찌게로 점심을 먹고 배를 타려고 가려는데 갑자기 빗줄기가 굵어지기 시작하였다. 하루 종일 차분히 비가 오는 것이 아니라, 갑자기 구름을 몰아붙이며 비가 무섭게 몰아치는 것이었다. 30분쯤 기다렸다. 혹시라도 하늘이 열리면…. 아쉽지만 돌아서는 수밖에 없었다. 구슬프게 몰아치는 장마 비, 작은 어선들도 포구로 숨어버렸고, 허허한 바다는 시커멓게 눈을 감고 있었다. 꼬마들도 난처하다는 듯 어른들의 표정만 살핀다. 배낚시 예약금을 돌려받고, 두어 시간 몰고 온 차를 다시 제주KAL호텔로 핸들을 돌렸다.

꼬마들을 데리고 호텔 실내수영장으로 갔다. 국내외 여행을 좀 해봐서 아는데, 보통 호텔 숙객에게는 실내외 수영장을 무료로 사용하게 하든지 아니면 대폭 할인해 주는 것이 상례인데, 제주 KAL호텔에는 어른 11000원 아이들 8000원, 그것도 하루에 한 번 이용료를 요구하는 게 아니라 아침·저녁으로 갈 때마다 요금을 따로 지불해야한다고 하였다. 참으로 의외였다. 기분이 좀 언짢았으나 배낚시도 못하고 장시간 비속에 낭비한 시간이 아깝고, 꼬마들을 위하여 뭔가 해 줘야할 것 같아서 우리는 고가를 지불하고 수영장에 들어갔다. 큰 호텔 실내 수영장에는 우리식구 뿐이었다. 우리는 두 시간 가량 꼬마들과 수영을 즐겼다.

이삼일 동안 자유로운 손녀들은 저희들이 원하는 TV프로그램을 즐기고, 어른들은 낮에 슈퍼에서 사온 맥주를 마시며 수많은 삶의 이야기들로 꽃을 피웠다. 아버지가 가르치던 대학에서 큰아들이 가르치고 있다. 장녀와 작은 아들도 교수다. 남편과 자식들이 한 자리 할 때면 대화에 공통분모가 많아서 이야기의 꼬리는 언제나 길다. 호텔 창문으로 빗선을 긋는 빗방울 사이로 제주시의 네온사인들이 미끄러지며 명멸하고 있었다. 차귀도 선상조어를 두고는 우리 가족의 또 다른 추억이 쌓이고 있었다.

13) 서귀포시「서광 관광 승마장(乘馬場)」

오늘은 오후에 서울로 돌아가는 날인데, 역시 비가 오락가락하였다. 2009년 7월 11일, 우리는 호텔 조식 후 서둘러 서귀포시 안덕면 서광리 西廣里에 있는「서광 관광승마 장」으로 향했다. 승마장 맞은편에「소인 국 테마파크」가 있어서 함께 둘러볼 계획을 세웠다.

한라산 기슭에 방목되는 수많은 말들이 한가롭게 풀을 뜯는 광경은 아름답고 평화롭기 그지없다. 제주도의 '영주십경瀛州十景'에도 '고수목 마古藪牧馬'를 예찬하지 않았던가. 승마장으로 가는 길에 필자는 손녀들에게 옛날 몽골의 지배와 제주도 목호난牧胡亂에 대하여 쉽게 간단히 이야기 해 주었다. 화석에 의하면 제주에는 청동기시대부터 말을 기르고 있었다. 제주도에서 말을 본격적으로 사육하기 시작한 것은 고려 삼별 초군이 몽골군에 패망한 후, 몽골은 제주도에 탐라총관부를 설치하고 100년간 제주도를 지배했다. 이 때 몽골에서 군사용으로 말과, 말을 기르고 관리하는 목동인 목호牧胡를 들여와 현재 서귀포시 성산읍 일원과 한경면 고산리 일대에서 방목하였고 한다.

제주토종말과 몽고말의 교배에서 '오명마'가 탄생했는데 이때부터 말이 커졌다. 명나라에서 말을 요구하는 바람에 상납하기 위해 고려 조정에서 제주 말 2000필을 요구했을 때, 제주 목호들은 공마貢馬를 거부하며 목호난을 일으켰다. 고려의 3도 도통사 최영崔瑩장군은 목호난을 평정했으며, 제주도는 몽골지배에서 벗어났다. 조선시대에도 지방의 토산물을 중앙에 바치는 제도가 있었는데, 제주도에서는 특산물인 말과 감귤을 바쳤다.

근래 제주도에서 승마와 경마에 사용되는 '한라마'는 제주마와 경주

마인 서러브렛의 교배종이며, 1990년 후반부터 생산된다고 한다. 제주도에는 관광승마가 새로운 관광품목으로 떠오르고 있다.

서광승마장

천연기념물(제347호) 제주조랑말濟州馬

'제주조랑말(토종말)'에 대하여 이야기를 해주었다. 손녀들은 조랑말이 자기만 했으면 좋겠다고 하였고, 말이 자기 말을 듣지 않으면 엉덩이를 걷어차겠다고 큰소리 꽝꽝하면서 마냥 반짝이는 눈빛이었다. '조랑말'은 작고 귀엽다고 했더니 손녀들은 나름대로 무슨 큰 개 만하다고 생각한 모양이었다. 조랑말이 작다한들 어디 큰 개만하랴 싶어서 속으로 웃음이 나왔다.

조랑말은 키가 작아서 과일나무 아래로 지나다닐 수 있다는 데서 '과하마果下馬' 또는 토마土馬, 삼척마라고도 불렀다. 키(113cm)와 몸길이(122cm)정도였다. 다갈색 적갈색의 털을 지녔다. 옛날에는 농업, 운송, 국방에 큰 역할을 하였다. 조랑말은 체구가 작지만 강건하고 성질이 온순하며, 영리하여 부리기에 쉬웠다. 한국정부는 1986년에 천연기념물로 지정하여 보호구역에서 순수혈통보존과 멸종방지를 위해 제주도 축산 진흥원에서 관리하고 있는데, 2천여 마리가 있다고 한다.

친절한 「서광 관광승마장」 사무실 직원들

서광 관광승마장의 사무실 맞은편에 마구간 건물이 크게 서 있고, 승마장 코스 건너편에 무성한 숲이 조성되어 있는 툭-트인 들녘이었다. 기본 트레킹이 15분 정도, 말 타고 사진 찍고 정해진 코스로 조금 거닌다고 했다. 손녀들은 평소에 개를 귀여워하는 편이다. 둘 다 체격이 날렵하고, 각종 운동을 좋아하는 편이며, 태권도를 배우는 등 체육을 잘하는 편이다.

이번 제주도 여행에서 날씨 관계로 손녀들은 어린이를 위한 야외놀이와 명승지관람을 할 기회가 많지 않았다. 한라산 대초원과 오름을 배경으로, 의상을 갖추고, 자매가 늠름히 말을 타는 모습을 상상만 해도 신났다. 제주도에서만 남길 수 있는, 의젓한 기념사진이 탄생하리라 생각했다.

승마장 사무실에는 여점원이 친절하게 반겨주면서 아이들에게 사이즈가 맞을만한 안전화, 카우보이 형태의 안전모, 안전조끼를 골라주었다. 초등 4년생은 챙이 넓은 카우보이모자와 안전조끼, 장화를 신으니 그럴듯 해 보였다. 말을 타는 동안에는 손을 놓거나, 발을 고리에서 빼지 말아야 하며, 아이 마다 가이드가 동행하기 때문에 안전한 놀이라고 친절히 설명해 주었다. 안전상 어린이와 어른이 동승할 수는 없다고 했다.

우리는 여성 가이드의 인도로 마구간으로 갔다. 이윽고 마부 아저씨가 안장을 얹은 예쁜 말 두필을 끌고 나왔다. 그런데 꾀나 크며 잘 생긴 말이었다. 필자가 상상한 것 보다는 컸다. 속으로 손녀들이 겁을 내면 어쩌나 싶었다. 아니나 다를까, 아이들이 손뼉을 치며 좋아할 줄 알았는데 손녀들은 겁을 먹고 타지 않겠다고 뒷걸음질 치는 것이었다. '말테우리'(목동을 의미하는 제주방언) 아저씨와 아빠가 함께 걷겠다고 하는데도 손을 내저었다. 때마침 비가 또 뿌리기 시작하는데 마부아저씨가 파라솔이나 우산은 말이 흥분하기 때문에 가까이에서 사용하지 말라고 하였다. 빗줄기는 거세어지고 손녀들은 겁을 먹어 울상이 되었다. 상황이 난처했다. 포기하고 사무실로 돌아왔다.

그래도 영업인데, 우리는 기본요금은 내겠다고 하니, 돈을 받지 않겠다면서 극구 사양하였다. "어른들의 생각과는 달리 겁을 먹는 아이들이 가끔 있다"면서, 아이들이 좀 더 자란 후, 다시 승마장에 들려달라고 하였다. 참으로 이해심 있는 고마운 분들이었다. 여러 번 고마움을 표하고 도로 맞은편에 위치한 「소인국 테마파크」로 갔다.

「서광 승마장」은 이사를 하였다. 새 주소는 서귀포시 안덕면 녹차분재로 148(Tel: 064-794-5220)이다. 비록 말을 태우지는 못했지만, 「서광 관광승마장」사무실 직원들의 따뜻한 배려와 이해심은 우리 가족의 기억 속에 아름답게 남아있다.

14) 소인국 테마파크(Miniature Theme Park)

소인국 테마파크는 서귀포시 안덕면, 서광리에 있는 2만여 평의 넓은 부지30여개 국 100여점의 세계문화유산이나 유명한 유적지와 관광지의 건축물을 특정비율로 정교하게 축소하여 재현해 두었다. 이 테마파크는 2002년 4월에 개장하였다. 소인국 테마파크란 명찰을 달고 있는 입구건물을 보았을 때 미국 플로리다 주의 디즈니월드의 마법의 성,

매직 킹덤(Magic Kingdom)을 떠올리게 했다. 무엇인가 신기한 동화의 세계가 펼쳐있을 것 같은 상상과 기대를 안겨준다.

2009년 7월 11일, 보슬비가 내리는데 주위의 수림이 더욱 파랗게 새롭다. 테마파크에 들어서니 오른쪽 정원 바닥에 조나단 스위프트(Jonathan Swift)의 소설『걸리버 여행기』에 나오는 주인공 거인 걸리버(Gulliver)가 소인국나라 사람들에 의해 꽁꽁 묶여진 채 땅바닥에 누워있고, 수많은 소인들이 분주하게 흩어져 무슨 공작을 꾸미는 장면이었다.「아! 저기 걸리버가 잡혔다!」라고 감탄사를 터뜨리게 된다. 여기에서부터 어린이들은 꿈과 공상의 세계를 넘나들게 된다.

그런데 실감을 나게 하기 위하여 바다나 큰 강을 배경으로 한 건축물은 연못 속에 설치함으로써 공간활용을 최대한으로 살렸다. 이를테면, 뉴욕항의 자유의 여신상, 영국런던의 템즈강 타워브리지, 호주 시드니항의 오페라하우스, 그리고 한산도의 거북선은 같은 건축물들은 물속에 세워져 있다. 조형물 배치와 조경에 심혈을 기울였음을 알 수 있었다.

프랑스 파리의 에펠탑과 개선문, 사크레쾨르 대사원도 재현되어 있다. 이탈리아 로마의 트레비 분수는 30년에 걸쳐 완성한 조각품이다. 영화『로마의 휴일』과 함께 기억의 저편에 잠자던 '스페인 광장' '진실의 입(The Mouth of Truth)'과 '트레비 분수' 등 여행의 추억들이 그때 그 장소로 데려다 줄 것이다. '진실의 입'은 남자얼굴상의 석판에 입이 20cm 가량 옆으로 뚫어져있는데, 거짓말 하는 사람이 그 입에 손을 넣으면 손이 잘린다는 전설이 전해오고 있다. 옛날 로마시대에 자신의 결백함을 맹세할 때에 여기에 손을 넣었다고 한다. 필자는 2003년에 이탈리아 로마를 여행할 때 본 적이 있어서 이러한 구조물들이 더욱 반가웠다. 트레비 식당에는 천여 명의 인원을 동시 수용 가능하며, 내부 벽에는 해외 유명 작품들과 3차원으로 표현된 신기한 작품들이 전시되어 있다.

미국의 백악관, 국회의사당, 링컨기념관, 미국 사우스 다코다주 러시모어 산 큰 바위에 미국의 4명의 위대한 업적을 남긴 대통령(조지 워싱턴, 토마스 제퍼슨, 시어도어 루즈벨트, 아브라함 링컨)의 상을 보며 간략하게 세계사의 한 토막을 들려줄 수도 있으리라.

그리고 그리스 아테네의 파르테논 신전, 중국의 자금성, 만리장성, 청와대가 한 눈에 보이는가 하면, 이집트의 피라미드와 스핑크스 그리고 아부심벨의 람세스 2세(Ramses II) 상을 보는 것은 세계에서 가장 오래된 역사를 지닌 이집트 나일강변의 문화예술을 감상하는 격이 된다. 아이들에게 세계역사와 지리를 겸하여 간략하게 소개한다면 훌륭한 학습장이 되리라 확신한다. 한 두 시간 동안에 세계 일주를 하는 셈이다.

스위스의 교육자요 사상가였던 페스탈로치(Johann Pestalozzi)와 한국 최초의 순수 아동잡지 『어린이』를 창간(1923년)했던 소파 방정환(小波方定煥) 선생이 손자 손녀의 손을 잡고 이곳에 왔다면 어떻게 설명했을까?! 페스탈로치는 어린이를 가르칠 때 교과서를 사용하지 않았다고 한다. 방정환 선생은 어린이는 이야기 세상, 노래 세상, 그림 세계에서 창의력이 강하여 온갖 것을 미화시킨다고 했다. 그렇다면 어린이들은 이런 공간에서 상상의 세계가 얼마나 넓어질 수 있을까, 생각하게 된다.

초등학교 1학년생 손녀는 공룡(Dinosaur)파크를 보자 뛰어갔다. 과학만화 책에서 보았던 각가지 공룡들이 재현돼 있기 때문이었다. 공룡에 대한 아는 바가 많았다. 손녀들은 모두 영화 『쥐라기 공원』을 보았다. 공룡 중에 왕이며, 육식 동물로서 가장 무서운 존재라고 하는 티라노사우루스렉스(T-렉스)하며 할머니에게 설명해준다. 저희들의 아버지가 어렸을 때 공룡을 좋아하여 유치원에 다닐 때 허구한 날 공룡을 그리더니 이제는 손녀가 공룡조형물 사이를 헤집고 다닌다.

6천5백만 년 전에 지상에서 사라진 이 거대한 동물(파충류)이 현존하는 동물 중에 가장 가까운 유연관계에 있는 것이 닭과 타조라니 과학의 세계는 신비 그 자체이다. 공중을 날아다니는 공룡, 공룡의 알, 그리고 영화『쥐라기 공원』장면을 떠올리며 좋아하였다. 그런가하면 초등 4년생 손녀는 쌍마차가 끄는 「신데렐라(Cinderella)」세트며, 「백설 공주와 일곱 난장이 (Snow-White)」등을 좋아하였다. 수년전에 우리나라 유아에서 어린이까지 TV시리즈를 석권했던 4명의 텔레토비Teletubbies, 꽃동산에 바람개비 도는 배경은 늘 맑고 밝은 웃음을 선사했다. 수많은 꼬마영웅 캐릭터들도 만날 수 있다.

우리나라의 명승지도 예쁘게 재현되어 있다. 남대문, 경주불국사, 거대한 불상, 제주도 국제공항 등도 재현되어 있다. 어린이들의 상상의 세계를 넓혀주며, 세계 역사 지리 공부를 위해서도 소인국 테마파크는 적극 추천하고 싶다.

소인국 테마파크의 러시아 모스크바 성바실리카 사원

「소인국 미니 랜드(Mini Land)」

제주도의 서부지역 서귀포시 안덕면 서광리에 「소인국 테마파크」가 있다면, 유사한 「제주 미니 랜드」가 제주시 동부지역인 조천읍 비자림로에 위치하고 있다. 소인국 미니 랜드Mini World는 2006년에 국내 최초의 미니어처 박물관으로 등록되었다. 1만 6천 평의 대지 위에 세계 50여 개국의 문화유산의 나라, 세계위인의 나라, 천상과 동화의 나라, 공룡의 나라, 체험의 나라 등 7개 테마가 실내외에 복합으로 설치되어 있는 어린이를 위한 우수 관광지 이다. 제주도에서 어린이들이 꼭 한 곳을 봐야한다면 필자는 서슴없이 「제주 미니 랜드」나 「소인국 테마파크」를 추천하고 싶다.

제주 소인국 테마파크나 제주 미니 랜드는 관람지의 형태와 분위기, 건축물이 비슷하다. 제주도의 서부나 동부, 어느 한 쪽을 집중적으로 관람할 때 가까운 곳을 관람하면 시간상 효율적일 것 같다. 소인국테마파크에는 큰아들 가족이, 소인국 미니 랜드에는 딸네가족이 다른 시기에 다녀왔다. 동화 속의 꿈과 상상의 세계를 여행하는 재미와 효과는 유사하다. 다양한 체험공간과 포토존 등의 놀이시설도 마련되어 있어 가족여행지로도 각광을 받고 있다.

제주의 이미지(Image)

비가 오다 말다하니 우산이 있어도 기념사진을 찍느라고 꼬마들의 옷은 젖었고, 잔뜩 비를 담은 하늘이 무겁기만 하다. 오후시간이 되니 제주 바람까지 가세하였다. 여름감기를 불러들일 것 같아서 신경이 쓰였다. 비행출발 시간은 오후 5시로 예정돼 있어서 부지런히 걸음을 재촉했다. 이 「소인국 테마파크」의 기념품 가게에 들렀다.

큰손녀 초등4년생은 학교에서 영어듣기대회에서 최우수상을 받았다며 할아버지께 어린이 핸드백을 주문하였고, 초등1년생은 방금 본 T-렉스 공룡인형을 원하였다. 저들이 원하는 것과 제주의 바다 소리를 들을 수 있는 작은 기념장난감을 사주었다. 자식들이 어릴 때 함께 다녀왔던 제주도를 이제는 손자손녀들을 데리고 여행하고 있다. 그래서 제주도의 여행 감상문에는 대를 이어 우리가족의 이야기가 쌓인다. 몇 번을 다녀와도 계절이 바뀌면 또 그리워지는 곳 제주도! 제주도의 바람 소리와 돌하르방의 묘한 미소가 손짓하는 곳, 황금빛 귤밭과 쪽빛파도, 유채꽃 들녘과 억새군락, 한라산 자락의 조랑말과 수많은 기생화산이 우리국민의 정서를 보듬고 정화해 준다.

제주의 소리를 가장 절실하게 들을 수 있는 장소가 어딜까? 서울로 돌아오는 비행기 속에서 홀로 생각에 잠긴다. 중문 대포해안의 주상절리대! 하얀 파도 백마 떼가 달려와 '쏴아'하고 육각형 석주 바위군락에 부딪히고는 골골을 씻어 내린다. 그 소리에 오늘도 제주의 전설을 그리고 있는 돌하르방이 느긋한 붓놀림을 하고 있다.

15) 서귀포의 선상조어 船上釣魚

'60년만의 오합대길일 五合大吉日'

새벽에 눈이 뜨이자 아직 곤히 자고 있는 그이를 깨우지 않으려고 발끝으로 걸어가 창밖을 내다보았다. 서귀포 KAL호텔 창밖으로 보이는 먼 바다는 물안개 속에 고요히 누웠는데 여러 척의 어선들은 벌써 하얀 물꼬리를 달고 암벽을 돌아가고 있었다. 아침 햇살은 잠든 물결을 깨우지만 벼랑에 부딪쳐 생겨나는 해류의 소용돌이만 나풀거릴 뿐이다. 하늘엔 구름 한 점 보이지 않고, 기온은 봄날씨 같았다.

우리일행은 1991년 10월 26일에서 27일까지 서귀포 칼 호텔에서 묵게 되었다. 어제 제주공항에서 우리 일행을 안내(서귀포 칼 호텔)하던 운전기사의 말이 떠올랐다. "60년만의 오합대길일(五合大吉日, 음력 9. 20)인 오늘은 제주도 사상 최대의 숫자인 신혼부부 900쌍을 하루에 맞게 되며, 이미 제주도에 있는 호텔의 방예약 접수처 담당책임자들은 전부 도망가고 자리에 없다"고 설명하며 자못 흥분된 어조였다. 동가홍상으로 대 길일에는 결혼식장, 공항, 호텔, 신혼여행지는 넘쳐나는 인파에 몸살을 앓는다고 한다.

Y대학 행정대학원 고위정책과정에 총책을 맡은 그이 따라 합숙교육(부부동반)에 필자도 초대를 받았다. 오래 전에 예약된 날짜가 우연히도 대길일과 일치했을 뿐이나, 일행들은 더욱 흐뭇한 표정들이었다. 80여 명의 일행은 약속된 시간과 장소에서 만나기로 하고 각기 취향 따라 관광, 등산, 골프, 낚시 등, 4팀으로 나누어졌다. 물과 낚시를 좋아하는 그이는 선상조어 팀에 들었다. 우리 팀은 출발하기 전에 파스를 복부 한가운데 붙이고, 멀미약을 복용하고, 수삼을 씹으며, 불시에 필요할지도 모를 비닐주머니를 휴대하는 등 세심한 준비를 갖추었다. 복부에 접착한 파스의 싸아한 찬 느낌 때문에 혹시 바지의 지퍼가 열렸나 착각한다며 남자분들은 농담을 하며 동심의 세계로 돌아간 듯 보였다.

월척을 낚겠다는 태공들의 뒤를 따르는 부인들 역시 옷깃을 여미고, 챙이 넓은 모자를 눌러 쓰고, 면장갑에, 생선회에 곁들일 양념과 채소 등이 든 보따리를 들고 소녀들 마냥 들뜬 기분이었다. 봉고차로 나루터를 향했다. 해안 따라 굽이돌 때마다 절정을 이룬 단풍나무들, 현무암 바위 사이로 하얀 웃음을 띠고 달려와 부서지는 물결, 가는 바람에도 온 몸을 흔드는 갈대숲, 작은 나뭇가지마다 안쓰럽게 달려있는 황금빛 감귤, 게다가 구름 한 점 없는 서귀포의 가을하늘! 자연풍경에 도취되는 순간 어느 듯 나루터에 이르렀다. 20여 명의 낚시 팀은 3척의 낚시배에 나누어 탑승했다.

한 낚시줄에 3개의 훅크가 달렸고, 미끼는 꼴뚜기 모양과 크기가 같은 인조고무였다. 낚시배가 질주할 때 우리는 낚시줄을 욕심껏 풀었다. 광활한 공간 속에 모터 돌아가는 소리와 배를 따라오는 물거품소리 뿐이다. 해안에서 멀어지자 서귀포西歸浦의 전경이 한 눈에 들어왔다.

맨 먼저 보이는 것이 동방 유일의 해폭인 정방폭포 두 줄기가 절벽에 걸려있다. 순간 이백의 「여산폭포」시구가 떠올랐다. "향로봉 햇빛에 푸른 연기 스리고, 중턱에 폭포수 쏟아져 내리네. 날아 내림이 삼천 길이나 되니 혹시 은하수가 하늘에서 떨어지는가 의심한다"란 내용이다. 기암절벽 위에는 사진 찍는 신혼부부들의 포즈가 환상적이다. 갈바람에 신부의 치마폭이 허공에 날린다. 젊은이들의 직선적이며 대담한 러브씬은 영화의 장면보다 더욱 뜨겁다.

데우 자리거리

배가 크고 작은 바위섬을 돌 때마다 태공들이 즐비하다. 멀리 보이는 귤밭, 능선 너머로 편안하게 앉아있는 한라산이 그림 같다. 눈을 감고 단풍에 물들며 백록담을 오르고 있을 일행을 상상해 보았다. 그리고 그 산 기슭에 뛰놀고 있을 조롱말의 평화로운 풍경을 그려보았다. 눈앞에 펼쳐진 자연경관이 꿈만 같았다.

대도시의 도심지대, 높아만 가는 벽돌담과 각종 공사의 소음에 찌든 가슴이 도시병을 앓고 있었다. 계절감각을 잃은 메마른 감성이 여름내 얼마나 바다의 물결소리를 그리워했던가. 좁은 생활반경 속에서 단순 반복의 테두리를 얼마나 벗어나고 싶었던가. 금년 여름에 나는 유난히 도 바다에 가고 싶었다. 그러니 오늘의 기쁨과 행복감은 설필舌筆로 표현할 수 없는 것이었다.

나는 그이 옆에 앉아 같은 낚싯줄을 잡고 있었다. 한 시간 이상 배가 달렸지만 배의 속력에서 오는 물의 저항감 뿐 별다른 움직임의 감각이 없었다. "대어를 낚는 사람은 운이 따로 있는 법이니"하며 그이는 낚싯 대를 동료에게 넘겼다. 일행이 탄 다른 배가 우리 옆을 스치며 큰 고기 한 마리를 치켜들고 자랑했다. 또 다른 배가 지나며 두 손가락을 흔들 며 2마리 잡았다고 외쳤다. 우리 배만 아무런 기척이 없었다.

월척을 낚겠다고 큰소리치던 남자들은 말없이 담배만 바꾸어 문다. 빈 낚싯줄만 당겼다 늦추었다 하며 난처해하는 남편들의 기분을 살피 며 부인들도 조용하다. 젊은 선장은 고기를 잡을 때까지 몇 시간이고 배를 몰 것이며, 큰 고기를 잡도록 해드리겠다며 자신감에 넘치는 목소 리로 분위기를 일으켜 세우려고 했다. "우리 선장님은 복스럽게 생겼으 니 운이 있을 것이라고 믿고, 이배를 골라 탔다"며 남편은 맞장구를 쳤 다. 아무도 내색은 하지 않지만, 이럴 바엔 차라리 관광이나 등산 팀에 편승했을 걸 하며 후회하는지도 모를 일이었다. 순간 나는 헤밍웨이의

『노인과 바다』의 이야기가 생각났다. 84일간 운이 나빠 고기를 한 마리도 못 잡다가 그 다음날 큰 것을 잡았으나 결국 뼈대만 싣고 돌아온 산티애고 노인!

바로 그 때였다. 우리 배가 드리운 두 개의 낚싯줄이 동시에 당겨지며 고기떼가 물위에 떠서 끌려오고 있지 않은가. 낚싯줄이 엉켜 몇 마리인지 순간적으로 파악할 수는 없었다. 선장은 배의 속력을 끄고 재빨리 낚싯대 쪽으로 달려 왔다. 우리 일행은 모두 한 곳에 모였다. 5마리의 큼직한 다랑어가 두 낚싯줄에 한꺼번에 올라왔다. 길이가 50cm는 족히 넘어 보이는 포동포동하게 살찐 잘 생긴 놈들이었다. 기념사진을 찍은 후 뱃바닥에 풀어놓자 놈들은 미끈하게 생긴 몸과 꼬리를 퍼덕이며 힘자랑하듯 종횡무진 뛴다.

여인들은 고기가 뛸 적마다 소리 지르며 뒷걸음질을 하다가도 헐떡이며 놈들이 숨을 몰아쉬느라 조용하면 또다시 다가가 신기한 눈빛으로 들여다보곤 하였다. 우리가 기뻐하자 선장은 더욱 신바람이 나서 홍조 띤 얼굴로 "한 번 잡히기 시작하면 잘 잡힙니다"하며 또다시 핸들을 돌린다. 남편들이 통쾌한 웃음을 날리고, 여인들은 손뼉을 치며 환희의 함성을 올리자 다른 두 척의 배가 몰려왔다.

3척의 배를 바다 한가운데 밧줄로 묶었다. 모두 한 배에 모였다. 오붓이 둘러앉아 상추, 풋고추, 생마늘, 양념초고추장 등 푸짐하게 상을 차렸고, 선장들은 8마리의 다랑어로 즉석 생선회를 만들어 주었다. 8마리는 우리 일행들을 포식시켰고, 우리들이 준비해온 도시락은 전부 선장들께 주어버렸다.

남자들은 소주와 맥주를 따르며 낙원이 어디 있고, 신선이 따로 있느냐며 축배를 든다. 60년만의 길일, 서귀포의 가을하늘과 물빛은 일색으로 맑고 잔잔한데, 비록 관현악단은 없지만 즉석 생선회 술안주에 홍취는 무르익어 갔다. 마이크로 차례대로 부르는 음률이 물결을 타고 출렁인다. 내 차례가 왔을 때 나는 노래 대신에 노산 이은상의 시 「천지송」 3수, 「오륙도」 3수, 「가고파」 10수를 연거푸 읊었다. 비록 밤은 아니지만 소동파의 「적벽부」를 연상케 하는 분위기였다.

그 때 누군가 우리와 함께하지 못하는 동료들을 위하여 메시지를 띄웠다. "이런 풍류를 모르고, 쯧쯧(혀를 차며), 지금쯤 한라산 중턱에서 땀을 닦고 있을 친구들, 관광코스를 헤매고 있을 벗들, 그리고 가장 불쌍한 골프팀들! 새벽잠도 설치며 어디고 꼭 같은 풀밭인데 하필 바닷가에 와서까지 잔디밭을 가야하나"하며, 상추에 생선회를 감싸들고 서귀포의 서정에 흠뻑 젖고 있었다. (『문학 속의 제주』 중에서)

제주濟州의 멋과 미美를 찾아서

제주도의 멋과 미美를 찾아서 세계의 관광객이 설레는 가슴을 안고 세계자연유산인 제주특별자치도를 찾아든다. 제주의 멋이란 격에 어울리게 풍기는 제주도의 세련된 기품을 말할 것이며, 미美란 제주도 자연경관의 신비로움을 말할 것이다. 아득한 옛날로부터 신선이 사는 아름다운 곳 「영주십경(瀛州十景)」을 예찬한 곳이니 멋과 미가 충만한 경승지다. 비행기에서 내려다보면 제주의 전경은 타원형의 고운 자태에, 그 한복판에 고고하게 치솟은 한라산漢拏山의 잔설과 백록담을 품고 있는 경관이 시야를 장악한다. 한라산은 이름부터가 '하늘의 은하수를 손으로 잡을 것 같은 신비로운 품격과 멋'을 지녔다.

예로부터 삼신산三神山이라 불러온 한라산과 368개의 기생화산, 서귀포해안 절벽에 늘어선 주상절리대와 하늘의 옥황상제가 한라산 정상을 뽑아 던져서 생겼다는 전설의 산방산과 용머리해안, 세계 신혼부부의 여행지로 사랑받는 천지연폭포와 정방폭포, 마법의 성城 같은 성산일출봉, 한라산 기슭에서 한가로이 풀을 뜯는 제주마濟州馬, 어느 방향으로 둘러보아도 눈에 들어오는 현무암 돌담, 그 너머로 펼쳐진 황금 귤 밭, 제주의 어느 마을에 들러도 벽과 대문이 없는 제주만의 특색, 명승지나 유적지 마다 느긋한 미소로, 아니면 엄격한 자태로 맞아주는 돌하르방은 제주의 진정한 멋과 미의 표상이다. 제주 돌하르방은 오늘도 제주를 찾아드는 세계여행객들에게 걸음걸음 잘 지켜드릴테니 안심하고 즐기다 가시라며 늠름하게 지키고 섰고, 제주의 해안절벽에는 파도가 「영주십경」의 시詩를 읊고 있다. 제주의 넉넉한 바람은 세계 여행객들의 가슴을 맑게 세심洗心해 준다.

한 지역에서 유네스코가 인증한 세계자연유산 · 자연과학분야 3관왕의 선정에 들은 곳은 제주도가 유일하다. 2002년에 생물권 보전지역으로, 2007년에 세계자연유산으로, 2010년에 세계지질공원으로 등재되었으며, 2011년 11월에는 스위스 「뉴세븐 원더스」 재단이 제주도를 '세계 7대 자연경관'으로 선정했다. 이는 제주의 멋과 미를 유네스코가 공인한 것이다. 제주도는 우리국민의 자존심이요, 자랑거리이다.

◆ 제2권의 후기(後記)

제1장 충청도 백제역사와 문화의 향기

사진제공

* 충남 공주 석장리 선사유적지, 공산성 금서루, 부여 사비성(泗泌城) 사비루, 백마강 황포돛배 사진은 이윤근 회장님이 제공해주셨다. * 충북 단양의 도담삼봉 바위와 구담봉 사진은 단양군청 문화관광과에서, * 태안반도 만리포 정서진 노래비와 만리포 해안의 자원봉사대원 전경은 태안군청 공보처에서, * 태안「천리포수목원」여름전경 사진은「천리포수목원」에서 제공해 주셨다. * 충북 옥산의 정지용생가의 시비,「향수」, * 속리산 보은 법주사(法住寺) 대웅보전 사진은 김연하 시인이, * 충북 보은「오장환 문학관」사진은「오장환 문학관」에서 제공해 주셨다. 아름다운 사진을 보내주신 분들께 머리 숙여 고마움을 표합니다.

제2장 전라도(全羅道)·다도해(多島海) 해상국립공원

사진제공

* 전남 빛고을 광주무등산(光州無等山) 서석대 사진은 광주광역시청 문화관광정책실에서, * 전북 군산의 군산 선유도와 새만금방조제 사진은 군산시청 문화관광과에서 제공해주셨다. * 경남 지리산 청학선원의 삼성궁과 청학선원의 신비스런 돌탑사진은 청학선원에서, * 순천 태고총림 조계산선암사(曹溪山 仙巖寺)의 승선교와 조계산 선암사 대웅전 사진은 선암사『우리불교 신문사』에서, * 순천 승보종찰(僧寶宗刹) 조계총림 송광사의 입지 및 배치도와 국사전은『월간 송광사』편집실에

서 제공해 주셨다. * 무안 회산 백련지(白蓮池)와 수상유리온실 전경은 무안군청 문화관광과에서, * 함평 자연생태공원 함평나비축제 전경은 함평군청 문화관광 진흥부서에서 제공해 주셨다. * 전남 영광 불갑사 (佛甲寺) 대웅전과 불갑사수다라박물관, 그리고 * 참으로 이색적인 법성포 마라난타사(摩羅難陀寺)의 「부용루 4면대불」전경과 마라난타사 부용루조각상 사진 또한 불갑사에서 귀한 사진자료를 제공해 주셨다. * 전남 홍도의 홍도7남매 바위(슬픈 여)사진과 흑산도(黑山島)의 흑산 도아가씨 노래비, 면암 최익현선생의 유허비, 사촌서당 현판 사진은 신 안군청 문화관광과에서 제공해 주셨다. * 진도의 운림산방(雲林山房) 목백일홍 핀 정원, 진도 신비의 바닷길 비경은 진도군청 관광기획부 서에서, * 완도(莞島)타워 전망대 사진과 * 청산도 슬로시티(slow city) 의 「청산도 흙길」풍경사진은 완도군청 문화관광과에서 보내주셨다. 도움주신 분들께 마음 깊이 감사함을 표합니다.

제3장 삼다도(三多島) · 세계 자연유산

사진제공

* 남제주군 추사유배지의 추사 김선생 적려유허비와 새로 신축한 「추사기념관」사진은 「추사기념관」에서, * 서귀포의 산방산 「산방굴사」 와 용머리해안의 산방산 전경은 「산방굴사」에서, * 「북촌 돌하르방공원」 의 다양한 돌하르방 조각사진은 「북촌돌하르방」에서, * 「서광 관광승 마장」의 평화로운 제주말 군락사진은 「서광승마장」에서, * 소인국 테 마파크(Miniature Theme Park)의 러시아 모스크바 성바실리카 사원 사 진은 소인국테마파크에서, 그리고 * 서귀포의 선상조어 데우 자리거리 풍경은 서귀포시 관광진흥과에서 제공해주셨다. 아름다운 사진들을 보내주신 분들께 심심한 사의를 표하며, 삼가 이 졸저를 올립니다.

문화재 기행
한국의 멋과 미를 찾아서 II

| 초판 1쇄 인쇄일 | \| 2016년 8월 8일 |
| 초판 1쇄 발행일 | \| 2016년 8월 10일 |

지은이	| 조영자
펴낸이	| 정진이
편집장	| 김효은
편집/디자인	| 김진솔 우정민 박재원
마케팅	| 정찬용 정구형
영업관리	| 한선희 이선건
책임편집	| 김진솔
인쇄처	| 국학인쇄사
펴낸곳	| 국학자료원 새미(주)

등록일 2005 03 15 제25100-2005-000008호
서울특별시 강동구 성안로 13 (성내동, 현영빌딩 2층)
Tel 442-4623 Fax 6499-3082
www.kookhak.co.kr
kookhak2001@hanmail.net

ISBN	| 979-11-87488-08-8 *04800
	| 979-11-87488-06-4 *04800(set)
가격	| 14,500원